講談社文庫

湯けむり食事処　ヒソップ亭3

秋川滝美

講談社

目次

湯けむり食事処　ヒソップ亭3

明るい兆《きざ》しの陰《かげ》で

秋の訪れとともに、通りを行き来する人の数がぐんと増えた。

しかも見知った人ではなく、大半が初めて見る顔、この地を訪れる観光客である。

自由に旅ができなくなってから三年、一時はどうなることかと思ったけれど、ここに来てようやくこの町にも以前の賑《にぎ》わいが戻りつつあった。

よくぞ乗りきった、と安堵《あんど》の息を漏らしつつ、真野章《まのあきら》は『猫柳苑《ねこやなぎえん》』の事務室兼支配人室に向かう。

章は四十五歳、老舗《しにせ》温泉旅館『猫柳苑』の中にある食事処《どころ》『ヒソップ亭《てい》』の店主を務めている。『猫柳苑』はサービスで朝食を出すものの夕食は提供しない宿のため、宿泊客はよそで買った弁当や総菜を持ち込んだり、風呂上がりに『ヒソップ亭』で晩《ばん》酌《しゃく》がてら食事を済ませたりする。『猫柳苑』は気軽に旅行ができなかった間も、食事の時刻に縛られず、気軽に利用できる温泉宿として一定の人気を保っていた。

以前のように旅行を楽しめる世の中が戻ってきた今、『猫柳苑』は予約でいっぱい、章の幼《おさな》なじみの同級生、かつ支配人である望月勝哉《もちづきかつや》は笑いが止まらない状況だろう。

ところが、さぞや上機嫌のはず、と訪れた支配人室で、勝哉は眉間《みけん》に深い皺《しわ》を刻んでいた。

「どうした？　やけに景気の悪い顔をしてるじゃないか」

章の声に顔を上げた勝哉は、思いっきり深いため息をついた。

「景気の悪い顔にもなるさ。見てくれよ、これ」

そう言いながら勝哉が示したのは、机の上にあったパソコンのモニター画面だった。

「どうせ予約がいっぱいで嬉《うれ》しい悲鳴。客を断るのがしのびない、とかだろ？」

「だったらいいんだがな」

「え……なんだこれ、ずいぶん空いてるじゃないか」

モニター画面には一月《ひとつき》分の予約状況が映し出されている。いつもならカレンダーいっぱいに『空室ゼロ』が並び、わずかに平日に一、二室空きがあるぐらいなのに、今見ている画面では満室なのは土曜日のみ。それ以外は十分に空きがあることを示す『〇印』が並んでいた。

「これってこの町全部のことなのか？」

か。
『猫柳苑』だけではなく、ほかの旅館やホテルも予約が埋まらない状況なのだろう

通りを歩く人は増えたものの、まだまだ宿泊客は多くないのかもしれない。それはそれで悲しむべきことだが、『猫柳苑』だけが閑古鳥が鳴いているよりマシだ。少なくとも不人気な宿という烙印《らくいん》を押されることはないのだから……

ところが、そんな章の微《かす》かな希望を勝哉は簡単に打ち砕いた。

「うちだけだよ。ほかはどこも、平日以外は予約でいっぱいらしい」

「なんで……」

「こっちが訊《き》きたい、って言いたいところだが、見当はついてる。長いこと家にこもってた客たちが、ここぞとばかり旅に出てる」

「いやいや、それはうちだけ予約が埋まらない理由にはならないだろ？」

「それがなるんだよ。毎年のように旅行していた客たちが、三年も家に引きこもってたらどうなると思う？」

「どうなるって、憂《う》さ晴らしにぱーっと……」

「そう、ぱーっと旅に出る。これまでを取り戻すぐらい豪華な旅に。だって三年分の旅行費用が貯まってるんだからな」

年に一度なら『猫柳苑』のようないわゆる手軽な宿に泊まるが、三年分の資金が貯

まっていれば、ここぞとばかり贅沢《ぜいたく》をしたくなるのが人の常だ、と勝哉は言う。

「今までよりも上のクラスの宿に泊まる。同じ宿だったとしても上のプランを使う。部屋が広かったり、露天風呂《ろてんぶろ》が付いていたり、飯が上等だったり。だが、うちはそういう選択の余地が少ないんだ」

『猫柳苑』のプランは極めてシンプルだ。

露天風呂が付いた部屋などないし、基本的に素泊まりだから食事の内容による差もつけられない。二間《ふたま》続きの部屋が数千円高いにしても、もともとどの部屋もかなり広めだから五、六人で同じ部屋を使うというのでもない限り、広い部屋にする意味がない。

久しぶりの旅行だから露天風呂が付いた部屋で豪華な食事をしたい、と考えるなら『猫柳苑』は選択肢に入らなくなってしまうのだ。

「聞いたところによると、この町じゃ、これまでやめていた部屋食を復活させるところも増えてきたらしい。旅行解禁とは言ってもやっぱりまだ不安だって客には、風呂も飯も身内しかいない部屋で済ませられるのは安心なんだろう」

「気持ちはわかる。不安はあるにしても、久しぶりに温泉と旨《うま》い飯を堪能《たんのう》したい。金だってなんとかなる、となったらな……」

「うちみたいに飯が付かないところは相手にされない。こんなことなら、さっさと夕食提供を復活させておくんだった」

「心にもないことを」

勝哉の妻、かつ『猫柳苑』の女将《おかみ》である雛子《ひなこ》はなんとか夕食を出せないかと、章の顔色を窺《うかが》っていたし、章自身は夕食復活に前向きだった。それでもなお、夕食提供の復活に強固に反対したのは勝哉だ。

予約数が落ち込んでいる状況を見て愚痴《ぐち》を漏らしているだけで、本心からではない。たとえ章が、じゃあ明日から夕食提供を復活させようと言ったところで、首を縦に振ったりしないに決まっていた。

「あーあ……やらかした。結局、おまえが正しかったってことかな」

「勝哉……」

昔からの立ち位置は断然、勝哉と雛子のほうが上だった。幼なじみ三人組で、いつも章の面倒を見てくれていたのが勝哉と雛子で、勤め先を首になった章に『猫柳苑』の中に食事処を開くようすすめてくれたのも彼らだ。

恩を着せるなんて絶対にしないけれど、章にしてみれば足を向けて寝られない、頭が上がらないのが勝哉夫婦なのだ。その勝哉が、それまで散々否定していた章の言葉を持ち出して悔《く》いるなんてあり得ないことだった。

「やけにしおらしいじゃないか。あんなに『うちは基本、素泊まりの宿を貫く。気軽に来てもらえる温泉宿が売りだ』って言い張ってたのに」

「近ごろ思うところがあってな……」

「というと？」

「上げ膳据《ぜん》え膳のありがたみが身にしみてきた。俺たちだって、いつまでも若くない。宿について風呂に入ったあと、外に呑《の》みに行くのが億劫《おっくう》だ、なにも考えずに出てきた飯を食いたいって客の気持ちがわかるようになってきたんだ。それどころか、着替えだのタオルだの持って大浴場に行くのすら面倒な気がする」

「マジか……」

章も勝哉も四十代半ば、いわゆる働き盛りである。特に勝哉は昔から運動部に所属していただけあって体力には自信を持っている。その勝哉がこんなことを言うなんて、と章はあっけにとられてしまった。

勝哉はなんだか情けなさそうに続ける。

「この間、出張しただろう？」

「そういや、いなかったな。確か大阪の業者と打ち合わせがあったとか」

「無理すりゃ日帰りでも行けたんだけど、たまにはよそを見るのもいいだろうってんで一泊したんだ」

「温泉宿にか？」

「いや、ビジネスホテル。ただし、大浴場と豪華な朝食ビュッフェが売りで、夜食のサービスまである」

「そういうの増えてるよな。ビジネスホテルの大浴場なんて、とか思ってたけど、ちゃんと温泉のところまであったりして」

「そうなんだ。で、どんなもんだろうって行ってみたんだが……呆《あき》れちまった」

「そんなにひどかったのか？」

「いや、呆れたのは宿じゃなくて自分にだ」

業者との打ち合わせを兼ねた会食を終えて、部屋に戻ったのは午後十時だった。大浴場は一晩中入れるし、サウナだってまだ間に合う時刻だったにもかかわらず、勝哉はシャワーだけ浴びてそのまま寝てしまったそうだ。

「ってことは、夜食も食わず？」

「もちろん。会食でけっこう食ったせいか胃もたれして夜食どころじゃなかった。大浴場に行く元気すらなかったんだ」

「そんなに疲れる打ち合わせだったのか？」

「そうでもない。もともと気が合う担当者だし、難しい商談でもなかった。きっと移動疲れしちまったんだな」

「移動疲れ……」

「俺はあんまりよそに行かないからな。情けない話、たまに新幹線とか乗ると、それだけで疲れちまう。で、せっかくの大浴場には行けず、豪華な朝飯もパス」

「朝飯もか!?」

「ああ。部屋がかなり上のほうだったせいで、朝飯の会場まで下りていくのが面倒になっちまって……」

「さすがに朝には腹も空《す》いてただろうに」

「まあな。でも、その日は九時の新幹線で戻ってくるだけだったから、そのまま駅に行って売店で弁当を買って食いながら帰ってきた」

「つまらない男だな！」

せっかく料理で評判のホテルに泊まっておきながらなんという体《てい》たらくだ、と呆れてしまう。だが、勝哉は料理人ではない。出先で食の情報を得るのに忙しい章と同列には語れないのだろう。

「で、俺は思ったわけだ。部屋から出なくていいなら、風呂も飯もなんとかなっただろう。部屋食ってのはやっぱり楽なんだなって……」

「今更だな。だからこそ、俺は前々から客の気持ちも考えて夕食を復活させろって言ってきた。そりゃあ飯を付けずに宿泊料を抑えれば『ヒソップ亭』に来てくれる客は増えるかもしれない。でも、やっぱり部屋食の贅沢さには勝てない」

「それに、そもそも『猫柳苑』の客が少なければ、全員が『ヒソップ亭』に来てくれたにしてもたかが知れてる。前々から言ってるように、温泉なのに素泊まりなんてあり得ないって思う客が多いってことを考えなきゃ駄目だ」

「そんなにたたみかけるなよ……」

はっとして見ると、勝哉はすっかり肩を落としている。こんな勝哉の姿は、子どものころ悪戯《いたずら》をして彼の父親にこっぴどく叱《しか》られたとき以来だった。

言い返すというよりも、ひとり言のような呟《つぶや》きが続く。

「俺だってわかってる……いや、今回の出張で身にしみてわかった。ただ、金はあんまりないけど、たびたび温泉に浸《つ》かりたいって客もいる。足腰が痛いとか、心が疲れてるとかさ……そういう客に気軽に来てもらえる宿にしたかったんだ。『猫柳苑』は老舗なのに肩が凝《こ》らない宿だ、気儘《きまま》に過ごせるから何度でも来たくなるって言ってもらえるのが嬉しくてさ」

「確かにな……」

「そうか……」

「ただ、ずっと寝ていたいと思うほど疲れているなら、飯の心配なんてしたくないだろうな……とも思う。かと言って夕食付き、特に部屋食なんかにしたら、従業員が部屋に出入りすることになるし、布団だって敷きっぱなしにはできない。がっちりプライベート空間を維持するのと部屋食ってのは、対極なんだよ」

勝哉の心の中の葛藤《かっとう》が見えるようだった。

それに勝哉は口にこそ出さないが、依然として章の負担が増えることを心配しているに違いない。

半ば客の紹介のような形で『ヒソップ亭』で働くことになった沢木《さわき》安曇《あずみ》がいるにしても、閉店する料理店のあとを引き継ぐ形で弁当を手がけることになったせいで仕事量自体が増えてしまった。

勝哉は予約が埋まらないと嘆いているが、『ヒソップ亭』だけのことを考えれば売上は増えている。宿泊客からの『特製朝御膳』の注文は増加傾向だし、地元の人が足を運んでくれることも多くなった。どうやら仕出し弁当の宣伝効果が出てきたらしい。

たとえ勝哉に夕食を復活させたい気持ちはあったとしても、結局はこれ以上『ヒソップ亭』の負担を増やすのはいかがなものか、それぐらいならこのままで……と考えそうだ。

ことあるごとに持ち出される『働きすぎ問題』に、章は半ばうんざりしていた。

「なあ、勝哉。『気儘に過ごせる宿』を売りにしたい気持ちは嘘じゃないにしても、おまえはまた俺の心配をしてくれてるんだろう？」

正面切って訊《たず》ねる章に、勝哉は意外にすんなり頷《うなず》いた。

「当たり前だ。せっかくおまえの負担を減らすために安曇さんに入ってもらったのに、弁当を始めたせいで元の木阿弥《もくあみ》。それどころか前より忙しくなっちまってる。昼の休憩すらろくに取れない状況じゃないか」

「いいんだよ。その分しっかり稼がせてもらってるんだから。売上もないのにただ忙しいだけじゃやってられないけど、働けば働くほど儲《もう》かるんだからやり甲斐《がい》がある。やり甲斐ってのは体力を倍増させてくれるんだぞ」

「そうやって無理を重ねて身体《からだ》を壊したらどうするんだ！」

「そうならないように気をつけてる。だから、夕食を復活させたいならそう言ってくれ。俺は大丈夫だし、むしろ三人分の給料を稼がなきゃならないんだから」

「考えとく」

勝哉のため息がまた深くなった。勝哉が簡単にゴーサインを出すとは思えない。それがわかっているだけに虚《むな》しさが募《つの》った。

いずれにしても時刻は午後二時を過ぎた。これ以上勝哉と話している時間はない。章はモニター画面をぱっと見て勝哉に訊ねた。

「明日の朝食はいつもどおりの量でいいか？」

「それを見に来たのか」

「そうだよ。あと、食い物に気をつけなきゃならない客は？」

「今日の客にはいない。明日は蕎麦《そば》がヤバい客が来るが……」

「了解。サービスの朝飯に蕎麦を出す予定はないから大丈夫だろ」

「そうか。だが……明後日《あさって》の予約客に蕎麦好きの客が入ってるんだ」

「蕎麦好き……もしかして山田《やまだ》さん？」

「そうだ」

「あの人はいつもうちの『特製朝御膳』を頼んでくれる。蕎麦好きだって知ってるから、汁物代わりに蕎麦を添えることがあるな」

「だろ？　調理器具の扱いにはくれぐれも気をつけてくれ」

「了解」

答えながら前掛けのポケットから小さなメモ帳を出し、明日、明後日は蕎麦の扱いに注意すること、と記す。今時メモ帳を使っているのは珍しいのかもしれないが、ちょっとしたことを書き付けるのにはやはり便利だし、メモ帳はスマホよりずっと軽くて濡《ぬ》れ手で触っても字が滲《にじ》む程度で壊れたりしない。ポケットに入れて時々確かめるには最適だった。

「じゃあ、俺はこれで」

「お疲れさん」

勝哉はまたパソコンに向き直り、なにかの作業を始めた。

相変わらず浮かない顔で、経営者の大変さがにじみ出ている。同じ一国一城の主《あるじ》とはいっても、食事処、しかもテナントと老舗旅館では苦労の質も量も違うのだろう。

——俺のことばっかり言うけど、俺にはおまえのほうが心配だ、なんて言っても鼻で笑うんだろうな……

そんなことを考えながら、章は『ヒソップ亭』に向かう。

引き戸を開けて中に入ると、根谷《ねや》桃子《ももこ》と安曇が仕出し弁当を詰めている最中だった。

安曇は今でも『ヒソップ亭』と都内の居酒屋を掛け持ち、いわゆるダブルワーク状態ではあったが、少しずつ居酒屋のシフトを減らすようにしているらしい。

章の要望を容《い》れてのことだが、本人にしても待遇が最悪な上にレトルトを温めて出すだけの居酒屋よりも、『ヒソップ亭』のほうがあらゆる意味で勉強になると言っているから問題はない。できれば『ヒソップ亭』で正規雇用し、ブラックそのものの居酒屋は辞めさせてやりたいのだが、さすがにそこまで踏み切る自信がない。申し訳ないと思いつつも、パート扱いになっていた。

「あ、大将、おかえりなさい」

桃子が元気な声をかけてくる。続いて安曇が訊ねた。

「明日の朝ご飯はいつもと同じですか？」

「ああ、変わりない」

「ってことは、満室なんですね？」

「うーん……カレンダーでは空室はありそうだったが、減らす話は出なかった」

「よっぽど予約が少なくない限り、量を減らしたりしませんもんね」

「減らしたときに限って大食いの客がいたりするからなあ……」

以前、予約数に合わせて準備する朝食の量を減らしたことがあった。だが、その日に限って朝からもりもり食べる客が四人も五人もいて料理が足りなくなり、慌てて作り足した。あいにく『特製朝御膳』の注文も多い日で章はてんてこ舞い、あとからそれを知った勝哉は多少予約が少なくても、準備する料理の量を減らさせたりしなくなった。

余ったら余ったで賄《まかな》いにすればいいし、従業員たちで食べきれないほど残ることはなかったからそれでよしとしているのだろう。

とはいえ、あの予約状況を見る限り、今までどおりというわけにはいかなそうだ。

サービスの朝食については、およそ何人分必要と言われるだけで、内容については章に任されている。客が少ないときは品数を減らすなどの手抜きをすることも可能だが、章はそんなことはしない。むしろ、いつも以上に手間暇をかけ、普段なら出さないような料理を加えることまである。

こんなに美味《おい》しい朝食を出してくれるならまた来よう、もしくは、無料でこれだけ美味しいのだから、次に来たときには『特製朝御膳』を食べてみようと、思ってくれる客がいるかもしれない。

なにより、サービスであろうとなかろうと、自分が作った料理に舌鼓《したつづみ》を打ってくれる客の存在は、章にとっても大きな励《はげ》みになっている。とにかく、ひとりでも多くの人に食べてほしかった。

「近ごろは、以前とは比べものにならない数の人が駅で乗り降りしています。これまで我慢していた旅行、しかもワンランク上の旅を楽しんでいる人が増えているんでしょうね。無理もないと思いますけど、そういうのって一時的なことです。いつまでも贅沢旅行ばっかりしていられません。たとえ今は『猫柳苑』が宿泊先のリストから外れているとしても、しばらくしたらきっと戻ってきますよ」

いつでも行けると思うからついつい後回しになる。馴染《なじ》み客とはそうしたものだ、と安曇は言う。

確かに、焦らず急がず今までどおりの商い、サービスを続けていくことが大事なのかもしれない。もっとも勝哉の考えが変わらない限り、それ以外にやりようがなかった。

「ま、うちはただのテナントだからな。勝哉が決めたやり方に黙って従うしかない」

「黙って？」

すかさず桃子が突っ込んでくる。章と勝哉のやり取りをいつも見ている彼女にしてみれば、従うにしてもけっして『黙って』ではないと言いたいのだろう。

「『黙って』じゃなくてもいいじゃないですか。支配人さんにとっては幼なじみの大将がすぐそばにいてくれる、相談にも乗ってくれるっていうのはすごく心強いと思います。おかしいと思ったら反論できるって大事なことです」

「俺の意見なんて大して役に立ちそうもないけどな。でも、言い返せばちゃんと考えてくれるあいつはいいやつだよ」

「そのとおりです。あ、それと大将、『魚信《うおしん》』の女将さんが、時間があったら寄ってくれっておっしゃってましたよ。忙しければ電話でもいいって」

『魚信』は、章が『ヒソップ亭』を開いたときから仕入れに使っている鮮魚店で、店主の信一《しんいち》は章が注文すればたいていの魚は手に入れてきてくれる。

市場で仕入れられそうにないから俺が釣ってくる、などと言って船を出すこともあり、妻で女将の美代子《みよこ》を心配させる日もあるが、おかげで客の特別注文に応《こた》えることもできるし、新しい料理を試すこともできる。

ここ数年、先行きに不安を覚えていた章が、店を閉めた料理店から弁当の仕出しを引き継げるようにしてくれたのも『魚信』の主夫婦である。

おまけに美代子は、アルバイトで働くようになったばかりの安曇に声をかけ、悩みを聞いたり助言をしたりしてくれていたらしい。美代子から安曇の様子を聞かされなければ、安曇を『ヒソップ亭』で常時雇用しようと考えることはなかったかもしれない。

『ヒソップ亭』が無事に商売を続けている裏には、少なからず『魚信』夫婦の力添えがあった。

「美代子さんが?」

「はい。魚のアラがたくさん出たから、お弁当に使うなら取りにおいでって言われて伺ったんですけど、そのときに。たぶん、釣りのことじゃないかと……」

「さては、大将がまた夜釣りに行きたいって言い出したんだな?」

信一は仕入れで世話になっているだけではなく、章の釣りの師匠でもある。

しかも、魚は売るより釣るほうが好きというほどの釣り好きなので、潮の具合がいいと夜中でも釣りに行きたがる。だが、美代子としては昼間ですらひとりでは危ないと言われる釣りに、夜中にひとりで行かせたいわけがない。

さらに、信一は頑固で付き合う相手を選ぶ男だから、よほど気が合わないと釣りに誘ったりしない。その点、章は信一のお気に入り……ということで、章が同行を頼まれることが多かった。

「またお目付役かよ……」

「でしょうね。大将の狙いは太刀魚《たちうお》みたいですよ」

「太刀魚！　それなら市場でいくらでも仕入れられるだろうに」

「太刀魚釣りは楽しいんですって。私にはよくわかりませんけど、引きが強くて堪《こた》えられないそうです。それに女将さん曰《いわ》く……」

そこで安曇はいったん言葉を切った。どうやら、笑い出すのを堪《こら》えているらしい。信一もしくは美代子が、章にとってあまり望ましくないことを言ったに違いない。

「どうせ、大将が『太刀魚なら万年ボウズの章でも釣れる』とか言ったんだろ」

「すごい……そのとおりです。大将じゃなくて女将さんでしたけど、大将も大喜びしてました」

「夫婦揃ってまったく……」

「言葉にするとひどいように聞こえますけど、おふたりともなんとか大将——あ、うちの大将ですけど、に大物を釣ってもらいたいみたいでしたよ。近ごろ小鯵《こあじ》しか釣れてないからって」

「大きなお世話だよ。でもまあ……太刀魚か。悪くないな」

「大将は『ドラゴン』を釣るって意気込んでました」

「『ドラゴン』？　海に龍がいるの？」

桃子が目を丸くした。

釣りをやらない人間、もしくは太刀魚を釣ったことがない人間にとって『ドラゴン』はファンタジーに出てくる龍でしかない。当然とも言える桃子の質問に安曇はあっさり答えた。

「一・二メートル以上の長さがある太刀魚を『ドラゴン』って呼ぶそうです。引きが強力で、なかなかのバトルになるんですって」

「へえ……大きな太刀魚なら『ドラゴン』っていうより『伝説のソード』でしょうに。でも『伝説のソード』じゃ、どっちの大将も刃が立ちそうにないか」

「ソードに刃が立たない……」

どうにも不思議な桃子の表現に、とうとう安曇が吹き出した。釣られて桃子も笑い出す。安曇が『ヒソップ亭』で働くようになってから、桃子はとても明るくなった。それまでもいないと火が消えたようだと感じるほど元気だったが、女性同士で連れ立ってやってくる客を見て、羨《うらや》ましそうな顔をすることがあった。

桃子は、父親が亡くなってひとりになった母親と一緒に住むためにこの町に戻ってきた。母親とは仲よくしているものの、友だちがいないため少し寂《さび》しかったようだ。

そこに安曇がやってきた。同性、しかも年も母親ほど離れていないし、気も合う。

同僚というよりも、久しぶりに新しい友だちができて嬉しくてならないといったところだろう。

ふざけてばかりでは困るけれど、ふたりとも働くべきときには真面目《まじめ》に働く。安曇は飲食業で経験を積んできただけあって、客に対する言葉遣いもしっかりしている。おかげで少々乱暴なところがあった桃子の言葉遣いも、かなり改善された。相手が客の場合に限るし、章には相変わらずストレートすぎる物言いではあるが、章自身は気を許してくれている証《あかし》と受け止めているので問題ない。むしろ、桃子にお尻を叩かれて、もっと頑張らなければ、と思うほどだった。

いずれにしても『ヒソップ亭』の雰囲気は和《なご》やか、仕出し弁当の評判も上々で注文がどんどん増えてきている。『ヒソップ亭』だけに限って言えば、順風満帆だった。

「わかった。じゃあ、あとで電話してみるよ」

信一が言ったとおり、太刀魚は『ドラゴン』級の大きさでなければ釣るのが難しい魚ではない。とても美味しいから客の人気も高いし、もしも信一が『ドラゴン』を二本、三本と釣り上げたら、一本ぐらい譲ってくれそうだ。

大きな太刀魚は、鱧《はも》と同じような料理に使えて、なおかつ面倒な骨切りもいらない。

醬油《しょうゆ》だれを使ったつけ焼きや梅と大葉を挟んで揚げたら、店で出すのはもちろん弁当にも打ってつけだ。信一が太刀魚の夜釣りをするというなら、頼まれなくても同行したいのが本音だった。

そんな章の心中を見透かすように桃子が笑った。

「あとで電話なんて言ってないで、今すぐ行ってきたらどうですか？」

「それは無理だよ。仕込みだってまだあるし……」

「仕込みならとっくに終わってます。少なくとも、店を開けるまでに済ませなきゃならないことは全部安曇さんがやっちゃいました」

「え……？」

慌てて冷蔵庫を開けてみると、確かに今日使おうと思っていた鮭《さけ》も豚のヒレ肉もない。代わりに衣を付けて揚げるだけにしたフライが並べられたトレイと、タルタルソースが入った密閉容器が並んでいる。コンロの上には大きな鍋《なべ》がかかっていて、蓋《ふた》を取ってみると、中には筑前煮《ちくぜんに》が入っていた。

「あとは汁物ですけど、出汁《だし》は取ってありますからすぐに作れます。なんなら私がやっておきますよ」

ニコニコ顔の安曇に言われ、章は嬉しいのを通り越して落ち込んでしまった。

「まいったな……これじゃあ俺、いなくてもいいんじゃ……」

「なにを言ってるんですか。筑前煮は大将が教えてくださったレシピどおりだし、この鮭は昨日丸ごと一匹届いたものですよね？　大将が捌《さば》いてくれてあったからフライにできましたけど、そうでなければお手上げでした」

「安曇さん、魚は捌けるだろ？」

「鯵や鯖《さば》ならなんとかなりますが、鰤《ぶり》とか鮭はまだまだ無理ですよ」

「そうそう。あたしなんて、包丁を入れて内臓を引っ張り出すのを見て『ひーっ！』って言っちゃったわよ。何度も見てるはずなのに……」

「よく言うよ。そのあと筋子が出てきたら歓声を上げたくせに」

「そりゃそうよ。鮭を一本って注文しても、オスが来るかメスが来るかわからないじゃない。捌いてみて筋子が出てきたら拍手喝采《はくしゅかっさい》よ」

「心配しなくても、俺がこの時季に『鮭を丸ごと』って注文したら、『魚信』の大将は間違いなくメスを届けてくれる。あわよくば、なんて思う必要もないぐらいだ」

　鮭はもともと捨てるところがないことで有名な魚だ。その上、秋になればメスは筋子を抱《かか》える。そのまま塩や醤油に漬けるもよし、ほぐしてイクラ漬けにするもよし、章にとって秋の鮭は丸ごと注文しないほうが馬鹿《ばか》だ、と言いたくなるような食材だ。

　とりあえずまだ安曇に丸ごとの鮭を捌く技術はないらしい。煮物や汁物も安曇が来てくれると決まってから章が慌てて記したレシピとにらめっこで味を付けているようだ。

勉強熱心な安曇のことだから、そのうちなんでもひとりでできるようになるとは思うが、今のところ自分がいる意味はあると思うしかない。それに、安曇がひとりでなんでもできるようになって一番助かるのは、章自身なのだ。ちっぽけなプライドにこだわることはなかった。

「大将、しばらく『魚信』の大将ご夫婦とゆっくり話せてないんじゃない？　きっとふたりとも寂しがってるんだよ。開店準備はあたしたちがやっておくから、行ってきて」

「頼りになる従業員がふたりもいて助かる。じゃあ、お言葉に甘えて行ってくるよ」

そのために人を増やしたのだ、と言われればそれまでかもしれない。けれど、桃子は言うまでもなく、安曇も予想以上の即戦力で章の負担を大いに減らしてくれた。

これで仕出し弁当さえなければ、『猫柳苑』の夕食を復活させても十分対応できるのだが、弁当は弁当で貴重な売上だし、口コミによる宣伝効果も高い。いったん始めたものを途中で投げ出すことなどできない性格である以上、このまま行くしかない。

——人手が増えると仕事も増える。ありがたいことに違いないが、勝哉の力にもなってやりたいんだよなあ……

勝哉と雛子には子どものころから何度となく助けられた。ふたりが声をかけてくれなければ、章は今ごろ路頭に迷っていたに違いない。

『猫柳苑』が夕食提供をやめてからもうずいぶんになる。その間も温泉の質と行き届いたサービスに見合わぬお値打ち価格で、変わらぬ人気を保ってきた。

安曇の言うとおり、『猫柳苑』の予約数が減っているのは一時的なことだろう。それでもなお、眉根《まゆね》を寄せている勝哉を見るのは辛《つら》い。自分にできることがあればなんでもやりたいと思っているのに、現実が伴わない。勝哉夫婦に恩返しができる日が早く来てほしい、と願うばかりだった。

「お、『ヒソップ亭』の大将じゃねえか、ずいぶんご無沙汰《ぶさた》だったな！　うちに顔も
見せられないほど忙しいってことは、相当稼いでるんだな？」

「前がひどかっただけで、ようやく息がつけるようになったぐらいです」

「またまた。弁当の注文が鰻登《うなぎのぼ》りだって聞いたぞ。『すなはま』の職員さんたちも、
また慰労会の弁当を頼みたいって言ってるそうじゃないか」

「そうなんですか？」

「そうなんですか？　って……おまえは聞いてないのか？」

「まったく」

「まいったな……」

信一は困ったように頭の後ろを掻《か》く。

『すなはま』は特別養護老人ホームのひとつで、この町では一番入居者が多い。

老舗料亭『みやむら』から弁当の仕出しを引き継ぐにあたってプレセール——お試し期間を設けたのだが、その際に『すなはま』の慰労会で職員が食べる弁当を請け負った。

日頃から務めに励んでくれている職員のために、施設長が身銭を切って弁当を出すと聞いた章はできる限りのサービスをし、デザートまで付けた。

器を回収に行ったときに施設長から感想を聞かされたが、食べた人みんなが手放しで褒《ほ》めてくれたそうだ。

その後も何度か『すなはま』では慰労会が開かれたが、あいにく『ヒソップ亭』の仕出し弁当は予約でいっぱい、やむなくよその店を使ったものの評判がいまひとつだったという。

「この間施設長に会ったんだが、同じような値段、というかちょっと高いぐらいだったのに、中身は比べものにならなかったって嘆いてたよ。で、忙しいのはわかってるが、なんとか頼みたい。早い時期から予約すればどうにかなるかな、なんてさ」

そこで、それまで黙って聞いていた美代子が口を開いた。

「早い時期どころか、いっそこの日なら大丈夫っていうときに合わせて慰労会を開いてもいいぐらいだ、とまで言ってたわよ。もしかしたら桃ちゃん、頼まれてるんじゃない？」

「桃ちゃん？　どうして？」

「どうしてって、桃ちゃんのお母さんは『すなはま』のデイサービスを利用してるでしょ？　施設長さんはさすがにおっしゃらないでしょうけど、職員さんの中には『なんとかならない？』とか言ってくる人がいるかも」

「かもなあ……おふくろさんが世話になってたら無下《むげ》にはできないし、桃ちゃん、困ってるかもな」

「そんな話は聞いたことありません」

「そりゃあ大将には言わねえよ。手一杯なのはわかってるんだから。だからこそ、板挟みになってるんじゃねえかって心配してるんだ」

「なるほど……」

思わぬところで思わぬ話を聞かされた。帰ったら桃子に訊ねてみなければ、と思っていると、信一はさっさと話題を変えた。

「まあそれはさておき、おまえ明日の夜は空いてるよな？」

空いてるか、ではなく空いてるよな、と断定され、章は苦笑いだった。

「店を閉めたあとなら空いてますよ」

「だろうな。じゃあ、付き合え」

けてやる」

「ほかになにがある。『ドラゴン』を狙うぞ。たくさん釣って『ヒソップ亭』にも分けてやる」

「夜釣りですか？」

「たくさん釣ってって……そんなに釣れますかね？」

「釣れるか、じゃなくて釣るんだよ！　なあに、でかいとはいっても相手は太刀魚だ。そう難しくないさ。ああ、おまえはサビキでいいぞ」

サビキというのは、擬餌針《ぎじばり》の上か下に餌《えさ》が入った小さなカゴを付けて揺らし、餌を撒《ま》きながら釣る方法で比較的釣果《ちょうか》を得やすい。あまりにも簡単に釣れすぎて面白くないという人もいるぐらいだから、信一はほとんどサビキ釣りはしない。

ただ、正直章はそれほど釣りがうまくない。どうせ行くならボウズはつまらない、それぐらいならサビキを使ったほうがいい、とすすめてくれているのだろう。

呆れたように美代子が言う。

「とかなんとか言って、隣でサビキ釣りをしてたら魚は寄ってくるんでしょ？　あんたはおこぼれを狙おうって算段じゃないの？」

「馬鹿を言うな。そんな真隣で釣るわけがないだろ！　糸が絡んじまうよ」

「あらそう」

美代子は忍び笑いで答えたあと、章に向き直った。

「どっちにしてもよろしくね。この人、大物を狙えば狙うほど夢中になって、海に落っこちかねないから」

「わかりました。じゃあ、明日の夜」

「おう。待ってるぜ」

そこに女性客がやってきて、刺身の盛り合わせを注文した。自宅から持ってきた皿を差し出したから、おそらく常連客だろう。かなり大きな皿なので、それなりに時間もかかる。ここらが潮時だろう。

かくして太刀魚の夜釣りが決定、章はまだ釣れてもいない太刀魚をどう料理するか考えながら『ヒソップ亭』に戻った。


「ただいま」

「もう帰ってきたんですか？　もっとゆっくりしてきてもよかったのに」

「大将たちだって仕事中だからね。それより……」

桃子の顔を見たとたん、信一夫婦から聞かされた『すなはま』の件を思い出した章は、早速仕出し弁当について訊ねてみることにした。

「おふくろさんから『すなはま』の慰労会の弁当についてなにか聞いてない？」

「あー……」

桃子が少し困ったような顔になった。

母親を通じて頼まれているのではないか、という信一夫婦の推測は当たっているらしい。

「やっぱり聞いてるのか」

「聞いてるっていっても、世間話の範疇《はんちゅう》だし……」

「なんで言わなかったの？」

「だって……」

そこで桃子は戸口を窺った。

桃子も安曇も店の中にいる。『ヒソップ亭』はまだ開店前だから、客が入ってくることもない。おそらく桃子が気にしているのは勝哉か雛子……つまり、ふたりには聞かれたくない話なのだろう。

「勝哉がさっき出かけていったから、雛子は事務室を離れられないはずだよ」

「そっか……。じゃあまあ……」

ほっとしたように桃子が話し出したのは、予想以上の反響だった。

「けっこう母が頼まれるらしいんですよね。どうやら職員さんたちだけじゃなく、入居者からも『ヒソップ亭』のお弁当を食べたいって声が上がってるみたいで……」

「え、入居者まで？」

「はい。給食に不満があるわけじゃないけどたまには、ってことでしょう。あ、もちろん食事制限がない人の話です。母は母で、安曇さんが入ってくれたんだから、少しぐらい仕出し弁当が増えても大丈夫なんじゃないかって」

「いや、手一杯だったから安曇さんに来てもらうようにしたんだよ」

桃子は『猫柳苑』と『ヒソップ亭』の両方で働いている。休憩時間には母親の様子を見に家に戻ることも多い。『みやむら』から仕出し弁当を引き継ぐにあたって、章と桃子のふたりでは到底無理だということで、安曇のシフトを増やした。安曇は当時のダブルワーク先だった鶏《とり》料理店が店を閉めたことで収入が減少して困っていたし、『ヒソップ亭』は人手が足りない。正直、仕出し弁当がうまくいくかどうかわからない状況で安曇を正規雇用にするのは冒険すぎる。いったん正規雇用にしたあと、うまくいかないからやっぱりパートで、なんて言われたら安曇だって途方に暮れる。かといって、仕出し弁当の仕事は断りたくないし、章だけならまだしも、桃子の負担まで増えるのは困る、ということから安曇が働く日数と時間を増やしてもらうことにしたのである。

ところが、いざ蓋を開けてみると仕出し弁当は思った以上に好評で、注文はどんどん増えていく。これ以上増えたら、安曇がいてくれたところで、以前の働きすぎ状態に戻ってしまうと心配になるほどだった。

桃子はため息をつきながら言う。

「わかってます。だから母には、とてもじゃないけど無理だって言いました。そしたら母は、『猫柳苑』の客が減ってるなら、その分お弁当を頑張らないと駄目なんじゃないかって……」

「どこからそんな話を……」

あっけにとられる章に、桃子はひどく申し訳なさそうに答えた。

「あたし……」

「え？　そうなの？」

「はい……これまで忙しくて休憩に入るのが遅れたり、時間が短くなったりすることがあったんです。あ、もちろん女将さんたちはちゃんと休めって言ってくれてました。ただ、仕事があるのがわかってるからつい……。でも、安曇さんが来てくれてからはそういうこともなくなったし、母ともゆっくり話せるようになったんです」

「それでいろいろ話しちまったってわけか」

「はい。正直、満室じゃない日が多いのは、お部屋の準備をしてるあたしが一番わかってますし。ちょっと心配だよねーなんて……」

「まあ……もう言っちゃったんだから仕方ないか。でも、いくら相手がお母さんとはいってもちょっと……」

「わかってます！　今後は気をつけます！　でも、母が言うのももっともだなとも思います。『ヒソップ亭』には『猫柳苑』にお泊まりの人だけじゃなくて、町の人も来てくれます。だから今はそれほど売上は変わりませんけど、このまま『猫柳苑』のお客さんが減り続けたら……」

「そんなことにはならないよ。何年分かの旅行代を貯め込んだ客が、大盤振る舞いしてるだけ。ほとぼりが冷めたらまた戻ってくるさ」

「それなんですが……」

そこで口を開いたのは安曇だった。安曇は、自信たっぷりの章と心配そうな桃子の顔を見比べながら続ける。

「宿泊客はたしかに戻ってくると思います。でも、こういう言い方は失礼かもしれませんけど、上げ膳据え膳を堪能した人が、素泊まりの宿で満足するかどうかは怪しいと思います」

「いやいや、素泊まりの気楽さを求める人は一定数いるよ」

「そりゃあゼロじゃないでしょう。でも、これは飲食店にも言えることなんですけど、格上の店に行ったあと、コスパが売りのチェーン居酒屋に行ったらなんだか満足できなかった、ってことありませんか？」

「あるある！　ただ高いだけじゃなくて、お料理もサービスもちゃんとしてるお店に行くとやっぱり違うなあって思うよね。食材もいいものを使ってるし。で、いつもの居酒屋に行ったら、あーあ……なんてね。居酒屋が変わったわけでもないのに」

「いやいやいやいやいやいや！」

「そこまで『いや』を並べなくても！　わかってますよ。『猫柳苑』とそこらの安かろう悪かろうの居酒屋を一緒にするな、って言いたいんでしょ？　でも、安曇さんの言うことも間違ってないと思う。気軽に泊まれる宿もいいけど、年に何回かだった旅行を一年に一回、二年に一回にしてもいいから、贅沢を味わいたいってお客さんはいるんじゃない？」

「そうなんです。大盤振る舞いした結果、『猫柳苑』から足が遠のくお客さんがいる可能性はあります」

『猫柳苑』の客が減っても『ヒソップ亭』はやっていけるかもしれない。店が暇になる分、仕出し弁当に力を入れるという手もある。けれど、やっぱり『猫柳苑』だって繁盛してほしい。ため息をついている支配人夫婦を見ているのは辛い、と言う安曇に、桃子も大きく頷く。それはまさに、今朝章が感じたことだった。

「共存共栄が理想、となると、仕出し弁当にばかり力を入れるのはちょっと違う気がします。この町の人相手なら仕出し弁当は宣伝になりますけど、町の人は『猫柳苑』に泊まりに来てはくれませんし」

「もっともだ。以前来てくれた『すなはま』に入居してる人の娘さんみたいに、泊まり客が弁当を買ってくれることはあっても逆はない。弁当で『猫柳苑』の客を増やすことなんて無理だ」

「でも『ヒソップ亭』の経営を考えたら、今できるのはお弁当に力を入れることだけなのかも……」

なにもかもうまく回すのは難しい。とりあえずできることをするしかない。桃子と彼女の母親のためにも、どうしたら『すなはま』の仕出し弁当の注文を受けられるのかを考えるべきなのかもしれない。かといって、それで店に来てくれる客を疎《おろそ》かにするのは本末転倒、簡単には決められない話だった。

「桃ちゃんにもおふくろさんにも迷惑をかけて申し訳ない。一度、俺から『すなはま』の施設長さんに話しておくよ」

「大丈夫。うちの母もそこまで困ってるわけじゃないし。むしろ、ちょっと得意になってるのかも……」

娘が働いている店の人気が高いのは、親にしてみれば嬉しいはずだと桃子は鼻の穴を少しふくらませた。

「旨くないと言われるよりはずっといいが、一度ぐらい『すなはま』の入居者の皆さんにも弁当を届けられるといいなあ」

「職員さんだけの慰労会じゃなくて、入居者さんのお楽しみ会のときなら皆さんきっとすごく喜んでくれるとは思うけど……」

「あらかじめこの日は『すなはま』の分しか受けない、って決めておけばなんとかなる気もするしな」

「うーん……それはどうかなあ……。今、うちのお弁当を注文してくれてるのは『みやむら』さんから引き継いだお客さんが多いし、下手なことをしたら『みやむら』さんの名前にまで傷を付けることになっちゃうし」

閉店したとはいえ、『みやむら』の主は今もこの町に住んでいる。章を信じて客を託してくれた主の気持ちを裏切るようなことはできない、と桃子はひどく真面目な顔で言った。

「だから、あたしのことは気にしないでください。できないことはできないでいい。安請け合いして、全部を駄目にするほうが怖いですもん」

もっともすぎる桃子の意見に、章はただ頷くしかなかった。

桃子や安曇と仕出し弁当の話をした翌々日、『ヒソップ亭』を馴染み客のひとりが訪れた。勝哉との話にも出てきた『蕎麦好き』の山田である。

「いらっしゃいませ、山田さん。お元気でしたか？」

「こんばんは。お陰様《かげさま》で元気にしてます。大将もお変わりなさそうですね」

ひどく落ち着いたやり取りをしているが、山田は確か二十代の後半、もしくは三十代に入ったばかりと記憶している。いわゆる『今時の若者』に違いないのに、蕎麦だけではなく洋食や中華よりも和食、ビュッフェよりも定食、ベッドよりも布団が好みだという。そんな彼にとって『猫柳苑』は理想の宿らしく、四年ほど前に初めて訪れて以来、半年に一度ぐらいの頻度で『猫柳苑』に宿泊し、夕食も朝食も『ヒソップ亭』で食べてくれるありがたい客だった。

山田が品書きを開きながら訊ねる。

「今日のおすすめは太刀魚なんですね。もしかして、大将が釣ってきたんですか？」

「もちろん」

章が答えたとたん、桃子が吹き出した。

それを見た山田がしたり顔で言う。

「なるほど、釣ったのは釣ったけど全部じゃない、ってところですね」

「さすが山田さん、わかってらっしゃる！」

若くてイケメンな山田はもともと桃子のお気に入りだが、察しのいいところも贔屓《ひいき》の所以《ゆえん》なのだろう。

「大将が釣ったのは一本、しかもこーんなに細くて小さいのだけ。あとは一緒に行った人に譲ってもらったんですよ」

桃子が両手の人差し指で示した間は、四十センチぐらいしかない。章が釣ったものは五十センチを超えている。正確には五十三センチだったから、そこまで小さくはない、と憤然とする章に、山田は面白そうに頷いた。

「太刀魚ってだいたい五十センチから二メートルぐらいの間でしょう？　四十センチならリリースですよね」

「よくご存じですね。太刀魚のリリースサイズは四十五センチですから、持って帰ってきたならそれ以上の大きさってことです」

「でも細かったのは間違いないよね。栄養失調みたいにガリガリ。大将だって、捌いてみたらあまりにも身が薄くて、びっくりしてたじゃない」

「いいんだよ、おかげで『梅しそ巻き』にできたんだから」

「あーそれで『梅しそ揚げ』じゃなくて『梅しそ巻き』になってるんですね」

「まあそういうことです。いつもなら梅干しのペーストを塗って大葉を重ねて揚げるんですけど、あまりにも身が薄かったから丸めて串《くし》に刺して揚げました」

「それはそれで食べやすくていいかも。じゃあ、その『梅しそ巻き』をください。あとそれに合うお酒をなにか……」

「『春鹿《はるしか》　純米超辛口　中取り』はいかがですか？」

「超辛口……あんまり辛いのはちょっと……」

「大丈夫です。この酒は『超辛口』には違いありませんが、口当たりがすごく爽《さわ》やかなんです。それでいてキレはしっかりあるし、米の深い味わいを感じられます。中取りなので雑味もありません」

「そうなんだ……じゃあ、それをいただきます」

「燗《かん》と冷や、冷酒もありますが」

「冷やで」

「では『春鹿　純米超辛口　中取り』の冷やと太刀魚の『梅しそ巻き』で」

「山田さん、青菜の煮浸《にびた》しか筑前煮はいかが？　どっちも味が染《し》みていい頃合いですよ」

　桃子の言葉に、山田は苦笑いで答えた。

「野菜もどうぞってことですよね？　でも大丈夫、今日はここに来る前にしっかり食べてきました」

「お昼ご飯に？」

「はい、実は今日は会社の同僚たちとバーベキューをしてきたんです。みんな肉ばっかり食うから野菜が余っちゃって、俺がひとりで食ってました」

「うわあ、『バーベキューあるある』ですね」

せっかくだからとあれこれ用意するものの、人気なのはもっぱら肉で、人参《にんじん》、ピーマン、タマネギといった野菜類はいつまでも網の上、最後は真っ黒焦《こ》げになって捨てられる、というのが『バーベキューあるある』だと桃子は言う。

山田は大きく頷きながら答えた。

「そうなんですよ。だったら最初から肉だけにしとけよ、って思うんですけど、買い出しに行くとやっぱり野菜も買ってきちゃうんです……」

「たとえ一袋ずつにしても、種類を買えばけっこうな量になっちゃいますよね」

「でしょう？　で、捨てるのはもったいないからって必死に食べて、野菜でお腹《なか》いっぱい。まあ、俺はそこまで肉が食べたいわけじゃないからいいんですけど、さすがに今日はもう野菜はパスって感じです」

「了解です。では、魚やお肉をたくさん召し上がってください」

「そうします」

そう言って山田はぺこりと頭を下げる。桃子が、彼の前に冷や酒が入ったグラスを置きながら訊いた。

「山田さん、ずいぶん顔色がよくなりましたね。前にいらっしゃったときは、青白くてちょっと心配になるほどでしたけど。それになんだか身体全体がすっきり……」

そこで桃子は口をつぐんだ。

どうやら身体的な特徴を話題にするのはハラスメントになると悟ったらしい。

ところが山田は、むしろそこに触れてくれてありがとう、といった様子で答えた。

「でしょう？　実は俺、三十になったのを機会に、ちょっと生活を変えてみたんです」

山田は二ヵ月前に三十歳の誕生日を迎えたそうだ。

仕事はそれなりに順調で、友人たちには『おまえの職場は超ホワイトだ、文句を言ったら罰《ばち》が当たる』とまで言われている。忙しくなると残業が続くが、残業代はちゃんと支払われるし、有休の消化を止められたこともない。小さな不満はあるにしても、辞めたいと思ったことはない。最大の難点だった通勤ラッシュも、近年、在宅ワークが推奨されたおかげで出社は週に一日、どうかしたら二週に一日というときもあってかなり軽減された。山田にとっては理想的な状況だったという。

ところが、そんな暮らしを一年ほど続けた山田はある日、思いがけない事態に遭遇することとなった。

「久しぶりに会った友だちに、開口一番で言われたんです。おまえもけっこう貫禄《かんろく》がついてきたなあって……」

「貫禄……それってもしかして……」

「そいつは言葉選びがすごく上手で、人が不快になるようなことは滅多《めった》に言わないんです。だからたぶん、ついたのは貫禄じゃなくて贅肉《ぜいにく》だと……」

あの配慮に富む友人が思わず口にしてしまうほど太ったのか、と山田は落ち込み、帰宅後、風呂場でしみじみ自分の身体を眺《なが》めたそうだ。

「愕然《がくぜん》としましたよ。腹はたるんでるし、二の腕もふくらはぎもぷよぷよ。背中までぽっちゃり……ひどいもんです」

そこで山田は、カウンターの向こうの章の姿をまじまじと見つめてため息をついた。

「大将は俺よりずっと年上なのに、全然緩《ゆる》みがないですよね」

「俺はあんまり太らないっていうか、太れない体質みたいです」

「俺もそうだと思ってたんですよ。子どものころからダイエットとは無縁だったし。でもそれって、俺がずっと運動をしてたからだったみたいです」

山田は昔からサッカーが好きで、幼稚園に入るか入らないかのころから地域のサッカークラブに入っていたと聞いたことがある。真面目に努力する性格だったこともあってどんどん上達し、中学校では部活ではなく地元のサッカーチームのユースチームに入り、一時はプロになろうかと考えたそうだ。だが、高校、大学とサッカーを続けるうちに、上には上がいることがわかってきた。どれだけ努力しても敵《かな》わない天性の才能があると思い知らされた山田は、大学二年を最後にサッカーをやめた。

それでも、運動自体は好きだったから勉強の合間を縫ってランニングや筋トレは欠かさなかったし、就職してからは、ジムにも通っていたらしい。

あのころは、自分があれほど情けない身体になるとは思ってもみなかった、と山田はしきりに嘆いた。

「情けないって……そこまでじゃないでしょう？　確かに、一年ほど前にいらしたときは、少し頬《ほお》がふっくらされたなとは思いましたけど……」

「やっぱりふっくらしたとは思ってたんですね……」

大きなため息とともに、山田はカウンターに突っ伏した。慰めるように桃子が言う。

「仕方ないですよ。山田さんが通ってたジムって、会社の近くだったんですよね？　出社する機会が減って、ジムにも行けなくなったって言ってたじゃないですか」

「そうなんですよね。会社の近くなら、仕事帰りに寄れるからと思って登録したんですけど、それが仇《あだ》になりました。そうじゃなくても、このご時世でジムってちょっと怖くてパスしたところもありますし」

あまり広くないにしては人気の高いジムだったようで、山田は狭い空間で大人数が運動することに不安を覚えていたから、たとえジムが家の近くだったとしても足が遠のいていたかもしれない、と呟くように言った。

「でも、ジムに行かないなら行かないでほかに運動する方法はいくらでもあったのに、それをやらなかった俺が悪かったんです」

「お仕事が忙しかったんでしょう？　仕方がないですよ」

「そんなの言い訳でしかありません。在宅ワークでも運動してる人はしてます。会社から離れたところに住んでて、同じようにジムに通ってた同僚もいますが、俺みたいに情けない身体にはなってません。訊いたら、動画サイトを参考に家でできる筋トレに励んでたそうです」

「動画サイト、たくさん上がってますよね。あたしもストレッチとかやってますよ」

「桃子さんも？　一日中立ち仕事なのに……」

家に帰ってまで運動する必要はないのでは？　と山田は首を傾《かし》げた。桃子は人差し指を顔の前で左右に揺らしつつ答える。

「一日中立って働いていても、動かす筋肉は決まってるんです。変に偏ってるから逆に凝ったりして……。お風呂上がりにストレッチでまんべんなくほぐすと、すごくよく寝られるんですよ」

「あーそれはわかる気がする。ほぐすって大事ですよね」

「クタクタになるほど働いたあと、しっかり食べて、ゆっくりお風呂に入ってストレッチ。そのルーティンを覚えてから、そんなに太らなくなりました……ってあたしじゃなくて山田さんの話でした！」

「そうですよ。どう生活を変えたんですか？」

「やっぱり食生活が大きいですね。自炊を始めたんです」

「自炊……」

「はい。とはいっても、食材や調味料をまとめて宅配してくれるサービスを使って、なんですけどね」

「あ、動画サイトでよく紹介されてるキットですよね。お肉も野菜も必要な量を詰め合わせてあってレシピも添えられてるから簡単に作れるって評判の！」

「あーあれ！　俺も広告を見たことがあります。ゴミも出ないし、人数分がきっちり届くから作りすぎもない。カロリー計算も簡単にできるそうですね」

「そうなんです。俺には料理なんて無理だと思ってましたけど、あのキットを使えば案外手軽に作れるってわかったんです。キットはふたり分からですけど、まとめて作って分けて食べるようにしてます。野菜もしっかり入ってますしね」

「なるほど……近ごろ野菜が高いからそれはいいですね」

「でしょう？　俺、スーパーとかで野菜の値段を見て、葉っぱにこんな金額を払うぐらいなら肉を買う、って思っちゃうんですけど、キットで届けばそんなことはありません。しかもわりと旨いし」

「それはラッキーでしたね」

「実はもともと俺のおふくろが購入していたキットで、もう親父《おやじ》とふたりだし、無駄がなくていいだろうと思ったらしいんですが、結局あまり使わなかったんです。だから俺も合わないかと心配だったんですけど、そうでもなかったみたいで」

いくら便利なキットでも、味付けが合わないと使い続けられない。山田の母親は自分好みの味にするためにあれこれするぐらいなら、最初から自分で味を付けたほうがマシだと考えて、キットを使うのをやめたそうだ。

「味付けさえ合えばすごく便利なのに、っておふくろは嘆いてたけど、あのキットのおかげで俺の食生活は格段に向上しました。生鮮食料品を買いに行かなくて済むようになって楽になったし」

「え、でも、買い物に行かなくなると余計に運動不足になるのでは?」

「それこそ動画見て筋トレですよ。うちはコンビニは近いんですけど、スーパーがちょっと離れてて、生鮮食料品の買い物はどうかすると往復で一時間ぐらいかかっちゃうんです。それをやめて、空いた時間で筋トレするようになりました」

動画サイトを探してみたら、自分にもできそうなものがたくさんあった。無料で好きなタイミングでやれるから助かっている、と山田は得意げに語った。

「それまでは、歩いてれば大丈夫だって思ってたんです。でも、ただ歩くだけって案外運動にならないらしいですよ。何千歩も続けてなら別かもしれませんけど、せいぜい千とか二千歩、しかも止まったり歩いたりの繰り返しでは……」

「そういうものですか……」

一時期、一日一万歩ほど歩くと健康にいいと言われ、あっちにもこっちにもウォーキングをする人の姿が見られた。けれど、いつのころからか一万歩では歩きすぎだの、上がりすぎた気温で熱中症の心配が、だの言われて少しずつ歩いている人の数が減っていったように思える。代わりに台頭した小規模型のジムも、この感染症騒ぎで足が遠のく人が出てきて、みんないったいどうやって運動しているのかと思っていたが、動画を見ながら自宅でトレーニングしていたという。

これには章もびっくりだった。

「じゃあ、俺も家で少しなにかやるかな……」

「絶対やったほうがいいですよ。料理人さんって、意外と下を向いてることが多いから、背中とか首とか凝りまくってそうだし」

「おっしゃるとおりです。いっそ二十四時間営業のジムにでも行こうかと思ってましたけど、動画見ながら家でやれるならそれに越したことはありません」

「是非。五分とか十分のものもありますから、隙間《すきま》時間でできますよ」

休憩時間にでもやってみてください、と山田はおすすめの動画まで教えてくれた。

やけに熱心だと思ったら、どうやらその動画を配信しているのは彼の友人だそうだ。トレーニング内容は素晴らしいのに、なかなか登録者数が伸びなくて悩んでいるから、協力してあげたいとのことだった。

桃子とふたりして視聴することを約束し、自宅での筋トレの話は終わり、そのタイミングでちょうど料理が仕上がった。

「お待たせしました。太刀魚の梅しそ巻きです」

「わあ、旨そう！」

これだけ薄いなら、と半ば諦《あきら》めの境地で太刀魚の身を細く切った。おかげでくるくる巻いたのを串に刺しても一口で食べられるサイズになった。釣ったときは小さくて情けないとすら思ったけれど、工夫次第でなんとでもなるものだ。

山田はずいぶん気に入ってくれたようで、三本あった串を瞬《また》く間に食べ終わり、冷や酒をくいっと喉《のど》に流し込んだ。

「この酒、揚げ物とすごく相性がいいですね。さすがは大将」

「喜んでいただけてなによりです。あとはなにをご用意しましょうか？」

いくらバーベキューでたっぷり食べてきたと言っても、時刻はもう午後八時を過ぎている。若い山田が、串揚げ三本では足りるはずがなかった。

「バーベキューならお肉が主体でしょうから、やっぱり魚がいいですか？」

太刀魚のあとにまた魚が続くのはどうだろう、と訊ねてみると、山田はちょっと考えたあと答えた。

「丁寧に料理した肉……がいいな」

章が怪訝《けげん》な顔になる一方で、桃子は大きく頷いた。

「なんかすごくわかる気がします。バーベキューってけっこう大胆ですよね」

「そうなんです……って、あれ？」

そこで山田はまじまじと桃子の顔を見た。

「あたしの顔、なにか付いてます？」

「いや。ただ、なんか桃子さん雰囲気が変わったなって……」

「そうですか？　でも別になにも……」

「そうか……言葉遣いだ。これまでよりずっと柔らかい感じになってる」

「ああ……」

そこで桃子は、ちょっと恥ずかしそうに笑って言った。

「少し前に『ヒソップ亭』に入ってくれた子がいるんです。その子はまだ若いのにずいぶんしっかりしてて、言葉遣いもちゃんとしてて、あたしも見習わなきゃって
……」

「そうだったんですか。でも、俺は前の元気いっぱいの桃子さんも好きでしたけど」

「元気いっぱいでも丁寧に話すことはできるのよ。言葉遣いによっては馴《な》れ馴れしいって嫌がるお客さんもいらっしゃるかもしれないし」

章の想像以上に、桃子は安曇の言葉遣いや接客を見て思うところが多かったようだ。

客層があまりよくない店にいたから、自衛手段のひとつだと本人は言っていたけれど、どんな客にも落ち着いて対応する安曇の姿に、客商売の原点を見たのかもしれない。

「俺は桃子さんの、元気でなんでもはっきり言ってくれる感じはすごくいいと思いますけどね。なんか、実家の姉みたいでほっとする」

「え、山田さん、お姉さんがいるの？」

初耳だ、と桃子が目を見張った。今食いつくべきはそこじゃないだろう、と章は思うけれど、山田は案外簡単に姉に話題を変えた。

「いるんですよ、ひとり」

「そんなふうに見えなかった……。兄妹《きょうだい》がいるにしても、弟か妹かなって」

「妹もいますよ。俺は三人兄妹の真ん中、上も下も女だから女の子の遊びばっかりしてました。で、その姉が……ああ、そうか」

そこで山田はクスッと笑った。典型的な思い出し笑いだな、と思って見ていた章の視線に気付いたのか、彼は話を続けた。

「初めてこちらにお邪魔したときに、なんだか懐《なつ》かしい感じだって思ったけど、あれは桃子さんが姉に似てたからだったんですね。姉も桃子さんみたいに元気いっぱいでなんでもはっきり言う質《たち》なんです。で、バーベキューをしてもめちゃくちゃ大胆で」

ここでバーベキューの話に戻るのか、と章がぼんやり思っている中、山田は嬉しそうに姉の話を続ける。おそらくかなり仲のいい姉弟なのだろう。

「うちは田舎《いなか》で庭も広かったから、けっこうよくバーベキューをしたんです。本家で親戚《しんせき》が集まることも多かったし、お盆になると大人は座敷《ざしき》で宴会、子どもたちは庭でバーベキュー。で、もっぱら姉がその面倒を見てくれたんですけど、大胆って言うか、すごく荒っぽかった」

「荒っぽいってどんなふうに？」

「人数が多いと、肉も大容量パックを買ってくるでしょう？　それを網の上に全部一気にのせちゃうんです。一キロ入りとかのパックのフィルムを剥《は》がして、バサーッて」

「わあ……」

それはすごい、と桃子が感心している。だが、章に言わせれば言語道断のやり方だった。山田も苦笑いで言う。

「全部一気にのせて、網の上でばらす感じ？　スライスしたタマネギや人参、ピーマンなんかもどかどか放り込んで。大人数に一気に食べさせなきゃならないからそうなっちゃうのはわからないでもないんですけど、ひどいときは最初から鉄板プレートを持ち出してきて、せっかくのバーベキューが肉野菜炒《いた》めみたいになってました」

「それ、そのまま麺《めん》を入れれば焼きそばにもなって便利かも……」

桃子の言葉に、山田はさらに笑って答えた。

「やっぱり似てますね。姉がまさにそのとおりのことをやるんです。子どもたちの顔を見回して、『ちゃんと食べた？　もういい？　じゃああとは焼きそばね！』って、麺をバサバサー、ソースもドバーッ、横でささーっと目玉焼きまで作って。その目玉焼きがいい感じの半熟で、お祭りの屋台みたいだって子どもたちは大喜びでしたけど」

その姉は相当なアウトドアの達人だ、と章は感心してしまった。

話を聞く限り、山田の家で使われていたのはかなり大きなバーベキューコンロだったのだろう。炭もたくさんいるし、火加減だけでも難しいのに、肉や野菜をまとめて焼き、いい感じに残して焼きそばまで作るばかりか、半熟の目玉焼きまで添える。よほど慣れていなければ、屋外でそんなふうに料理はできないに違いない。

「それはさぞや旨かったし、楽しかったでしょうね……」

「ええ、すごく楽しかったし、子どものころは旨いって思ってました。でも、大人になって炭火の焼き肉店に行ったら全然違う。せっかく炭を使ってるんだから、丁寧に焼いたらもっと旨かっただろう、って」

「いや、それ、ジャンルが違うから！」

似ていると言われて親近感が湧《わ》いたのか、桃子が少し怒ったように言った。

「そんなに大人数、しかも我慢がきかない子ども相手なんでしょう？　お肉を丁寧に焼くなんて無理よ。一気に焼いてしまいたい気持ち、あたしにはよくわかるわ」

「まあそうですね。でも、実は今日のバーベキューも似たような感じだったんですよ。大人ばっかりだったのに」

子どものころを思い出せてあれはあれで楽しかったけれど、やはりせっかくの炭火がもったいないと思ってしまったと山田は嘆く。そして、少し遠いところを見るような目になって加えた。

「俺って、自分の欲求にばっかり目が行って、その場の雰囲気を楽しむ力が足りないのかもしれません。せっかくみんなでバーベキューをしているのに、ああしたらいいのに、こうしたらいいのに、とばっかり思っちゃって」

山田はしきりに反省している。この若さでそこまで我が身を省みられる人間のほうが珍しいが、急に落ち込んでしまった彼を見て、思わず章は口を開いた。

「でもそれって、思うだけなんでしょう？」

「え……？」

「思うだけで、実際はなにも言わないし、なにもしない。それなら支障はないはずです」

「そうでしょうか……」

「頭の中でなにを考えるかは人それぞれ、いわゆる『思想の自由』ってやつです。問題は、自分の考えをそのまま人に押しつけようとする人ですよ」

「それ、すっごくわかる！」

桃子がいきなり大声を出し、勢い込んで話し始めた。

「自分のやり方を無理やり人に押しつけてくる人っているよね？　あたしの元彼がそうだったの。焼き肉屋さんに行っても、絶対に牛タンから焼かなきゃ駄目だ、とか。お寿司屋《すしや》さんなら最初から玉子なんてあり得ない、とか……ただの回転寿司なのに！」

「あーいますよね、そういう人。知ってることを全部言わなきゃ気が済まない。どこででも、誰に対してもマウント取りに来るみたいな」

「そうそう。まだ付き合い始めたばっかりだったから、あたしが料理人の娘だって知らなかったんでしょうね。さも『俺はなんでも知ってる』みたいな感じが鼻について、結局別れちゃった……」

「そんな人とは別れて正解ですよ」

「あたしもそう思う。でも山田さんはそんなことはしないでしょう？　ただ思ってるだけで」

「そりゃまあ……。めちゃくちゃ腹が減ってて、とにかく早く焼いて早く食いたいって人もいるだろうし。自分のやり方で焼きたいなら、ひとりでやればいいだけのことです。バーベキューの焼き手ってかなり面倒なのに、引き受けてくれてるだけありがたいです」

「それがわかってるならいいじゃないですか。誰にも迷惑をかけてないんですし」

「でもね……大将。それって、俺自身があんまり楽しくないんですよ。なんで俺、ここにいるんだろ……ってなっちゃう」

「会社の行事じゃなかったんですか？」

「別に参加を強制されたわけでもなかったんです。ただ、俺は中間管理職なんで、俺が行かなかったら部下たちも行かないだろうし、せっかく企画してくれた上司が悲しむなあ、とか思っちゃって」

「山田さんは優しい方ですね」

章は会社勤めをしたことがない。

料理人という仕事柄、会社組織とは縁が薄いから仕方がないが、それでも上司と部下の間に立たされた経験はある。けれど参加したくない、特に仕事以外のレクリエーション目的の行事には出ないことも多かった。その際、自分が行かなかった場合の部下たちの動向なんて考えたこともなかったのだ。

ところが山田は、そこまで考えて参加を決めている。そして雑に焼かれた肉や誰も食べなかった野菜を黙々と平らげ、その足で『猫柳苑』に来た。十中八九、こうなることがわかっていて予約を入れたのだろう。

桃子が笑いながら言う。

「でも、そのちょっとつまらないバーベキューのおかげで、山田さんはうちに来てくださった。うちにしてみればありがたい話です」

「こっちこそ、『猫柳苑』……違うな『ヒソップ亭』がここにあってくれてよかった。大将ならどんな料理もこれ以上はないってほど丁寧に手をかけてくれてるって信じられますから」

「いや、俺だって手を抜くことはありますよ！」

「ここなら手を抜いても大丈夫って確信の下ですよね？　それはむしろ、もともと必要ない工程なんです。その判断が、大将なら間違いない」

「うわー……それってもう宗教なんじゃ……」

茶化《ちゃか》すような桃子の言葉に、山田は真顔で頷いた。

「そうですね、宗教かもしれません。でも、信じられるものがあるってそれだけで幸せじゃないですか？　たとえ事実がそうじゃなくても、信じることで生きていける」

「事実がそうじゃないってことでも……」

「ごめんなさい、言葉の綾《あや》です。でも、少なくとも俺は『ヒソップ亭』信者に間違いありません。ここに来るのは『ヒソップ亭』があるからだし、飯や酒をゆっくり楽しみたいから『猫柳苑』に泊まる。あ、こうやって大将や桃子さんと話ができるのも大きい。会話もご馳走《ちそう》です」

「わあ、嬉しい！」

桃子は手を叩いて喜んでいる。

章だって嬉しいに違いない。けれど『会話もご馳走』という言葉を聞いて、ふと頭に疑問が浮かんだ。それは、もしも『猫柳苑』が夕食提供を再開したとしたら、山田はどうするのか、ということだ。

気になった章は、すぐさま山田に訊ねてみた。

「山田さん、もしも『猫柳苑』が夕食付きのプランを出したら、どうされますか？」

「夕食付き？　ここで、ですか？」

現状、『猫柳苑』の食事処は『ヒソップ亭』だけである。朝食は玄関前のロビーで提供しているにしても、あれはあくまでもサービスだからこそだ。夕食を玄関ロビーで食べたがる客はいないだろう。

かといって、宿泊客全員に食べてもらうには『ヒソップ亭』では席数が足りない。『猫柳苑』が夕食提供を再開するなら、部屋食以外の選択肢はないだろう。

章の説明を聞いた山田は、少し困った顔で訊ねた。

「そうなった場合、『ヒソップ亭』はどうなるんですか？」

「どうなるとは？」

「夕食付きにするか、外に食べに行くかの二択になっちゃいませんか？」

部屋食を出すにしても、『猫柳苑』が作り置きなんて許すはずがない。章自身、熱いものは熱いうち、冷たいものは冷たいうちに食べてほしいに決まっている。となると、『猫柳苑』の部屋食に対応しつつ、『ヒソップ亭』の営業を続けるのは無理だから、素泊まりの客は『ヒソップ亭』で晩ご飯を食べられなくなってしまうのではないか、と山田は言う。

「まあ……そうなる可能性も……」

「それは困るなあ……。さっきも言ったとおり、俺は大将たちとの会話が楽しみで『ヒソップ亭』に来てる部分もあるんです。飯の旨さは変わらないにしても、こうやってカウンター越しの会話を楽しめなくなるのは嫌だな」

「でも、それしか選べない。夕食付きプランにしなければ、『ヒソップ亭』の飯そのものが食えなくなるとなったらどうします？」

「究極の選択だなあ……たぶん泣く泣く夕食付きプラン？　でもひとりで黙々と飯を食うぐらいなら、いっそすっぱりよそに行くって手も……」

山田は頭を抱えている。そこまで『ヒソップ亭』に心酔してくれているのか、と嬉しくなるが、『猫柳苑』にはかなり辛い話だ。ここまで極端な客は山田ぐらいにしても、こんな話を聞かせたら、勝哉は夕食付きプランの復活に二の足を踏みかねない。

桃子が呆れたように言う。

「山田さん、ガチの信者だわ……」

「そうみたいです。でも、俺にとって『ヒソップ亭』で飯が食えなくなるのはそれぐらい大きな問題なんです。なんでそこまでって笑われるかもしれないけど……」

笑ったりしない。笑えるわけがない。むしろ章にとって山田の言葉は、涙が出るほど嬉しい。ただ、『猫柳苑』との共存共栄を図りたい章には、手放しに喜べない。

『猫柳苑』の客がすべて『ヒソップ亭』のファンとは限らないが、『猫柳苑』よりも『ヒソップ亭』の優先度が上にある人がいるなんて思ってもみなかった。『猫柳苑』に来たから『ヒソップ亭』に寄るのであって、『ヒソップ亭』目当てに『猫柳苑』に宿を取るというのは、本人が言うとおりかなりレアなケースのように思えた。

桃子が感極まったように言う。

「ありがとう、山田さん！　そんなふうに言ってくれると本当に励みになります」

「こっちこそ、桃子さんや大将の顔を見ると元気になれます。末永くよろしく！」

ぺこりと頭を下げたあと、山田は冷や酒を一口、そしてまた品書きに目を移す。そして『本日のおすすめ』からではなく、刺身の盛り合わせを注文した。

「あれ……『丁寧に料理した肉』じゃなくて？」

とっさに訊き返した章に、山田はちょっと恥ずかしそうに言う。

「さっきまではそう思ってたんですけど、よく考えたら肉は量としてはかなり食べたんですよね。まあ、質もそれなりのものだったし。それに、やっぱりこの町に来たからには、キトキトの魚を食べたいなって」

「キトキト……山田さんは富山のご出身でしたっけ？」

『キトキト』というのは、新鮮、あるいは精力的な様子を表す言葉で、主に富山県で使われている。そのため『キトキト』と口にしただけで富山近隣の出身か、そこで暮らした経験があると推測される。

『田舎の出』だと本人から聞いただけで、具体的な地名は知らなかったが、どうやら彼は富山出身だったらしい。

「そうなんですよ。なんにもないところだけど、今思えば魚だけは旨かった。にもかかわらず、親戚が集まるとバーベキューなんです」

「いやいや、人数がたくさんになると魚料理は難しいですよ。バーベキューのほうがよっぽど簡単です」

「たぶんね。なにより、子どもには魚の旨さなんてわからない。少なくとも俺はちっともわかってなかった。東京に出てきて初めて、富山の魚がどれだけ旨かったかを思い知らされました」

「あ、それわかります！　あたしも一時期東京にいたんですけど、魚が食べられなくて苦労しました」

　この町の倍ほどの値段がするのにちっとも美味しくない。生魚には手が出なくて干物を買ってみたけれど、それすらこの町で売られているものとは全然違ったと桃子は嘆く。

　山田が、大きく頷いて続けた。

「干物かあ……確かに魚が獲《と》れる町の干物はひと味違いますよね。遠くまで運ばなくていいせいか、塩があんまりきつくなくて、魚そのものの味が損《そこ》なわれてない感じがします。あと、俺が一番苦労したのは鱒《ます》の寿司でした」

「そういえば鱒の寿司は富山名物でしたね。あちらに行くと種類の多さにびっくりします」

「大将は富山に行かれたことがあるんですね！」

山田がものすごく嬉しそうな顔になった。さらに、興味津々で訊ねてくる。

「どれか食べてみましたか？」

「もちろん。実を言うと、富山に行ったのはそれが目的だったんです」

「それって鱒の寿司が？」

「はい。『ヒソップ亭』を開く前にいた店のお客さんに富山出身の方がいらっしゃって、ものすごく熱く語られたもので……」

五年以上前の話だ。その客が富山の出身だと知った同僚が、鱒の寿司の話題を持ち出した。自分は鱒の寿司が大好きだ、あんなに旨いものはないと……

おそらく同僚は、客の出身地を褒めるつもりだったのだろう。ところが、なぜかその客はひどく不機嫌になった。どうしたかと思ったら、その同僚に、富山に行ったことがあるのか、と訊ねた。首を左右に振った同僚に、客はつまらなそうに言った。東京で売られている鱒の寿司が不味《まず》いわけではないが、地元にはもっともっと旨い鱒の寿司がある、それを知らずに鱒の寿司を語ってほしくない、と……

それを聞いた章は、そんなに旨いのかと気になって、次の休みに富山に行ってみることにした。北陸新幹線を使えば日帰りできるとわかっていたからだ。

インターネットで評判の高い店を調べて、駆け足で回って買い込んで、すぐにまた新幹線に乗って東京に帰ってきた。東京から富山まで片道二時間半、往復で五時間かけながら富山には二時間も滞在しなかった。さっさと帰って買い込んだいくつもの鱒の寿司を食べ比べたい一心だった。

なにせ鱒の寿司は、駅弁としても有名なだけに、ひとつでかなりお腹がいっぱいになってしまう。完食できない以上、家に帰って残すのを前提に食べ比べるしかない。

それでも普通のにぎり寿司であれば無理だった。押し鮨で保存が利く鱒の寿司だったからこそできた所業だった。

章の話を聞いた山田は、勢い込んで訊ねた。

「食べ比べをやったんですか！　で、どうでした？」

「俺は身が厚くて、ちょっとレアな仕上げのものが好きでした」

「もしかして……」

そこで山田が口にしたのは、まさに章が気に入った店の名前だった。

「あ、それです！」

「やっぱり！　俺もあの店のが一番好きなんです。富山に帰ったときには、家に帰る前に寄って買って、こっちに戻ってくるときにも買ってきます。東京では絶対に買えませんから。母親は嘆いてますけど」

それはそうだろう。親にしてみれば、せっかく戻ってきた息子に家庭料理を食べさせてやろうと思っているのに、嬉々《きき》として鱒の寿司を抱えてこられてはがっかりするのも無理はない。

「いつだって食える人にはわからないよ、って俺が言うと苦笑いしながらたら汁を出してくれます。たら汁と鱒の寿司は俺にとって最高の組み合わせなんです」

「なるほど……じゃあ、けっこう頻繁に富山に帰ってらっしゃるんですね？」

「それがなかなか……。親も年だし、顔を見に行きたいのは山々なんですが、ここ数年はなんやかんやで帰れていないんです」

旅行だけでなく帰省すらままならなかった。特に地方では、東京から来たと言うだけで眉を顰《ひそ》められかねない。親に余計な気苦労をさせたくなかった、と山田は言う。

「親御さんには会えないし、鱒の寿司も食べられない。踏んだり蹴《け》ったりでしたね」

「本当ですよ。でも、今年こそはなんとか……」

「じゃあ今年は富山で年越しですか」

「そのつもりです」

嬉しそうに笑ったあと、山田が何気なく呟く。

「俺はここを実家代わりにしてたのかな。もしも『猫柳苑』が夕食を再開して、『ヒソップ亭』で飯が食えなくなったら、実家に帰る機会が増えるかも……」

それは山田にとっても、彼の両親にとっても悪いことではない。けれど章にしてみればやっぱり寂しい。桃子だって同じ思いだろう。

なんとかして『ヒソップ亭』と『猫柳苑』の両方の客を増やす方法を見つけなければならないが、一筋縄ではいかない。

山田の注文の刺身を切りながら、章は途方に暮れそうになっていた。

安曇の事情

店の外から鼻歌が聞こえてくる。

声の主は、先ほど引き戸の外側が汚れているからと拭《ふ》きに行った桃子だ。

言われてみれば、確かに『ヒソップ亭』を開いた当初よりも木目の色がぐっと深くなっている。いわゆる経年変化なので章は気にしていなかったが、桃子は極力白木の美しさをなくしたくないらしく、定期的に専用の洗剤を使って磨《みが》き上げている。

おかげで引き戸はいつも白とごく浅い黄色の間の色に保たれ、細い桟と桟の間にも埃《ほこり》ひとつない。手入れのよさが一目瞭然《いちもくりょうぜん》なのだ。

章は拭くだけならともかく、専用洗剤まで使って磨き上げるなんてまっぴらだが、桃子は鼻歌が出るほど楽しそうに作業をしている。根っからの働き者かつきれい好きなのだろう。

桃子は『ヒソップ亭』にとって宝物のような人だ。今までなんとか商売を続けてこられたのは、彼女の働きと愛嬌《あいきょう》のよさがあってこそ。本当にありがたいことだ、と思いながら、章は鯵を発泡スチロールの箱から取り出す。大きくて脂が乗っていそうな鯵だから、開いてフライにするつもりだった。

ところが二枚ほど開いたとき、引き戸の向こうから大きな声が聞こえた。

「なにその顔、大丈夫なの!?」

ぼそぼそと答える声も聞こえたが、内容までは聞き取れない。桃子の口調や言葉遣いから考えて、おそらく相手は安曇だろう。

顔が大丈夫かどうか訊ねるなんて失礼すぎる、と一瞬思ったけれど、桃子が言いたいのは造形のことではなく顔色に違いない。なにせ安曇は、一昨日《おととい》に出勤してきたときもかなり顔色が悪かった。咳《せき》やくしゃみは出ていないし、発熱もない、人に伝染《うつ》すようなものではないはずだ、と本人は言い張っていたけれど、心配なのはそれだけではない。明らかに過労から来ていると思われる安曇自身の体調だった。

「とりあえず中で座って！」

言うなり引き戸が勢いよく開き、桃子、続いて安曇が入ってきた。心配性の桃子ではなくても、すぐさま座って休めと言いたくなるほど、安曇は具合が悪そうだった。

桃子はカウンターに上げてあった椅子《いす》を下ろし、安曇を座らせて訊ねた。

「昨日はしっかり寝たの？」

「それがあんまり……」

相変わらず桃子は元気な声を上げるも、答える安曇の声は小さい。いつもはもう少し大きな声を出しているから、相当まいっているのだろう。

「また居酒屋で遅くなっちゃったの？」

「そうなんです。十時には上がれるシフトだったんですが、バイトの子が急に休んで結局閉店まで帰れなくて」

「閉店って確か十一時じゃなかった？」

「午前一時です。今月から深夜営業を再開しましたから」

「一時!?　まさか閉店後の片付けとかもやったの!?」

「はい……手が足りなくて仕方なく」

「手が足りなくてもパートやバイトには関係ないでしょ！　閉店後業務なんて社員がやるべきじゃない！」

「その社員さんもひとりしかいませんでした。しかも、閉店間際にお客さん同士が喧《けん》嘩《か》を始めて警察を呼ぶ羽目になっちゃって、その対応で忙しくて……」

片付けや仕込みどころではない。このままでは明日の開店が危ぶまれる、と思った安曇はやむなく仕事を続けた結果、退勤できたのは午前三時半だったそうだ。

「そんなの見ないふりして帰ってきちゃえばいいのよ！　明日店が開けられようが開けられまいが、安曇さんの責任じゃないもの」

そうは言っても、そこで見ないふりをできないのが安曇という人だ。居酒屋側も、その安曇の性格を都合よく利用しているに違いない。

「それはわかってますけど、なんか帰るに帰れなくて」

「本当にお人好《ひとよ》しなんだから。でも、それで具合が悪くなったら損をするのは安曇さんだよ！」

桃子の声がさらに大きくなる。事情を薄々察しているだけに、もどかしくてならないのだろう。だが、具合が悪いのに目の前でまくし立てられたら、安曇はさらに消耗する。

章は冷蔵庫から出したスポーツドリンクを安曇に渡しながら、桃子を宥《なだ》めた。

「桃ちゃん、そんなにキャンキャン責めるなよ」

「キャンキャンって……。それに、あたしは別に安曇さんを責めてるわけじゃ……」

「そうですよ。桃子さんは私のことを心配してくださってるだけで！」

「そうだね。俺だって心配だよ。安曇さんに身体を壊されるとうちだって困るんだから」

「それが一番腹が立つんですよ！」

一番？　と首を傾げる章をよそに、桃子は安曇に問い質《ただ》した。

「安曇さん、最後まで残らされたのは昨日が初めてじゃないでしょ」

「実は深夜営業を再開してからけっこう頻繁に……」

「それって、安曇さんがうちに来る前の日ばっかりってことはない？」

「言われてみれば……」

「やっぱり！　なんてずるい店なの！」

桃子はひとりでいきり立ち、きょとんとしている章と安曇にじれったそうに説明を始めた。

「いくら安曇さんが若くて元気でも、深夜まで働いたら疲れ果ててるし、翌日に影響が出るかもしれない。でも翌日自分の店に出勤しないなら知ったことじゃない、って思ってるんですよ！」

「体調を崩して休むことになっても、自分の店のシフトに穴が空くことはないってわけか……」

「確かにあっちの店で翌日も働くことになっている日には、シフトどおりに帰らせてもらえています」

「その店は、安曇さんがダブルワークでほとんど休みがないってことも知ってるんでしょう？」

「話してあります。シフトを組むときに調整しなきゃいけないので」

「ほら、やっぱり！　休みがないのにそんな働き方をしたら疲れ果てるってわかってて残業させてるのよ。自分の店でへとへとになるまで働かせても、よその店を休めば回復する、自分の店さえ回ればそれでいい、って……最低！　なんでそんな……」

　そこで桃子は言葉を切った。

　おそらく桃子は、なんでそんな店で働いているのよ！　と続けたかったはずだ。それでもあえて言葉を呑み込んだのは、働く店を選べない安曇の事情がわかりすぎるほどわかっていることに加えて、安曇を常勤にしてやれない章の不甲斐《ふがい》なさを責めることになりかねないと知っているからだろう。

　気まずい空気の中、安曇はスポーツドリンクのキャップを開けた。ごくごくと続けざまに飲んだあと、バッグから手鏡を取り出して覗《のぞ》き込んで言う。

「私は大丈夫です。前にもずいぶん心配していただきましたけど、もともと血色がいいほうじゃないし、今日は外がかなり寒かったから顔色が悪くなっちゃっただけで、今はそれほどでもないでしょう？」

「まあ、来たときよりはマシみたいだけど……」

「平気ですよ。それに私、『ヒソップ亭』というか、この町に来るだけで元気になるんです。駅に着いたとたん、身体中が温かいオーラに包まれる感じがして」

「オーラって、安曇さんってスピリチュアル系だったの!?」

　桃子が素っ頓狂《すっとんきょう》な声を出した。

いつも冷静で客観的かつ科学的な視点を持つ安曇が、あるかどうかもわからない『オーラ』について語ったのが意外だったのだろう。

唖然《あぜん》とする桃子に軽く微笑《ほほえ》んで安曇が答えた。

「そんなに傾倒してるわけじゃないですけど、存在が不確かなら『ある』って信じるのも悪くないかなって。そういうふうに考えるようになったのも、この町に来るようになってからですけど」

「ここってよそとそんなに違うのかな……。俺にはあんまりわからないけど、桃ちゃんはわかる？」

「うーん……この町に帰ってくると元気にはなるけど、それはここがあたしの生まれ故郷だからかなと……」

「俺もそんな感じ。まあ、生まれ故郷とはいっても俺の親はもういないけど」

「それでも故郷は故郷よ。帰ってくると、張り詰めてた緊張の糸がちょっと緩む気がするのよね。でも、ここの生まれじゃない安曇さんがそんなに元気になるなら、この町には特別な力があるのかも。いっそ『猫柳苑』もそれを売りにしちゃえばいいのに」

「それってこの町全体のことだからなあ……」

『猫柳苑』だけの特徴ではないなら、町全体の底上げにはなっても客があえて『猫柳苑』を選ぶ理由にはなり得ない。予約を埋めるには特別ななにかが必要だった。

「とにかく私は大丈夫です」

ご心配なく、と微笑む安曇は確かに来たときよりもずっと血色がいい。彼女がこの町に来ると元気になるというのは本当らしい。それならば余計に、この町に来る機会を増やしてやりたい。いっそここに引っ越してこられるように、常勤にしてやりたい。

安曇の引っ越し話は、以前も持ち上がったことがあったけれど、ダブルワークである以上、交通費が保証されない職場の近くに住むほうが得策ということで断念した。逆に言えば、ほかの職場に通う必要がなければ引っ越すことに支障はないのだ。

安曇は、顔色が少しよくなったとはいっても元気潑剌《はつらつ》とは言いがたい様子で、それでもなんとかいつもどおりに働こうとしている。章や桃子に心配させてはならないという気持ちが透けて見えて、こちらが辛くなる。

一日でも早く、彼女を常勤にしなければ……という思いは大きくなるばかりだった。

その後の安曇は、居酒屋で疲れ果てては『ヒソップ亭』に来て元気を取り戻すような日々を続けていた。だからといって仕事をしくじるわけでもなく、客からの評判もいい。むしろ馴染み客から『いい子が入ったなあ。これじゃあ桃ちゃんの看板娘の地位が危ないな』などとからかわれて、桃子が唇《くちびる》を尖《とが》らせることまである。

また、料理そのものや盛り付けにも工夫を凝らし、章のいい刺激となっている。とりわけ目を見張らされたのは、安曇のデザート作りの腕前だった。

もともとパティシエになりたかったと言うだけあってセンスも手際もいい。

ごくたまに仕出し弁当が少し寂しい仕上がりになってしまったときは、すかさず一口サイズのゼリーやカップケーキを作って埋めてくれる。人差し指と親指で作った円ほどの大きさしかないデザートであっても、あるのとないのとでは大違いらしく、デザートを入れた日はSNSの書き込みが急増、桃子のニヤニヤ笑いが止まらなくなる始末だった。

桃子がスマホの画面を勢いよくスクロールさせながら言う。

「『本日の仕出し弁当は大当たり、料理はもちろんマロンパイが最高！』ですって！　そりゃそうよね、サクサクですごく美味しかったもの」

「でもあれ、本当に間に合わせですよ？　生地《きじ》なんて冷凍だし」

「生地は冷凍でも、それ以外は手作りじゃない。しかもホイップクリームとカスタードクリームの両方使ってたし」

「どっちも簡単なんですよ。ホイップは電動ミキサーがあるし、カスタードは電子レンジでチン」

「それにしたって、両方作るのはそれなりの手間でしょ？」

昨日の仕出し弁当に入れたマロンパイは、栗《くり》のペーストとカスタードクリームを重ねて冷凍のパイシートで包んで焼いたものだった。

先週章が作って店で出したあと、いくつか残っていた渋皮煮《しぶかわに》を使ってしまっていいかと訊かれたから、栗のペーストを作るのだろうとは思っていたが、白餡《しろあん》に混ぜるだけではなくカスタードクリームと重ねたのには驚いた。しかもどうやら白餡にはホイップクリームまで入っていたらしい。道理で口当たりが滑《なめ》らかだったわけだ。

「どうせ混ぜちゃうんだから泡立てなくてもいいのにと思ったんだけど、食べてみたら全然違ったわ」

「空気を含ませるだけで食感が変わるんです。正直、焼いたり時間が経《た》ったりすれば元に戻っちゃう気もしますけど、それでもいいかって。一種の自己満足ですね」

「空気かあ……さすがパティシエ志望だっただけのことはあるわ。それにあのカスタードクリームがめちゃくちゃ美味しかった！」

「大将の渋皮煮のおかげです。ブランデーを使ってくださってたから」

「なにが違うの？」

「カスタードクリームってコアントローで香り付けをするんですけど、あいにく見あたりませんでした。でも、渋皮煮にブランデーが入ってたおかげでいい感じになりました」

「そうだったんだ……」

そこで桃子は章のほうに向き直り、熟練教師みたいな顔で言った。

「大将、これからは製菓材料もしっかり揃えておいてくださいね！　安曇さんに、デザート作りの腕を存分に発揮してもらえるように」

「はいはい。でも和菓子ならまだしも洋菓子に必要なものはあまりわからないな……」

「じゃあ、安曇さんに注文を任せましょう。それか買ってきてもらうか。領収書を持ってきてくれれば精算してもらえますよね？」

「もちろん」

「やった！」

安曇よりも桃子のほうがずっと嬉しそうにしている。おそらく安曇がデザートを作る機会が増えれば、試食という名のおこぼれにあずかる回数も増えると考えているのだろう。その証拠に、桃子は期待たっぷりに言う。

「これでおやつの心配はないわね」

「桃子さん、私が来るのはせいぜい週に三日だし、来るたびにデザートを作るわけじゃありませんから……」

「そっか……残念。でも、あたしのおやつはさておき、安曇さんのデザートの美味しさをもっとたくさんの人に知ってもらいたいなあ……」

「SNSで褒めてもらえるだけで十分ですよ」

「あれぐらいじゃ足りないよ。仕出し弁当の注文はどんどん増えてるけど、デザートを入れる機会は月に一、二度じゃない。だからこそ『大当たり』って言われるんだろうけど」

当たりが当たり前になるのはつまらない、と桃子は残念そうにしている。だが、その直後、目を輝かせて言った。

「大将、いっそティータイムを始めたらどうですか？　ちゃんとお代をいただいて、安曇さんのデザートにコーヒーか紅茶をセットして。あ、お子様にはジュースかミルク？」

「ここでか？」

章は店内を見回し苦笑する。どう考えても『ヒソップ亭』にお洒落《しゃれ》なデザートを使った『ティータイム』のイメージはない。焙《ほう》じ茶と団子がせいぜいだろう。

ところが、そんな章に、桃子はいつになく真面目な顔で答えた。

「いいかもしれません。今は、チェックインしたときにサービスでお茶やお菓子を提供するホテルが増えてるそうですよ」

「それってお迎え菓子だろ？　今に始まったことじゃないよ」

「そうじゃなくて、ロビーで出すんです。上等の和菓子とお抹茶とか、ケーキとコーヒーとか。ドリンクバーの機械を置いてるところもあるんですって」

桃子曰く、宿に着いたばかりの客は、観光地めぐりのあとで疲れていることも多いし、年齢によっては家からここまでの移動だけで疲れてしまう人もいる、とりあえずひと休みしてもらうために、そうしたサービスを提供する宿が増えてきている、とのことだ。

安曇も頷きながら言う。

「ビジネスホテルでも無料で使えるドリンクバーを売りにしてるところがありますね。ロビーで飲んでもいいし、部屋に持ち帰ってもいい。ナイトタイムはアルコールやおつまみも出す、みたいな？」

「つまみもか!?」

「はい。もっぱら小袋のスナックや乾き物ですけど、客側にしてみればかなり嬉しいですよね」

ビジネスホテルは、どちらかというと宿代を安く抑えたい客の利用が多い。食事すらもコンビニで買って持ち込む客にしてみれば、飲み物だけでも無料なのはありがたい。

　アルコールとおつまみまでもらえるとなったら、十分にその宿を選ぶ理由になり得るだろう。

「今や、素泊まりのビジネスホテルでも大浴場があるところが増えてきました。そこに無料のドリンクバーがあれば最強ってことです」

「それじゃあ『猫柳苑』はどうやって戦うんだよ……」

　章の呟きに、桃子が強い口調で返す。

「だからこそ『猫柳苑』には売りが必要なのよ！　安曇さんのデザートでそれができないかなーって！」

「も、桃子さん！　私のデザートにそこまでの魅力はありません！　一度にたくさん作ることもできませんし！」

　その力がないからパティシエを断念したのだ、と安曇は言う。だが、桃子は即座に言い返した。

「魅力はあるよ！　仕出し弁当の口コミを見たでしょ？　ほかのグルメサイトには、仕出し弁当にデザートが入る日を知らせてくれたらいいのに、って声まであったんだよ？　デザートが入るなら絶対注文するって！」

「え……俺の料理よりも安曇さんのデザートなんだ……」

軽く落ち込む章を、桃子が呆れたような目で見る一方、安曇は慌てて口を開く。

「馬鹿なことをおっしゃらないでください。大将の料理が美味しいから注文してるに決まってます！」

「大将のお料理が美味しいのは大前提。そこに安曇さんのデザートって付加価値が付くならそっちのほうがいいって考えるのは当たり前でしょ？　とにかく安曇さんのデザートには人気があるの」

「それは間違いないな」

「だから、十分売りにできる。問題はむしろ数が作れないってほうかも」

正直、『ヒソップ亭』はかなり忙しい。安曇が入る前提で始めた仕出し弁当が予想以上に人気で、彼女がいなければ立ちゆかなくなっている。今は週に三日、安曇が来る日だけに絞って注文を受けているが、毎日にしてほしいという声も多い。ティータイム用のデザートまで作るとなったら、弁当の手が足りないし、なにより安曇が疲れ果ててしまう。やはり机上の空論だろう。

「ぜーんぶ、安曇さんが常勤になれば解決する話なんだけどなあ……」

桃子の声が虚しく店内に響く。わかっていてもできないことぐらい、彼女だって知っている。だからこそ、嘆きたくなるのだろう。

安心できるほど売上が増えていないから常勤にできない。常勤にできないから売上が増えない。かれこれ半年以上、その繰り返しだ。

そしてほかにも問題はある。この企画は『ヒソップ亭』だけの判断では行えない。ロビー、もしくは客室でとなればどうしても『猫柳苑』すなわち勝哉の許可がいる。夕食提供の復活にすら前向きになりきれていない彼が、ティータイム企画に賛同するか怪しい気がした。

「たとえ人手の問題が解決しても、支配人がなんて言うかだよな……」

「賛成するに決まってるじゃないですか」

当たり前みたいに桃子は言うが、章にはそうは思えない。

「どうだろう？　あいつ、かなり頭が固いんだ。昔ながらの温泉旅館のスタイルを守りたい気持ちがすごく強い。ティータイムなんてしゃらくせえ、とか言いそうだ」

「え、昔ながらの温泉スタイルを守りたいなら、どうして夕食を出さないんですか？」

安曇の口から出たのはもっともな疑問だった。さらに彼女は続ける。

「夕食はさておき、ティータイムはなんとかなる気がします。支配人さんだって、なにか手を打たなくては、って考えてらっしゃるでしょうし……とはいっても、私のデザートにお客さんを呼び寄せる力はないと思いますけど」

「ご謙遜《けんそん》。そんな心配はしなくていいし、支配人には、ただお客さんが戻ってくるのを待ってる場合じゃない、予約を増やすには新しい『売り』が必要だって言えば、案外すんなり賛成してくれるかも」

実現するかどうかはさておき、意向だけでも確認しておいては？　と桃子は言う。人手問題が解決したところで、『猫柳苑』の賛同が得られなくては実現できない以上、あらかじめ意思確認をしておくことは大事だと……

「そうだな。まあダメ元でちょっと様子を見ておくか……」

「今すぐ行ってきてください」

かくして章は、桃子に押し出されるように事務室兼支配人室に向かった。

「ティータイムねえ……」

案の定、勝哉の反応はかなり厳しいものだった。

さらに、ただでさえ手が足りないのにこの上仕事を増やしてどうする、なにもかも中途半端《ちゅうとはんぱ》になるだけだぞ、と苦言まで呈《てい》した。

一方、雛子は大いに乗り気で身を乗り出すように言った。

「ティータイム！　すごくいいじゃない！　うちは圧倒的に男性客が多いし、女性はご夫婦でいらっしゃる方ぐらいでしょう？　素敵なティータイムが過ごせるとなったら、女性のお客様が増えるかもしれないわ。あ、デザート好きは女性とは限らないわね。甘党の男性客だって来てくれるかも！」

「ティータイムを望む客が、素泊まりの宿を選ぶもんか。優雅にお茶とお菓子のひとときを過ごしたいような客は、立派なラウンジを備えたホテルに行くに決まってる」

「そうとは限らないわ。やっぱり温泉には入りたいけど、お洒落なお菓子だって楽しみたいって女性だっているわよ。安曇さんのデザートはすごく美味しくて見た目も素敵、優雅なティータイムに打ってつけじゃない」

「素敵って……おまえ、食ったことあるのか？」

「もちろん。あなたはないの？」

「ないよ」

「前に、お弁当用に作ったのが少し余ったから、って桃ちゃんが届けに来てくれたじゃない……って、あれはあなたが出張していたときだったわ」

あなたの分まで私が食べたんだった、と雛子は笑った。

「翌日の昼には帰ってくるんだから、残しておいてくれてもよかっただろ。いつもはひとり占めなんてしないのに……」

「すごく小さなタルトだったし、わざわざ残しても……じゃないわね。本当は取っておこうと思ったんだけど、あまりにも美味しくてつい食べちゃったの。ごめんなさい」

雛子はそう言ってぺこりと頭を下げた。

そんなに素直に謝られたら怒ることはできない。それよりも勝哉は、いつもなら絶対にしない『ひとり占め』を雛子にさせた安曇のデザートが気になったらしく、章に向き直って訊ねた。

「ティータイム云々《うんぬん》は別として、一度食べてみたいな。次にデザートを作ることがあったら、余分に作ってくれって安曇さんに頼めないかな」

「伝えておくよ」

「あ、私の分も！」

「雛子はもう食べただろ？」

「食べたからこそよ。あんなに美味しいデザートなんだもの、何度だって食べたいわ」

「雛子がそこまで気に入ったなら、相当レベルが高いんだな」

「高い、高い！　こう言っちゃなんだけど、この前あなたが買ってきてくれたケーキより上よ」

「マジか。あれ、けっこう有名な店のなんだぞ。口コミ評価の平均だって四点を超えてるのに……」

「わかってるわよ。私が買ってきてってお願いしたんだし、想像以上に美味しかったわ。でも安曇さんのミニタルトはそれ以上だったの。一口サイズなのが本当に残念だった。普通のケーキ屋さんで売ってるぐらいのサイズで、クリームもフルーツもたっぷり使ってたらどれだけ美味しいだろうって」

「だからふたつとも食っちまったってわけか」

「目の前にあったらもう我慢できなくて、本当にごめん！」

「わかったわかった。ひとつのことで何度も謝らなくていい。じゃあ章、悪いがふたり分頼むわ」

「了解。今の話も伝えとくよ。安曇さん、きっとすごく喜ぶから」

「うーんと喜んで、今すぐデザートを作ってくれないかしら……って、ただでさえ忙しいのに、そんなこと頼めないわね。あ、今日のお弁当に入れた残りとかないかしら？」

　雛子は期待たっぷりに訊ねる。

「ごめん。今日の弁当にデザートは入れてない。基本的にはデザートで埋めなきゃならない隙間なんぞ作らないように頑張ってるから」

「残念。じゃあ、またいつか手が空いてるときにでも……」

「そうだな……でも、デザート作りには案外時間がかかる。開店までには終わらない可能性もあるし、たとえ終わったとしても、甘い香りが残るのは困る」

お菓子の香りが嫌いなわけではないが、強すぎる香りは酒や料理の本来の魅力を感じにくくさせる。バターやエッセンスを多用する洋食の店ならいいかもしれないが、『ヒソップ亭』はどちらかというと和食がメインの店である。醤油や酒ならまだしもデザートの香りは相容《あいい》れない。

すぐに食べたい気持ちはわかるが、日を改めてもらうしかない。機会があればすぐ作って届ける、ティータイム営業をするかどうかについては食べた結果次第という約束をして、章は『ヒソップ亭』に戻った。

とはいえ、相変わらず『ヒソップ亭』は忙しいし、デザートを隙間時間を利用して作るのは難しい。安曇にしても、ティータイムの行方《ゆくえ》を決めるデザートをそんな片手間に作りたくないはずだ。試食もティータイムの検討もずいぶん先になることだろうと章は思っていた。

ところが勝哉夫婦による安曇のデザート試食の機会は、意外に早く訪れることになった。次の出勤日、安曇が大きな保冷バッグを提げて現れたのだ。しかも、いつもの出勤時刻よりも一時間以上早い。母親の様子を見に自宅に帰っていた桃子が、戻ってきてもいない時刻だった。

なにごとかと目を見張る章に、安曇は勢い込んで言った。

「家でデザートを作ってきたんです」

「でも安曇さん、昨日も居酒屋の仕事があったんじゃないの？」

あの居酒屋のことだ。安曇が今日は『ヒソップ亭』に出勤するとわかっているから、遅くまで働かせたに違いない。おそらく今日もギリギリまで休んでから出勤してくるとばかり思っていたのに、一時間以上も早い上にデザートまで作ったと聞いて、章は心配になってしまった。

「大丈夫か？　目も赤いし、あんまり眠ってないんじゃ……」

「平気です。いつもよりずっとすっきり目が覚めました。支配人さんたちに早く食べてほしくて、頑張っちゃいました」

「早く食べてほしくてって、安曇さんはそんなにティータイムをやりたかったんだ……」

その話を桃子が持ち出したとき、安曇は企画自体には乗り気だった。ただ、自分のデザートに客を呼ぶ力なんてないとも言っていたが、試食を急ぐところを見るとどうやら心境の変化があったらしい。

安曇は少し恥ずかしそうに言う。

「あのときは、私のデザートでティータイムなんて無理だと思いました。でも、桃子さんに言われたんです。それを決めるのは安曇さんじゃないって」

支配人室から戻った章は、デザートを食べたいという勝哉夫婦の要望を安曇に伝えた。

さらに当面は忙しいから気にしなくていい、弁当の注文状況も見て作れそうな日があったら俺が指示するから、とも言い添えた。さもないと、安曇が自己判断で無理をしそうな気がしたからだ。

結果として、その気遣《きづか》いが職場でなく家でデザートを作るという無理を安曇に強《し》いたと思うと、章はいたたまれない気持ちになる。せめてもの救いは、安曇が心底嬉しそうにしていることだった。

「桃子さんね、すごく真面目な顔で言うんです。『あたしはともかく女将さんの舌を信じないの？』って。女将さんってグルメ界隈《かいわい》ではけっこう有名なインフルエンサーなんですってね」

「そういえばSNSとかやってたな……しばらく見てないけど」

雛子は高校生時代から食べ歩きが趣味だった。旅館の娘だからか、接客や建物の外装、内装、家具などにも興味があり、勝哉や章相手に飲食物だけに留まらず複合的な店の評価を語り聞かせていた。

SNSの発達で気軽に発信できるようになってからは、サイトも立ち上げてあちこちの店の情報を載せるようになった。最後に見たのは勝哉に誘われて『ヒソップ亭』を開くことになったときだから、もう五年以上経っている。あのときですらかなりの登録者数だったが、安曇の口ぶりだと今はさらに増えているのだろう。

「私、女将さんがSNSやサイトをやってるなんて全然知らなかったんですけど、桃子さんに教えられて見たらびっくり。何年も前からずっと見てるサイトだったんです」

もちろん本名なんか出していないし、『猫柳苑』のことも匂わせすらしていないのだから、安曇が気付けるはずがない。それでも、ずっと見ていたサイトの主が身近な人物だったのはかなりの驚きだったようだ。

「でもちょっと笑っちゃいました。桃子さん、散々私に女将さんのSNSなんかのことを教えまくったあと『これって個人情報漏洩《ろうえい》!?』って焦りだして……」

「なんか目に浮かぶよ。口止めとかされた？」

「はい。でも、大将は知ってるから大丈夫よって」

「そりゃそうだ。あのSNSを始めたとき、雛子本人が『登録して』って言ってきたんだ。いや『登録して』じゃなくて『登録しろ』だったな。それどころか、俺と勝哉がきょとんとしてたら、スマホを取り上げられて勝手に登録された」

「女将さん、ワイルドですねえ！」

「まったくね。でも『ヒソップ亭』を作ったときは、ちゃんと記事にしてくれた。あ、念のために言っとくけど、ヤラセの持ち上げ記事じゃないからな」

いいところだけではなく悪いところもちゃんと書き、こんなふうにしてくれたらいいのに、と要望の形で改善点まで示してくれた。もう五年以上前の記事なのに、今でも『ヒソップ亭』を訪れた客に、あの記事を見たと言われることがある。そして、雛子の提案を参考に改善した点を褒めてくれたりするのだ。

安曇が頷きながら言う。

「その記事も見ました。泰彦《やすひこ》からこの店のことを聞いたときに『ヒソップ亭』で検索したら、一番に出てきましたから」

「そういえば、安曇さんを紹介してくれたのは川西《かわにし》くんだったね。元気にしてるの？」

「はい。近ごろは役者としてもけっこう売れてきてバイトする暇もないらしいです。おかげで腰もかなりよくなったみたい」

『川西泰彦』というのは安曇の幼なじみで、彼女が『ヒソップ亭』で働くことになった立役者でもある。彼は売れない役者で、生計のために肉体労働のバイトをした挙げ句に腰を痛め、養生のために『猫柳苑』に来た。彼から料理人を目指す幼なじみがいると聞かなければ、『ヒソップ亭』はこの優秀なスタッフを得ることはなかったに違いない。

「そうか、売れたか……役者に専念できるのはなによりだな」

「まあ売れたって言っても、脇役《わきやく》ばっかりですけどね」

「よくわからないけど、役者って出してもらえること自体が大事なんじゃないの？　頑張って出続けているうちに、ちょっとずつ重要な役になっていずれは主役、とか」

「そうなんでしょうね。あいつの場合、かなり道のりは遠そうですけど、止まらなければいつか着くかも、とは思います」

言葉だけ聞いていれば少し馬鹿にしているように感じるかもしれないが、安曇の眼《ま》差《な》しはとても柔らかく、幼なじみに期待する気持ちが溢《あふ》れているように思える。おそらく勝哉夫婦と章同様、愚痴を吐《は》いたり吐かれたりできる関係を保てているのだろう。

なにかと大変そうな安曇にそんな相手がいることは、章にとっても安心材料だった。

「忙しいかもしれないけど、たまには『猫柳苑』に来てくれるといいな」

「伝えておきます……ってあいつの話はどうでもいいんです。とにかく、ずっと見ていたサイトの主が女将さんだって知らされて、その女将さんが褒めてくれるなら、ちょっとは望みがあるかも、って思えたんです」

「桃ちゃんの情報漏洩もまんざら悪くなかったってことか」

「全然悪くありませんよ。私、言いふらしたりしませんし」

「だよな。まあ、雛子が身バレしても困る人はいないけどな」

雛子は『ヒソップ亭』には触れても、『猫柳苑』のことを記事にしたことはない。おそらく雛子なりのリスクヘッジなのだろう。

万が一身元がばれたときに自分たちが経営している旅館の記事があれば、褒めてあろうと貶《けな》してあろうと客観性に欠ける、なんだかモヤッとするという人は多いに違いない。ひとつの記事がほかの記事の信憑性《しんぴょうせい》を下げることになりかねない、とわかっているのが雛子の賢明さだった。

「とにかく女将さんが褒めてくださってるんだから、もっと自信を持つべきって断言されて、それならやってみようかって思えました。で、いったんそう思ったら少しでも早く結果が知りたくて……こう見えて、私ってせっかちなんですよ」

ふふふっと笑って安曇は保冷バッグを開ける。そっと取り出されたのは、『ヒソップ亭』で作り置きの総菜を入れる大きなプラスティックケースだった。

まじまじとそれを見ている章に気付いたのか、慌てて安曇が謝った。

「すみません、勝手にお借りしちゃいました！　家にはこんな大きなケースがなかったもので……」

「そんなの気にしなくていいよ。ケースなんていくらでもあるんだから。それより、すごいねこれ……」

見ていたのはケースではなく中身だ、という章の答えに、安曇はほっとしたように、そして少し誇らしげに答えた。

「よかった、大将にそう言っていただけて」

そう言いつつ、安曇はケースの蓋を取る。

イチゴやキウイ、パイナップルにマンゴー、ブルーベリー……鮮やかな色合いの果物が使われたデザートが並べられた様子は、一流園芸家が趣向を凝らした花壇のようだった。

「こんなにいろいろな果物を揃えるのは大変だったんじゃない？　あとで領収書を回してくれよ」

「ありがたいですけど、今回はいいです。私が勝手にやったことですから」

「いやいや、勝手じゃないだろ。勝哉たちに試させるんだから！」

「それってここで作る場合の話ですよね？　しかも、いつ作るかは大将が指示するっておっしゃってました。それを全部無視して作ってきたのは私です。それに……」

そこで安曇はなぜかちょっと言いよどんだ。どうしたのだろうと首を傾げていると、申し訳なさそうに続けた。

「実はこれ、食べ残しなんです。しかも材料費も私は払ってません」

「は？」

ひとつふたつのデザートなら、食べ残しということもあるかもしれない。けれど、プラスティックケースの中には八種類ものデザートが入っている。材料費を誰が払ったかはともかく、これを食べ残しと言うには無理がありすぎた。

それでも安曇は食べ残しだと言い張る。しかも食べたのは川西だというのだ。

「昨日はあいつの誕生日だったんですよ。それでいきなり『祝え！』って連絡してきました。三日前の私の誕生日はスルーしたくせに、って言ったけどどこ吹く風。今日はデザートを作りたいから無理だ、とも言ったんですけど……」

安曇は学生時代からデザート作りがうまかったらしく、何度も食べたことがあった川西は、安曇のデザートほど誕生日に相応《ふさわ》しいものはない、とかなんとか言って押しかけてきたそうだ。

安曇は呆れ顔で続ける。

「押しかけてきたって言うか、居酒屋の前で待ち伏せされました。それなりに顔が売れてきてるせいか、帽子を深く被《かぶ》ってサングラスをかけて。もう、もろに不審者！」

店の横の路地からぬっと出てこられて、危うく悲鳴を上げかけたと安曇は憤慨《ふんがい》している。だが相手が川西だとわかった安曇は、逆襲に出たそうだ。

「逆襲って……どんな？」

「そのまま二十四時間営業のスーパーに引っ張っていって、小麦粉も砂糖も生クリームも果物もぜーんぶあいつに買わせてやりました」

「うへぇ……それは川西くん、大散財だな」

「そうでもありませんよ。どれもスーパーのストアブランドでお値打ちでしたし、果物なんて盛り合わせのカットフルーツ。しかも半額シール付きです。むしろそのあとの肉体労働のほうが効いたんじゃないでしょうか」

「肉体労働って……もしかして……」

「粉をふるったり生クリームを泡立てたり、最後は生地用の卵の泡立てまで手伝わせました。生地の卵はどこまで泡立てるかの見極めが難しいからやらせたくなかったんですけど、泰彦がやりたがって」

「面白くなっちゃったのかな」

「私もそうかなと思ったんですが、あとで聞いたら、今度パティシエの役をやるんだそうです。少しでもリアリティを出したいからって。これって私、うまく利用されてますよね？」

本当にずるいやつ、と言いながらも安曇の目尻は見事に下がりきっている。久々に過ごせた幼なじみとの時間が、相当楽しかったらしい。

「役作りならかなり本気で取り組んでくれただろ？　頼もしい助っ人じゃないか」

「あいつがいなかったらこれだけの数は作れなかったことは確かです」

「だろ？　あ、もしかしてケーキの装飾も彼の助言とかあったんじゃない？」

「ばれちゃいました？　さすがにこれだけの種類を一度に作るとデザインもネタ切れになっちゃって、チョコレートケーキとかはあいつのアイデアも入ってます。意外にセンスがあってびっくりしました」

「役者さんならそういうセンスもあるだろう。舞台装飾とかもしっかり見てるだろうし」

「かもしれません。でも、できた端からカットしてパクパク食べちゃうのはひどいですよね」

おかげでカップデザート以外は切り取ったあとの写真しか残せなかった、と安曇はまた憤慨している。だが、見せてもらったスマホの画像は、どれも断面まではっきり写されている。記録としてはこちらのほうが貴重なのでは、という章の意見に、安曇は少し考えたあと頷いた。

「そういう考え方もありますね。じゃあ、誕生祝いだったってことで大目に見てやることにします。いずれにしても、材料費の心配はご無用です」

「了解。それにしても本当に見事だ。それにちっとも崩れていない」

安曇の家から『ヒソップ亭』まで一時間以上かかる。電車の乗り換えもあるのに、よくぞ無事に運べたものだ、と感心していると、安曇がまた種明かしをしてくれた。

「それも泰彦の手柄《てがら》です。あいつ、わざわざ車を借りてきて送ってくれたんです」

「ここまで!?」

「はい。高速を使えばそんなに時間はかからないからって。あと、その間にちょっとでも寝ておけって。片道二時間、爆睡でした。走ってる車の中ってどうしてあんなによく眠れるんでしょうね」

しきりに首を傾げる安曇に、つい笑みが漏れる。

章も走行中の車、とりわけ高速道路を走っている車に乗せてもらっていたら、いつの間にか眠っていたという経験はある。ただそれは運転技術も含めて『安心できる運転手』が必須《ひっす》条件となる。散々文句は言うものの、安曇にとって川西は相当安心できる相手なのだろう。

だが、わざわざ指摘するのは野暮だし、ここでいつまでも話しているよりも勝哉夫婦に食べさせたほうがいい。

「走ってる車ってちょっと揺りかごみたいだもんな。ってことで、早速支配人室に持っていこう」

「お願いします」

「なに言ってるの。安曇さんも来るんだよ」

「え……いやそれは……」

目の前で採点される度胸はない、と安曇は後ずさりしたが、結果的にはふたりで支配人室に向かうことになった。この先、目の前の客に感想を言われることなどいくらでもあるのだから、さっさと慣れたほうがいいという章の言葉に、反論の余地がなかったようだ。


「うお……」

プラスティックケースの中身を見た勝哉は、文字どおり言葉をなくしていた。どの種類もひとつずつしか持ってこなかったことを詫《わ》びる安曇に、雛子が大慌てで答える。

「ふたつずつにして種類が半分になるより、このほうがずっといいわ。でも、こんなに作るの大変だったでしょうに……」

「大変だったけど、川西くんが助っ人してくれたそうだよ」

「え、彼は今、けっこう忙しいんじゃない？」

「さすが勝哉、ちゃんとチェックしてるんだな」

「当たり前だよ。誰が彼をここに連れてきたと思ってるんだ。ただ、近ごろずいぶん出演数が増えて、前みたいに全部は観に行けてないけど」

勝哉は本当に悔《くや》しそうにしている。ここ数年、移動や人が集まることの危険性が叫ばれ続けていたために、演劇やコンサートは中止や縮小開催が続いていたが、その分『コンプリートしやすかった』と勝哉は言う。

イベントの数が増えたことと川西自身の活躍から、すべてに足を運べなくなったのが悔しくてならないのだろう。こうして安曇経由で川西の話を聞けるのは、嬉しいに違いない。

「そうだったな。安曇さんがうちに来てくれるようになったのも、遡《さかのぼ》ればおまえのおかげってことだ」

「そういうこと。じゃあ、早速いただこうかな」

どれにしようか、と勝哉は品定めを始めたがなかなかひとつに決められない。すかさず安曇が一緒に持ってきた小皿とフォーク、そしてペティナイフを差し出した。

「もしよろしければ、ふたつに切って、全種類お試しいただけると……」

「ああ、それがいいな。これはただの差し入れじゃなくて、ティータイムを実施するかどうかの試食会だから」

「そういえばそうだった。でもなあ……実際、ティータイムはちょっと難しいと思うぞ」

「とにかく食ってくれ」

話はそれからだ、と黙らされ、勝哉と雛子はデザートの試食を始めた。

どれも飾り付けが違うだけで似たようなものだろう、と章でさえ思っていたが、彼らの口から漏れる感想を聞く限り、使われている生地やクリームが少しずつ変えられ、違った味わいになっているらしい。

『美味しい』『旨い』『うわー意外』なんて言葉を聞いているうちに、章は我慢できなくなってしまった。

「なあ……俺にも一口……」

「おまえはしょっちゅう食ってるし、これからだって食えるだろ！」

「そりゃそうだけど、弁当に入れるのと、ティータイムを意識して作るデザートじゃ全然違うと思わないか？」

「まあな。仕方ないな、じゃあ俺のをもう半分に切るか」

「大丈夫です。大将と桃子さんにも食べてもらおうと思って、もう一セット持ってきてますから」

安曇によると、あの保冷バッグにはプラスティックケースが二段重ねで入れてあったそうだ。種類をたくさん作ればそれだけ全体の量が多くなる。支配人夫婦以外の人にも食べてもらわないと、冷蔵庫がいっぱいになってしまうから、と安曇は説明した。

「いっぱいになるって……そもそも入りきらないでしょ？」

プラスティックケースの中にはケーキだけでも五種類入っていた。形状から見て十五センチの焼き型を使ったのだろうが、五つものホールケーキを収めるにはかなり大きな冷蔵庫が必要となる。もともと入っていた食料品もあるはずなのに、どうやって収めたのか、雛子は不思議だったのだろう。

だが安曇は、なに食わぬ顔で答えた。

「実は、冷蔵庫を買い換えたんです」

「そういや、壊れたって言ってたっけ」

確か半月ほど前、安曇が困り果てた様子で出勤してきた。なにごとかと思えば、冷蔵庫が壊れたという。学生時代から使っていたから寿命なのはわかっているが、なにもこのタイミングで壊れなくても……と散々嘆いていた。それでも、東京の気候で冷蔵庫なしでは暮らせない。おそらく虎の子をはたいて冷蔵庫を買ったのだろう。

「買い換えたってどれぐらいの大きさに？」

「三百二十リッターの自動製氷機能付きのやつです」

「ひとり暮らしなのに!?」

「はい。でも小型冷蔵庫でもツードアだと三万ぐらいはするのに、容量は百二十とか百五十で、冷凍庫も小さくて買いだめなんてできません。氷だって小さい製氷皿ではすぐになくなっちゃうし。幸いそれまで冷蔵庫を置いてた場所は高さも奥行きもけっこうあったから、それならいっそ大きな冷蔵庫にしちゃおうって」

「それで三百二十……せめて二百五十リッターぐらいのはなかったの？」

「ありましたけど、開店記念セールの目玉商品だったので三百二十リッターのほうが安かったんです」

いわゆる国産有名ブランドではないものの、その大きさで自動製氷機能付きなら問題ない、と購入を決めた。おかげで冷蔵や冷凍が必要な食材の保存も、デザートを含めてできた料理の保存も可能になった。それでもさすがに、ホールケーキ五個にカップデザートまでは入りきらなかったのだ、と安曇は苦笑した。

「入る、入らないよりも、そんなにたくさんひとりじゃ食べきれません。幸い泰彦が車で送ってくれるって言うので、持ってくることにしたんです」

送ってくれるから持ってきたと言うよりも、持ってくることにしたから送ることにしたのだろう。

そこで章は、川西が誕生日を祝えと安曇のところに押しかけた挙げ句、助っ人どころか運転手までさせられた話を披露した。聞き終えた雛子がクスクス笑いながら言う。

「それは川西くんにもいい修業だったわね。パティシエの大変さを体験できてよかったじゃない」

「だな。きっといい芝居ができる。これは観《み》に行かないと」

チケットが発売になったらすぐに買おう、と勝哉はスマホを取り出してなにごとか入力している。きっと忘れないようにタスクリストに加えているのだろう。それを見た安曇が、慌てて言う。

「チケットなら泰彦に回させれば……」

「いや、ちゃんと買うよ。劇団に金が入らなきゃ困るから」

無料招待なんて『タニマチ』の名折れだ、と勝哉は鼻の穴をふくらませる。忙しい中、観に行ってくれるだけで十分なのに、と安曇は言うが、職業としてやっている以上きれい事ばかり言ってはいられない。興行収入の多寡は次の公演、ひいては彼の出演を左右するのだ、と勝哉は譲らない。勝哉は名折れどころか『タニマチ』の見本だった。

「ありがとうございます。それを聞いたら泰彦はきっと泣いて喜びます」

「泣くかどうかはわからないが、金を払って観るに相応しい演技をしろよ、って伝えてくれ」

「必ず伝えます！」

「それと……このデザートだけど」

そこでいきなりデザートに話を戻され、安曇が急に不安そうになった。

食べているときの表情から考えて、ひどく貶されたりはしないと思うが、それはあくまでもプロのパティシエではない者が作ったデザートへの評価かもしれない。川西の演技ではないが、『金が取れる』ものかどうか、自信がないのだろう。

勝哉が試食を済ませたのはケーキとカップデザートを合わせて四品、全体のおよそ半分だ。『ヒソップ亭』の開店時刻も近づいているし、『猫柳苑』の客のチェックインも始まっている。さすがに甘いものばかりこれ以上は食べられないし、そろそろ切り上げ時だと判断したに違いない。

安曇の引きつったような表情を見て軽く笑ったあと、勝哉はきっぱり言った。

「川西くんの話じゃないが、俺は、これは『金を払うに相応しい』デザートだと思う。ティータイム営業をするとなるといろいろ難しいことがあるにしても、前向きに考えたい」

「ほんとですか!?」

安曇の頰が一気に紅潮した。『金を払うに相応しい』という言葉がかなり嬉しかったようだ。

雛子も頷きながら言う。

「私もそう思うわ。今までいろいろなところのデザートを食べてきたけど、これはかなりのレベルよ。ただせっかくティータイム営業をするなら、デザートだけじゃなくて飲み物にも力を入れたほうがいいとは思うけど」

「そうだな……いくら旨いデザートがあっても、間に合わせみたいな飲み物ばっかりじゃリピーターは増やせない。あとは雰囲気づくりだな」

『猫柳苑』のロビーは朝食会場にできるほどの広さはあるものの、落ち着いた空間とは言えない。従業員や宿泊客が頻繁に往来する場所で、落ち着いてティータイムを楽しめるか疑問だ、と勝哉と雛子は難しい顔になった。

「そういう問題も含めて、ちょっと考えさせてくれ」

「そうですね……デザートさえよければって問題じゃありませんでしたね」

それでもデザートを褒めてもらえたのは嬉しい、と安曇は微笑む。時間を作ってドリンクについても勉強すると言う。

時間があればではなく、『時間を作って』という言葉に意気込みが滲む。自信を得て、これからもっともっと『ヒソップ亭』の力となってくれるに違いない。

安堵の息を漏らし、さて開店準備を……と踵《きびす》を返そうとしたとき、支配人室の入り口から桃子が顔を覗かせた。

なんだここにいたの、と言ったあと、試食用のデザートが広げられた応接テーブルを見て声を上げる。

「うわあ、すごい！　安曇さん、もうデザートを作ってきたの!?」

「ゆうべちょっと頑張っちゃいました。あ、桃子さんの分もちゃんと持ってきましたよ」

おそらく安曇は、桃子がいない間に試食を始めてしまったことを残念がると思ったのだろう。けれど桃子は案外平然としていた。

「そんな心配してないわよ。安曇さんが私の分も持ってきてくれることぐらいわかってるし。それより、ティータイム企画は進められそうですか？」

「デザートはまったく問題ない。ただ、飲み物と場所については検討しないと、って感じかな」

「よかったあ、支配人さんが前向きで！　でも、実は私も場所はちょっと問題かなって思い始めてました。で、いっそ発想の転換をしたらどうかなって」

「というと？」

「ティータイムを独立で考えるんじゃなくて、宿泊プランに盛り込んじゃうっていうのはどうでしょう？　チェックインのすぐあとでも、お夕食を済ませてからでも、お客様の都合に合わせて部屋にお持ちして、気楽に楽しんでもらったら？」

デザートはほかの料理と違って作り置きができる。給仕もさほど手間暇はかからないから、客の好きなタイミングで部屋に運べばいい。夕食後の場合は、片付けは朝でもいいし、客が気にするようならお盆ごと廊下に出してもらったらどうか、というのが桃子のアイデアだった。

人目が多いエントランスロビーよりも部屋のほうが落ち着いて楽しめるというのは大いに納得できる。給仕や片付けについても、桃子の言うとおりだ。なにより、小さなお迎え菓子ではなく本格的なデザートが楽しめるプランというのは、『猫柳苑』の集客に繋《つな》がる。

『猫柳苑』の利用者の年齢層分布を見たとき、二十代から三十代の女性はかなり落ち込んでいる。デザート付きのプランは、そういった若い女性を呼び込む可能性が高かった。

雛子が嬉しそうに言う。

「それはいいアイデアだわ。うちは夕食が付かないんだから、その分デザートで引きつける。ホームページにデザートの写真を入れれば、来てくれるお客さんも増えそう。しかも、それで安曇さんの労力とロス問題も解決するわ」

「私の労力？」

「そうよ。ロビーでやるとなったら、喫茶店みたいに通りすがりのお客さんが入ってくるかもしれない。売れるかどうかわからないのに大量のデザートを用意するのは大変だし、余ったら無駄になっちゃう。かといって、すぐに売り切れっていうのも避けたいわ。デザート付きの宿泊プランなら、あらかじめ必要な数がわかってるんだから、その分だけ作ればいいんだもの」

安曇の出勤と作業量を考慮して、可能な数だけデザート付きプランを販売する。とりあえずは限定プランとして始め、評判によっては拡大できるように体制を見直してはどうか、というのが雛子の意見だった。

「限定プランってのはいいな。平日にすれば、少しは予約が埋まるかもしれない」

「それはいい考えだわ、勝哉。誰にとっても無理なく始められる」

「となると、あとは飲み物だな」

「飲み物については、私も勉強してみる。紅茶の葉やコーヒー豆の品種や、どこから仕入れるかもすごく大切だし」

「女将さん、それは私がやりますよ」

安曇は雛子の忙しさを十分わかっている。さらに、デザートとの相性の問題もある。

酒と料理と同じように、どちらも評価が高くて人気なのに一緒にするとなんだか残念に思える組み合わせだってあるはずだ。デザートの作り手として飲み物にもこだわりたいと思うのは当たり前だろう。

けれど雛子は安曇を窘《たしな》めるように答えた。

「安曇さんの気持ちはすごくわかるわ。でも、なんでもかんでもひとりで背負い込んだら潰《つぶ》れてしまう。私にはデザートを作ることはできないけど、飲み物にはけっこう詳しいの。仕入れ先にも心当たりがあるし。だから、私にも協力させて」

「とかなんとか言って、実は飲み物との相性を調べなきゃならないからってデザートを試食しまくるつもりだな？」

せっかくのいい話が、勝哉の茶々入れで台なしだ。それでも雛子は余裕で返す。

「試食も試飲も当たり前。デザート付きプランのターゲットはおおむね女性なんだから、安曇さんや桃子さんはもちろん、うちの仲居さんたちの意見も大いに参考にさせてもらうつもりよ。プランが固まるまではちょっと大変だけど、女性軍一丸となって頑張りましょう」

「え、俺って蚊帳《かや》の外？」

章の声に、勝哉が檄《げき》を飛ばす。

「おまえは安曇さんの分まで働け。できる限り安曇さんがデザート作りに時間をかけられるように」

「この間まで、俺に働きすぎだって言いまくってたくせに」

「その働きすぎは安曇さんのおかげで緩和された。でも、安曇さんはまだパートだろ？」

「それはまあ……でも、俺だってなるべく早くなんとかしたいって思ってるよ！」

「わかってるから、そういきり立つな。とにかく、安曇さんを正規雇用にしてもっともっと助けてもらうために、デザート付きプランを成功させなきゃならん。これが軌道に乗って客が増えれば、ほかのプランを考えられるかもしれない」

「ほかのプランって？」

「デザートが甘党向きなら、辛党向けに寝酒セットを付けるとか。ビールや缶酎《かんちゅう》ハイ、日本酒の小瓶《こびん》なんかとちょっとしたつまみをセットして部屋に届ける。それぐらいなら『ヒソップ亭』にも大した負担にはならないだろう」

「大したどころか、まったく負担にならないよ。でも、それぐらいなら夕食を……」

「それはまた別の話だ」

デザート付きプランには前向きなのに、夕食提供の復活には二の足、三の足を踏む。

やってみて駄目だったらやめればいいじゃないか、と章は思うが、勝哉にとってはそんなに軽い問題ではないのかもしれない。喉元まで来ている『いい加減腹をくれよ』という言葉を、章は無理やり呑み込んだ。

「じゃあ、どこかで一度飲み物とデザートの組み合わせを試しましょう。そうね……十二月の半ばごろでどうかしら？」

「えー女将さん、そんなに先ですか？」

ちょっと不満そうな桃子とは逆に、安曇はあっさり頷いた。

「女将さんだってお忙しいし、紅茶やコーヒーを集めるだけでもそれぐらいかかりますよね。私もけっこう好きなコーヒー屋さんがあって、自家焙煎《ばいせん》で煎《い》り具合の注文も聞いてくれるんです。そこの豆も買ってきていいですか？」

「もちろん。選択肢は多ければ多いほどいいわ」

「じゃあ、あたしもお気に入りの紅茶を買ってきます。けっこう値が張るからいつもは我慢してるんですけど……」

「桃ちゃんは紅茶派だったのね」

「紅茶もコーヒーもジュースも、口に入れるものはなんでも好きです。あ、薬は除いて」

いつもながらちょっとした冗談を交えるのを忘れない桃子の言葉でみんなが笑う。

安曇、桃子、雛子の三人は、飲み物とデザートの組み合わせを試す日を決めたあと、雛子の主導でデザート付きプラン専用のSNSのグループを立ち上げた。それまでも連絡用のSNSはあったのだが、テーマを絞ってより深い検討を重ねたいとのことだった。

一日中忙しく働き、顔を合わせていても言葉を交わす機会が少ない中で、ちょっとした空き時間にチェックして自分の意見を書き込めるのは便利に違いない。

章と勝哉もメンバーに加えようという話も出たが、ふたりとも断った。正直、章はSNSはあまり得意ではないし、勝哉はいわゆる『上司の目』を気にせずにアイデアを出し合うほうがいい結果に繋がる、と考えたらしい。よほど困ったことが起きれば相談してほしいが、なるべく自由に議論してくれ、という言葉にそれが表れていた。

最後の最後で、『試食しすぎで太るなよ』と余計な一言を吐いて勝哉が雛子と桃子に一瞥《いちべつ》され、その日の話し合いは終了した。

相談したいことがあるから時間を取ってくれないか、と勝哉が言ってきたのは、『デザート付きプラン』の話が持ち上がってから十日後のことだった。

こんなふうに改まった形でアポを取ってくるのは珍しい。なにか大きな問題でも持ち上がったのか、と心配になった章はその日の『ヒソップ亭』の閉店後、支配人室に行くことにした。

時刻は午前零時になるところ、帰って休みたいのは山々だったが、それよりも勝哉の相談のほうが気になる。かといって、自分に勝哉の問題を解決できるほどの力量があるかどうかはわからない。それでも、悩みを誰かに話すだけでも楽になることは多いと信じて支配人室に行ってみると、勝哉が難しい顔でパソコンのモニター画面を見つめていた。入ってきた章に気付き、怪訝そうに訊ねる。

「どうした？」

「どうした、じゃねえよ。そっちが時間を取ってくれって言ってきたんだろうが」

「それで来てくれたのか……疲れてるところ、悪いな」

「俺よりおまえのほうが疲れて見える。なにかあったのか？」

「あったっていうか、ずっとあるというか……」

「予約が埋まらない問題か？」

「そうじゃない、いやそれもあるんだが、気になる書き込みがあって。おまえ、これを見たか？」

「書き込み？　ああ、『猫柳苑』の口コミか。すまん、ちょっとばたついててしばらくチェックしてない」

「まあそうだろうな。じゃあ、ちょっと見てくれ」

机のほうに回り込んでモニターを覗き込む。そこには、確かに『気になる』口コミがあった。

『車を降りるなり意外な香りに迎えられた。バターとエッセンス、そしてコーヒー……。温泉旅館に来たつもりだったが、どうやら喫茶店だったらしい。これはこれで悪くないとは思ったが、この旅館は夕食を出していないし、食事処の品書きにもデザートの記載はない。となるといったい誰のために作っているのか。もしも従業員のためだとしたら、そんなゆとりがあるなら夕食を出してほしい』

このところ、安曇は暇を見つけてはデザートを作っているし、その暇を与えるために章も全力を注いでいる。一日でも早く『デザート付きプラン』を実現させたい一心だった。

デザートを作れば匂いは出る。『ヒソップ亭』の中は言うに及ばず、『猫柳苑』にも匂いを残さないように細心の注意を払っていても、追い出した匂いは当然外を漂う。それに気付いた客の書き込みに違いないが、そこから夕食復活に結びつけられるとは思ってもみなかった。

「ゆとりがある……そんなわけねえだろ……」

がっくりと首を垂れた章に、勝哉は諦め顔で言う。

「客にはそう取られたってことだ。だが、そこから夕食に結びつけられるとはな。俺が思う以上に、夕食復活を望む客がいるのかもしれない」

先月『ヒソップ亭』を訪れた山田とは真逆の要望だ。いったい『猫柳苑』の客は、夕食を望んでいるのかいないのか、勝哉もわからなくなってきたのだろう。

ただ、ひとつだけ言えるのは、こんなふうに従業員のおやつを作っていると思われないためにも、一日も早く『デザート付きプラン』を売り始める必要があるということだった。

「デザートの進行具合はどんな感じだ？」

「雛子から聞いてないのか？」

「あえて訊かないようにしてる。雛子はわりと完璧主義的なところがあるし、ある程度自分たちの力でまとめたいだろうなと思って」

「それはわかる。完璧主義で姐御肌《あねごはだ》、あたしに任せといて！　って感じだもんな」

「順調に進んでるらしいことは聞いてるが、実際はどうなんだ？」

デザートが作られているのはもっぱら開店前の『ヒソップ亭』だ。連絡用のSNSを見なくても、章なら様子がわかっているのではないか、と勝哉は踏んだのだろう。

「順調だよ。安曇さんは来るたびに新しいデザートを持ってくるし、ここでも作ってる。コーヒーや紅茶も何十種類となく試してる。洋酒をたっぷり使ってるケーキなんかは、子どもでも食べられるように、見た目は同じでも酒を抜いて作ってみたり……」

大人と同じものを欲しがる子どもは多い。背伸びしたがる子のことまで考えている安曇に、章は感心するのを通り越して、自分の不甲斐なさを覚えた。

現状で『猫柳苑』や『ヒソップ亭』を子どもが訪れることはほとんどない。それでも、いや、だからこそ家族連れを誘い込む工夫が必要だ、と言う安曇に、ぐうの音も出なかった。

「あとどれぐらいで始められそうなんだ？」

「俺の目には明日からでも行けるように見える。でも本人たちはもう少し詰めたがってるみたいだ。食器ももうちょっとなんとかならないか、って言ってたし、万全を期して始めたいんだろうな」

「まったく雛子らしい」

「雛子だけじゃなくて、安曇さんも相当だよ。桃ちゃんが入ってくれてるからいいけど、さもなきゃいつまで経っても始まらないんじゃないかって心配になるレベル」

「なるほど……桃ちゃんは『見切り発車』できるってことか」

「見切りとまでは言わないけど、落としどころがわかってる。たぶん、これまでいろいろ苦労してきたんだろうな……」

おちゃらけているように見えて、しっかり考えている。何度も挫折《ざせつ》を味わったのだと思う。本人は辛かったに違いないが、それが今の桃子を作り上げているとしたら、必要な経験だったのだろう。

「完璧主義の雛子と職人気質《かたぎ》の安曇さん、絶妙に仕切りがうまい桃ちゃん。バランスのいいグループだってことだな」

「そのとおり。たぶん年明けにはなんとかなるんじゃないかな」

「年明けか……クリスマスと年末年始の目玉にしたかったんだがなあ」

「クリスマス!?　『猫柳苑』とのミスマッチ感がすごいな……」

「うるせえ。坊主だって神主だって、家に帰りゃクリスマスケーキを食う時代だ。温泉旅館がクリスマスをやってなにが悪い」

「悪くないよ。それでこそ日本。どちら様も『猫柳苑』で楽しくお過ごしください、だ」

「早く始めたいのは山々だけど、『急《せ》いては事をし損じる』って言葉もあるな」

「そのとおり。俺としても、できれば本人たちが納得できるレベルになるまで待ってやりたい」

「わかった。じゃあ、デザート付きプランは年明けからってことで、引き続き頑張ってもらってくれ」

「ああ。とはいえ、試食祭りはそろそろ終わりにしてほしいけどな。冷蔵庫が大変だ」

　いくらデザートは作り置きができると言っても限度がある。原則的には冷蔵保存が必要なので、冷蔵庫をデザートに占領されたら『ヒソップ亭』の通常営業に差し障《さわ》りが出てしまうのだ。

　これはこれで困った問題だ、と思っていると、勝哉が紙の冊子を差し出した。なにかと思ったら冷蔵庫のパンフレットだった。

「デザートに侵食されまくってるんだろ？　うちで専用のをひとつ買うから、選んでくれ」

「マジ？　めっちゃ助かる！」

心の友よ！　と力を込めて肩を叩いた章に、勝哉は有名アニメのいじめっ子キャラみたいな顔で笑った。

翌日、この話を聞いた桃子は大喜び、安曇は心底ほっとしたように言った。

「よかった……これで心置きなく試作しまくれます」

「心置きなくって、今までは遠慮してたの？」

「もちろんです。この間のお酒が入っているものといないもの、みたいなアレンジバージョンはできれば同時に試したいんです。でもホールケーキを一度にいくつも作ると冷蔵庫がいっぱいになっちゃうし、家で作ると持ってくるのが大変だし……」

前回のように川西に送ってもらえればいいが、彼だって暇ではない。しかもあのときはレンタカーまで借りている。いくら長年の幼なじみでもそこまで甘えられない、と安曇は説明する。

長年の幼なじみに甘えまくって店を開き、冷蔵庫まで買ってもらおうとしている章としては耳が痛い話だった。

「『親しき中にも礼儀あり』ってやつか……俺もちょっと考えなきゃな」

「大将と支配人さんは持ちつ持たれつだからいいんですよ。でも私たちは……」

「あら、安曇さんと川西くんだって同じよ。この間だってしっかりお誕生日をお祝いしてあげたって言ってたじゃない」

「押しかけられて断れなかっただけです。それに、私の誕生日はスルーでした！　まあ、しっかりデザート作りの手伝いをさせましたし、翌日は運転までさせましたけど！」

「運転は、安曇さんから言い出したことじゃないでしょう？」

「それはまあ……」

「川西くんが言い出して、レンタカーもサクッと借りてきて送ってくれた。しかもいったん帰ってからでしょ？　川西くん自身がそこまでしたいって思ったんだから問題ないわよ。たぶん、彼としてはふたり分の誕生祝いのつもりだったんじゃない？　いいなあ、安曇さんにはそんな『スパダリ』がいて」

「『スパダリ』!?　あいつがですか!?」

桃子と安曇は、章が知らない言葉で盛り上がっている。スパダリだかスパゲティだか知らないが、楽しそうでなによりだった。

設置場所の問題もあって、冷蔵庫はそれほど大きなものは選べなかった。それでもホールケーキを最低でも四つ、サイズによっては六つ入れられるし、生クリームやチヨコレートも保存できる。ほかの料理と一緒に入れて匂いが移る心配もない。今後、安曇はますますデザート作りに力を入れることだろう。

「安曇さん、前に洋酒に合うデザートもあるって言ってたよね？　これなら試せるんじゃない？　『ヒソップ亭』の品書きにも入れられるかも」

「酒に合うデザートか……面白いとは思うけど、売れるかな」

「売れるかな、じゃなくて売るんです。お酒のあとに甘いものを欲しがる人はけっこう多いじゃないですか。どうかしたらおつまみに羊羹《ようかん》とかチョコレートを食べる人もいるし。だったらお酒に合うデザートは望みありです」

「どうかなあ……それぐらいならラーメンでも売ったほうがよさそうな……」

「ただでさえお料理とデザートの匂いがバトルしてるのに、この上豚骨やら鶏ガラやら煮干しやら、かん水の匂いを参戦させる気!?　ラーメンの匂いは大好きだけど、異種格闘技すぎるわ！」

「いやさすがにスープを一から作ったりしないよ」

市販のスープやタレを使うに決まってると答えた章に、桃子は疑いの眼差しを向けた。

さらに安曇もクスクス笑いながら言う。

「それで大将が満足されるとは思えません。市販のスープを試してみて、やっぱり駄目だ！　とか言いながらお鍋に豚骨や野菜を突っ込む姿が目に浮かびます」

「あたしもそう思う。『君子危うきに近寄らず』って言うじゃない？　ラーメンには手を出さず、デザートで戦いましょ。あ、でも洋酒の幅はもう少し広げたほうがいいかも」

いつの間に戦う話になったのだ、と唖然としている間にも、安曇と桃子はデザートのレシピや洋酒について調べ始めた。

この分では、近い将来『ヒソップ亭』の品書きにもデザートが並びそうだ。

安曇たちがここまで頑張っているのだから『デザート付きプラン』はきっとうまくいく。『ヒソップ亭』はあくまでも食事処、カフェにならないように料理や酒にも力を入れないと、と章は気を引き締めた。

退職後の日々

「あ、お待ちしてました！」

桃子が、ほとんど駆け足でカウンターから出ていった。

彼女はいつも元気だが、ここまで勢いづいているのは珍しい。それだけ、今夜の客を気に入っているからだろう。

もちろん、この客を気に入っているのは章も同様だ。これまで半年に一度は来てくれていたのに、もうずいぶん姿を見ていない。体調を崩しているのではないか、『猫柳苑』もしくは『ヒソップ亭』が見切りを付けられたのではないか、と気が気ではなかった。

『猫柳苑』にも予約が入っていないのだから、原因は『ヒソップ亭』ではないと信じたかったが、食事処が気に入らないから宿に泊まらないという理由は十分成り立つ。

それ以前に、章自身がその客と話すのがとても楽しかったから、会えないこと自体が寂しかった。

だからこそ、予約者一覧に彼の名を見つけたときは本当にほっとしたし、わざわざ『ヒソップ亭』にまで予約を入れてくれたのは心底嬉しかった。

桃子に案内された客は、章の正面の席に座った。

「いらっしゃいませ、高橋《たかはし》さん」

「ご無沙汰したね。元気だった？」

「お陰様で。高橋さんもお元気そう……あれ？」

客の姿を確かめ、軽く首を傾げた章に彼は笑った。

「ちょっと痩《や》せただろ？」

「ええ……」

確かに前に来たときよりも痩せている。とはいっても、病的に痩せたふうには見えない。顔色も悪くないし、もともと少しふっくらしていたのが引き締まったという感じだった。

「高橋さん、もしかしてダイエットされたんですか？」

だったら秘訣《ひけつ》を教えてほしい、とでも言いたそうに桃子が訊ねた。ところが高橋はあっさり首を左右に振った。

「ダイエットなんてしてないよ。むしろ大いに呑んで食った。少し食いすぎたぐらいだ」

「じゃあどうして……あ、ジムに行かれたとか？」

彼は中部地方在住で流通関係の仕事をしている。以前は売り場に立っていたが今は事務所勤めだと言っていたから、ジムに通う時間も取れる。最近は短い時間でトレーニングできるジムが流行《はや》っているらしいし、この間訪れた蕎麦好きの山田のように、こまめに身体を動かしたのかもしれない。

ところがこの問いにも、高橋は首を横に振った。

「ジムにも行ってないし、パーソナルトレーニングもしていない……いや、始めようとはしてみたんだけど続かなかった。そもそも運動はあまり好きじゃないから、予想の範囲内だけどな」

高橋曰く、年齢とともに体力はどんどん落ちていく。仕事をしているうちはいいにしても、退職して通勤すらしなくなったらと考えると不安になる。今のうちに運動習慣をつけておこうかと思ったが、やっぱり無理だったそうだ。

「もう俺は諦めたよ。それに、これまでろくに運動していない人間が急にあれこれやったら怪我《けが》をしかねない。いくらトレーナーが付いてくれたところで、どうせすぐに自己流になっちまうしね。で、もうちょっと軽めならなんとか、と思って市民講座とかに行ってみた」

「市民講座？　なんですかそれ」

「あ、あれですよね。市政だよりとか新聞の折り込みチラシとかに時々案内が入ってくる講座。スポーツだけじゃなくて芸術とか教養とか……」

「それそれ。ヨガとかストレッチとか、ああいうのならいいかなって。週に一回とか決まってるし、基礎を身につければ家でもやれるだろうと思ってさ。でも、初回で諦めた」

「どうして？　ヨガやストレッチならそれほど負担じゃないし、習慣にするにはすごくいいじゃないですか」

「と思うだろ？　大将も一度行ってみたらわかるよ」

なにがわかるのだろう、と章が首を傾げていると、桃子がはっとしたように言った。

「もしかして、女性パワーにやられちゃいました？」

「大正解。参加者の八から九割が女性。先生も女性。それに俺より年上そうな人もけっこういたけど、みんなものすごく元気。最後は周り中から『ほら、頑張って！』なんて声をかけられてまいった」

一回限りの体験講座で本当によかった。あれが毎週となったら耐えきれなかったと高橋は言う。表情や口調から察するに、相当辛かったらしい。おそらく章も、同じ状況に置かれたら、途中で逃げ出したに違いない。

「聞いたら、やっぱりほかの講座も女性が多いらしくてね。そんなこんなで市民講座も断念。ま、運動は散歩ぐらいにしておくよ。それも天気のいい日限定」

「散歩はいいですね。しかも、天気のいい日だけっていうのがすごく素敵。高橋さんは凝り性みたいですから、そういう『縛り』を設けないと嵐でも散歩してそう」

桃子の言葉に、高橋と章は顔を見合わせた。強風に傘を翳《かざ》して突き進む高橋の姿が目に浮かぶ。本人も苦笑しつつ答えた。

「お説ごもっとも。俺はなんでもかんでもやりすぎるから、周りが大変なんだ」

「周り？　周りは関係ないんじゃ……」

「それがそうじゃないんだよ、大将。俺みたいな年寄りに粋《いき》がって先頭を走られたら、下の連中は付いてこざるを得ない。結果として無理をさせるし、俺だって長くは続かないから共倒れ。迷惑そのものだ」

「えーでも、口ばっかりの上司より背中を見せてくれる人のほうがあたしはいいと思いますけど」

「背中を見せるにはほどよい距離が必要なんだよ。俺は後ろから来る人間のことなんて考えずに突っ走ってた。付いてこられないほうが悪い、とまで考えてた。いい上司ってのは、付かず離れずの距離を保ってゴールまで連れていけるもんだよ。俺はただのひとりよがり」

「そんなふうに思ってらっしゃるのはご自分だけですよ」

「ありがと、桃ちゃん。まあ、そんなわけでスポーツは諦めた。で、文化系の趣味でも探そうかと思ったけど、それよりもっといいことを思いついたんだ」

「なんですか？」

「旅。あっちこっち旅しまくった。そしたらいつのまにか身体が締まってた」

「旅……？」

「ああ。前に話したかもしれないけど、俺はもうすぐ定年になるんだ。で、その先どうするか考えながら旅をしてた」

「旅をしながら今後のことを考える……なんかすごく素敵！」

「と、思うだろ、桃ちゃん。でも、やっぱりうまくいかなくてね」

「どうしてですか？」

「途中から、終《つい》の棲家《すみか》探しになっちまった」

「終の棲家!?」

　桃子の声が一オクターブ上がった。

　最近の桃子は、言葉遣いも声の大きさもずいぶん変わった。明るさと元気のよさは彼女の長所だったが、人によっては馴れ馴れしくて不躾《ぶしつけ》と取られていた。それが、言葉遣いを改めることで、元気のよさを残したまま、礼儀正しい接客へと変わったのだ。

本人は安曇の影響、彼女がいなければ気付けなかったと言うが、なにがきっかけであろうと努力し、見事成し得たのは素晴らしいことだった。

そんな桃子が客相手に久しぶりに大きな声を上げた。『終の棲家』という言葉が、よほど印象的だったのだろう。そして桃子はすぐに、しまったという顔をする。

章はつい笑ってしまった。

「大将、笑わないでください！」

「ごめん。でもなんだか懐かしくてさ」

「もう……せっかく『接客技術向上』を目指して頑張ってたのに」

「え、桃ちゃん。なんでそんなことしてたの？」

目を見張る高橋に、桃子は最近後輩を見習って接客態度を改めつつあることを伝えた。

「後輩……ああ、あの安曇さんって子？」

「そうです。そういえば高橋さんが前にいらっしゃったとき、安曇さんもいましたね」

「ああ。いい子が入ったねって褒めたことも覚えてる」

「ですよね。高橋さんは長年流通業界にいらっしゃったんでしょう？　その高橋さんが褒めてくださるぐらいだから、ますます見習わなきゃって」

「俺はむしろ娘みたいで嬉しくなるけど、みんながみんなそうとは限らないからな。でもまあ、相手が俺なら気にしなくていいよ。言いたい放題してる桃ちゃんは面白かったし」

「でも、そんなにうまく切り替えられないんですぅ……」

最後の小さな『う』に、桃子の高橋に甘える気持ちが入っているようで、章はまた笑ってしまう。ただ今度は桃子もなにも言わない。おそらく今の『笑う』は微笑ましさのあまりだとわかったのだろう。

高橋も笑いながら返す。

「桃ちゃんらしいよ。でもまあ、ほどほどにしてくれ。俺は桃ちゃんのファンだから無理してる姿は見たくないし」

「高橋さんって人たらし……」

ぼそりと呟く声に高橋はひとしきり笑ったあと、彼の『終の棲家探し』について語り始めた。

「俺はもともとは東京の生まれでね。中部に留まる理由もないし、かといって今更、人でいっぱいの東京に戻るのもなあ、と……。で、いっそ住んだことのない土地に行ってみようかと思って、あっちこっち探し歩いてる」

「つまり引っ越しの下見ってことですか？」

「そういうこと。駅前の不動産屋の貼り紙を見たり、買い物の利便性を調べたり」

「それは確かに『終の棲家探し』ですね」

「だろ？　普通の旅なら温泉でのんびり……とかできるんだけど、目的が違うからつい忙《せわ》しなく歩き回る。で、普段使いできそうな飯屋を見つけると入ってみる。町中華とかさ。しっかり動いてしっかり食って、酒も少し。そんなことを続けるうちに、気付いたら痩せてた」

「羨ましすぎます……」

桃子がため息をつく。

だが章はむしろ、彼が目的を果たしたのかどうかが気になった。

「それで、いい場所は見つかりましたか？」

「気になるかい？」

「そりゃそうですよ。あんまり遠くだと、うちに来てくださる頻度が下がりそうですし」

「それは大丈夫。今より遠くならない範囲で探してるから」

「え、そうなんですか？」

「当たり前だよ。俺が何年ここに通ってると思ってるんだ。こう言っちゃなんだが、

『ヒソップ亭』ができるより前からだぞ」

『猫柳苑』があったからこそ、力一杯働けた。疲れ果てたとしても『猫柳苑』で気儘に過ごすことでリフレッシュできるとわかっているから、多少無理をしても平気だった、と彼は言う。

「俺はもろに昭和世代、しかもバブルの申し子みたいな企業戦士だからな。多少の無理は当たり前だったんだ。もしも『猫柳苑』がなかったら、俺なんかとっくに潰れてたよ」

「支配人が聞いたら泣いて喜びます。あ、女将も」

「女将か……あの子もいい女将になったよな。若いころはずいぶん心配したけど」

高橋はなにか思い出して笑っている。

雛子は昔からしっかりしていたし、いずれ自分があとを継ぐとわかっていたから、長期休みには母親について女将修業にも余念がなかった。その雛子のなにが心配だったのだろう、と思っていると、高橋が口を開いた。

「雛ちゃんは子どものころからしっかり者だった。だから、あの子自身についてはなにも心配してなかった。ただ、とんでもない男だけは連れてきてくれるなよ、ってな」

「あー……」

章は、高校生ぐらいのころには、雛子と勝哉はいずれ夫婦になると思っていた。その前提で勝哉も『猫柳苑』でアルバイトをしていたし、雛子の両親だけではなく、あのころの従業員は皆、勝哉を『猫柳苑』の娘婿《むすめむこ》候補と認識していたはずだ。

だがそれはあくまでも内輪の話、長年の馴染みとはいえ事情を知らない高橋にしてみれば、雛子の伴侶《はんりょ》選びが気になったのは当然だろう。

「で……今の支配人は高橋さんのお眼鏡《めがね》に適《かな》いました？」

言葉遣いが改まっても、桃子の性格までは変わらない。ストレートな質問に、高橋はにやりと笑って答えた。

「俺は今でもここに通ってきてる。それが答えだよ」

「よかった……」

思わず安堵の声が漏れる。高橋は、今度は大きく相好《そうごう》を崩した。

「そういや、大将も幼なじみなんだってな。幼なじみの苦境を見かねて『ヒソップ亭』を開かせた。まあ、開かせたってのはちょっと語弊があるかもしれないが……」

「いや……『開かせた』で正解です。俺だけではとてもじゃないけど……」

勝哉と雛子にふたりがかりで説得された。おそらく章が『うん』と言うまで帰してもらえなかっただろう。うまくいくかなんてわからない。しくじれば『猫柳苑』の評判まで下げる可能性があったというのに、ふたりは『ヒソップ亭』を立ち上げるのにできる限りの協力をしてくれた。これまでいろいろな人に助けられてきたけれど、章が今あるのは、なによりもあのふたりのおかげだった。

章の話を聞いた高橋は、なんだかとても嬉しそうに言う。

「幼なじみも含めて、学生時代の仲間ってのはいいよな。もしかしたら、損得勘定がないうちからの付き合いだからかな」

「たぶんそうなんでしょうね」

「うるせえよ！　って言いたくなる日もあるが、やっぱり心のどこかで頼りにしてる。本当に困ったときに『あいつなら助けてくれる』って思える存在は得がたい」

「もしかして、高橋さんにもそんなお仲間がいらっしゃるんですか？」

「いるいる。ただ……」

そこで高橋は言葉を切った。

どうしたのだろうと思っていると、ひとつため息をついて続けた。

「大学も職場もずっと一緒。職場で問題が持ち上がったときはお互いに愚痴を聞いたり、相談に乗ったりしながらここまでやってきた。でも、定年を迎えるにあたって意見が割れてね」

「定年を迎えるにあたって？」

首を傾げた章に対して、桃子はぱっと訊ね返す。

「もしかして、延長雇用とかですか？」

「お、桃ちゃん、鋭いね」

「だって高橋さん、絶対やり手だったでしょうし、流通業界もかなり人手不足なんでしょう？　だったら会社は残ってほしいと思いますよ。高橋さんとずっと仲よくされてたんなら、お仲間の方もやり手でしょう？」

「俺よりそいつのほうがずっとやり手だよ。そいつは確実に、俺はぎりぎりなんとか、希望すれば延長してもらえると思う。でもなあ……」

「高橋さんはそのまま退職したいし、お仲間は残りたい、って感じですか？」

「そのとおり」

自分はもう思う存分働いたし、それなりに蓄《たくわ》えもある。もともとバブル時代の仕事人間だし、会社に残れば自分の評判を守るためにまた全力で働きかねない。

幸い、軽度の生活習慣病はあるもののまだまだ身体は動く。今のうちにこれまでの勤め先から離れ、第二の人生のスタートを切りたい、と高橋は考えている。だが、彼の仲間はそれをよしとしないらしい。

「俺がすっぱり辞める、しかも引っ越しも考えてるって言ったら、裏切り者呼ばわりだよ。ひでえもんだ」

『裏切り者』なんて聞くとぎょっとしてしまうが、高橋の目は笑っている。おそらくこれは仲間同士の戯《じゃ》れ合いのひとつなのだろう。

「お仲間の方は寂しいんじゃないですか？」

「還暦の親父が寂しいとか言うんじゃないって話だよ。あいつが会社に残りたいならそうすればいい。でも、俺はもういい。もういいって言うより、あの会社でできることは全部やったと思ってる。だからこそ新天地を探してるんだよ」

「高橋さん、かっこいい！」

桃子がパチパチと両手を鳴らす。章も、定年に向けて『新天地』を探し始める高橋は恰好《かっこ》いいと思う。なんというか『大人の男』そのもののような気がするのだ。

「ま、あいつがなにを言おうが、俺は辞める。その決心は変わらない。変わらないんだが……あいつの言うことにも一理あって困ってる」

「たとえばどんなところにですか？」

「文字どおりの仕事人間、しゃかりきになって働いてきた。その俺がいきなり退職して縁側でひなたぼっこでも始めた日には、一気にぼける。熱中できる趣味を見つけるか、小遣い稼ぎ程度でもいいから働け、だとさ」

「高橋さんのことを根っから心配してるんですね……」

「かもな」

高橋はふふっと笑って、脇に置かれていたグラスに手を伸ばす。そして一口呑んだあと、驚いたようにグラスを見た。

「俺、注文したっけ？」

高橋は、カウンター席に座ってからずっと話し続けていて品書きすら見ていない。当たり前みたいにビールを呑んで、頼んだ覚えがないことに気付いたのだろう。おまけに、グラスの横には突き出し——ツナ和《あ》えのスライスオニオンが入った小鉢まで置かれている。さすがにそちらには手はつけていないが、そこにあったこと自体が驚きだったのだろう。

桃子がおかしそうに言う。

「気がついていらっしゃらなかったんですか？　高橋さんが座ってすぐにお出ししましたよ」

「へ？」

「高橋さんって、たいてい最初の一杯はグラスビールじゃないですか。お話が弾んでいましたし、お風呂上がりで喉も渇いてらっしゃるでしょうから。あ、もしかして、ほかのものがよかったですか？」

どうしよう、余計なことしちゃった、と桃子が慌て始めた。ただ、これは桃子だけの責任ではない。冷蔵庫から冷えたグラスを取り出す直前に、桃子は章の顔を見た。章も、これはグラスビールを出してしまってもかまわないかという無言の問いだと察して頷いたのだから、責任は章にある。

ここは主の出番だ、とばかりに高橋に話しかける。

「もちろん、勝手にお出ししたのですからお代はいただきません。それと、温《ぬる》くなっているようでしたらお取り替えしますよ」

「取り替えるなんてとんでもない。もうけっこう呑んでしまったし、代金だってちゃんと払うよ」

「でも……」

「大丈夫。注文も忘れてしゃべりまくってたのかって、自分にちょっとびっくりしただけ。桃ちゃんは、注文を訊くことで話の腰を折っちゃいけないって思ってくれたんだろ？」

「それはまあ……」

「ありがたいね。こういう気の遣い方をしてくれると本当に嬉しくなる。年寄りの繰り言を聞きたくないって、注文訊きがてらばっさりやられるとめげるからな」

「そんなことしませんって。でも、そろそろなにか召し上がったほうが……」

高橋の言葉でまた明るい顔を取り戻した桃子は、脇によけてあった品書きを彼の目の前に置き直した。

高橋は『本日のおすすめ』を確かめたあと、ビールを注文する。グラスのビールはあと少ししか残っていないので、おかわりが欲しくなったのだろう。いつもならビールのあとは酒の種類を変えるが、話し続けて喉が渇いたに違いない。

「ビールは同じのにされますか?」

「いや、次は瓶にしよう。ラガーを頼むよ」

「はーい、『赤星《あかぼし》』ですね!」

桃子がすかさず冷蔵庫からビール瓶とグラスを取り出す。冷えたグラスが室温に晒《さら》され、一気に白く曇った。

「うん、よく冷えてる。それにこのグラスがいいんだよな」

目を細めながら、高橋はグラスにビールを注ぐ。よくあるメーカーのサービスグラスだが、これほどビールに合うグラスはないと高橋は言う。レトロなロゴと手に馴染むサイズがお気に入りのようだ。

手酌《てじゃく》で注いだビールをグビグビと一息で呑み干したあと、ぷはーっと息を吐くところまでがお約束だった。

「メーカーのロゴとか入ってて安っぽいって言う人もいるけど、メーカーだからこそのサイズなんだよなあ。ずっと庶民に寄り添ってます、って感じがいい」

「庶民……」

章はつい高橋を注視してしまった。

今は湯上がりの浴衣姿だし、お気に入りの『特製朝御膳』を食べに来てくれるときも、至ってラフな服装だ。だが、スラックスにしてもニットのセーターにしても桃子によると『知る人ぞ知る』ブランドらしい。物価高に喘《あえ》ぎ定年後の職探しに余念がない人が多い中、再雇用を望まないところや『それなりに蓄えもある』と言えるところからも、かなり余裕のある暮らしをしているように見える。

経済的な余裕があらゆる言動にゆとりを与え、『品のよさ』を押し出す。そんな彼に、庶民の味方と言われても……という感じだった。

それでも、桃子は高橋が来るとわかっている日は欠かさずこのサービスのグラスを冷蔵庫に入れておく。たいていグラスの生ビールを注文するし、彼以外の客にはこんなグラスは出さないとわかっていても、外に出したとたん白濁するほどキンキンに冷やしておく。

お洒落なグラスはいくらでも置いてある。ロゴ入りのグラスを安っぽいと思う人は、ほかのグラスを使えばいい。それでもあえてサービスのグラスを使いたい人のための用意も怠らない。それが桃子、いや『ヒソップ亭』の接客だった。

一杯目の瓶ビールを呑み干した高橋の前に、章はそっと小鉢を置く。中に入っているのは『鯵の梅味噌《みそ》たたき』。鯵のたたきに梅干し、味噌、胡麻油《ごまあぶら》で味を付け、みじん切りのネギや茗荷《みょうが》を混ぜた一品だが、ビールにも焼酎《しょうちゅう》にも日本酒にも合う。

高橋はもともと日本酒好きだし、湯上がりの喉の渇きを癒《い》やしたあとは日本酒に移る可能性が高いからこそ選んだ料理だった。

早速一箸《ひとはし》食べてみた高橋が歓声を上げる。

「鯵のたたきに梅干しか！　すごくさっぱりするし、ラガービールにもぴったりだ。きっとほかの酒にも合う……たぶん飯にも。これは困った、炊きたての飯が食いたくなってきた！」

グラスの生ビールは気がつかないうちに呑んでしまったし、瓶ビールでさえすごい勢いでなくなっていく。その上、飯が食いたくなるとはなんたることだ。もっとゆっくり呑もうと思って来たのに、と高橋は地団駄《じだんだ》を踏みそうになっている。確かにこの料理は炊きたての飯にもぴったりだし、なんならお茶漬けにもできる。それでもここでいきなり食事にするのは、高橋にとってはあまりにも不本意だろう。

「締めはほかにちゃんとご用意しますから、こちらはお酒のあてで召し上がってください」

「うん……そうするよ。できれば日本酒も呑みたいし。あ、『砂肝のガーリック炒め』を頼む」

「今日は、ニンニクは大丈夫なんですか？　オイスターソース炒めとかにもできますけど……」

かつて高橋は、ニンニクがたくさん使われている料理を避ける傾向があった。好き嫌いではなく、流通業に携わる者として、匂いが残ることを懸念してのことらしい。高橋は『猫柳苑』の宿泊客だ。出張でもない限り、宿からそのまま出勤することはないはずだ。山ほどニンニクを使ったとしても、翌日ならまだしも、翌々日まで匂いが残ることはないだろう。それなのに彼は、電車で隣にニンニク臭い親父が乗ってたら嫌だろう、なんて笑いながらニンニクが使われていない料理を選んできた。『鰹《かつお》のたたき』ですら、そっとスライスされたニンニクをよけるぐらいなのだ。

そんな高橋の行為に気付いて以来、章は彼が注文する『鰹のたたき』にニンニクを載せるのをやめ、おろし生姜《しょうが》や大葉、ネギといった薬味を多用してきた。『砂肝のガーリック炒め』という注文を訊き直したくなるのは当然だろう。

高橋は、ふっと笑って答えた。

「いいんだよ。実は今週いっぱい仕事は休みなんだ」

「今週いっぱい……すごいですね……」

桃子の口から長いため息が漏れた。

桃子にも形式上の有休はあるし、『猫柳苑』には桃子以外の従業員だっている。今まで『ヒソップ亭』には章と桃子しかいなかったから、一日休むのが精一杯で連休は難しかった。安曇が来てくれるようになった今は、シフトを調整して続けて休むことは可能にしても、一週間連続の休暇なんて夢のまた夢だった。

「あ、ごめん。羨ましがらせちゃったかな」

高橋に謝られた桃子は、大慌てで答える。

「大丈夫です。そんなに長いお休みがあっても暇を持てあましちゃいますし！」

母と一緒に旅行をするかもしれないが、一泊か二泊がせいぜいで、そのあとすることがない、と言う桃子に、高橋は大きく頷いた。

「実のところ、俺も一緒だ。会社に辞める前に有休を消化しろってうるさく言われてやむなく休んでる感じ。おかげで『終の棲家探し』をする時間はたくさんあるけど、そもそもこんなに休みがなければ『終の棲家探し』なんてしなかったかもしれない」

「そういうことだったんですね。で、話を戻しますけど、いい場所は見つかったんですか？」

「それがなかなか……。ネットで調べていいなあと思っても、実際に行ってみるとなにかが違う、って気がする。下手に情報がありすぎるのがよくないのかと思って、下調べなしに行ってみたところで、ピンとこない。その繰り返しなんだ。桃ちゃん、どこかよさそうな隠居所を知らない？」

「あたしはこの町と東京ぐらいしか知りません。大将のほうが知ってそう」

そこで桃子と高橋が揃って章を見る。そんなに期待をかけられても、章だって似たようなものだ。高校を卒業したあと専門学校に行き、東京の料理屋に就職した。老舗かつ大きな料理屋だったから、関西にも支店を持っていて、たまに助っ人で出かけることはあったにしても、助っ人が必要なほどの忙しさだから町を回るゆとりなんてない。

店以外の場所などせいぜい駅ぐらいしか見ないままに戻ってきていた章に『終の棲家』の候補地なんて挙げられるわけがなかった。

「すみません。お役に立てそうにありません」

「まあそうだよな」

「そもそも高橋さんは、どんな場所をお探しなんですか？　条件とか……」

それさえわかれば、ほかの人に訊いてみることもできる。業者との打ち合わせで出張することも多い勝哉なら、候補地を挙げられる可能性もある。

「条件……そうだなあ、まずあまり暑すぎたり寒すぎたりしないところ。あ、ただ寒いならなんとかなるが、毎日雪かきしなきゃならんようなところは無理だ」

「それでは北海道は除外ですね。東北から北陸にかけての日本海側も……。でも、暑すぎるって、今は関東近辺でもかなり暑いですよ？」

「そうなんだよ。関東については暑い上に人も多い。長年中部地方にいたせいか、東京の人の多さに驚かされる。名古屋あたりはけっこう人も多いんだけど、それでも東京は桁違《けたちが》いだ」

「でも東京は賑やかで便利ですよ？　あたしが東京からこの町に戻ってきたとき、夜の暗さにびっくりしました」

「ああ……そういえば、ここはかなり夜が早い町だね。観光客相手の呑み屋はそこそこやってるけど、生活するのに必要な店の閉店がかなり早い」

「でしょう？　お店が閉まる前に買い物を済ませなきゃならなくて、けっこう大変なんです。幸いあたしは休憩時間に済ませられますけど、普通の会社勤めの人は困ってるんじゃないかしら」

「そうだな、九時五時で働いてる人は困るだろうな。そういう意味では確かに東京は便利だが、退職後の俺には関係ないかな」

買い物なんて好きな時間に行けるし、そもそも家族がいるわけでもないから、食材も生活雑貨もそれほど必要ではない、と高橋は言う。だとすれば、東京のような大都市の魅力は半減するだろう。

「それならそのまま中部地方にいればいいんじゃないですか？」

中部地方はかなり温暖だ。雪が降ることはあるにしても、毎日雪かきが必要なほどではないし、海の幸山の幸が豊富で、食い道楽の高橋には魅力的ではないか。あえて引っ越す必要はあるのか、と訊ねる章に、高橋は少し考えたあと意を決したように言った。

「息子が東京にいるんだ。とはいってももう大学生だし、なんならあと数年で就職するはずだけど、本人は東京から出るつもりもないらしいから」

「息子さんがいらっしゃったんですか」

桃子があっけにとられている。もちろん、章も同じ気持ちだ。

高橋が『ヒソップ亭』に来てくれるようになってから何年にもなるのに、彼の家族については聞いたことがなかった。むしろ同僚や部下の話のほうがずっと多い。先ほど話題に上った学生時代から仲がいい同僚の話すらなんとなく聞いたことがあるような気がするのに、妻や子どもには一切触れなかった。だから章は、彼はずっと独身だとばかり思い込んでいたのだ。

高橋が少し気まずそうに言う。

「まあね。でも小学校ぐらいのときに妻と別れて、それからは一緒に住んでない」

「もしかして、あんまり会ってもいないんですか？」

「元妻が東京の出身だったから、離婚と同時に息子を連れて東京に戻ったんだ。だから年に一度か二度ぐらいしか会ってない。でも今のご時世、会わなくても連絡はいくらでも取れるから、仲が悪いってこともない。毎日顔を合わせない分、いい感じの距離で付き合えている気がするよ」

「そうだったんですね……じゃあ、中部から引っ越したいのは、息子さんの近くに住みたいからってことですか？」

「俺が、っていうより息子が言うんだ。親父ももう年なんだから、ひとり暮らしは仕方がないにしても、なにかあったら駆けつけられる場所にいてくれ、って」

「すごくいい息子さんですね……」

「もう年、って言われるとグサリとくるけど、心配してくれる気持ちはありがたい。できれば息子の言うとおり東京近辺に住みたいとは思うけど、ごみごみしすぎる。そうじゃない場所もあるが、それはそれで地域コミュニティが大変そうでなあ……」

ただでさえ年を取ってからの移住は大変なことが多い。引っ越すだけでも重労働なのに、その土地に馴染めないとなったらお先真っ暗だ。だからこそ高橋は、実際に足を運んで現地の暮らしを垣間見《かいま》ようとしたのだろう。

とはいえ、旅行がてら数日訪れただけでその土地に住む人々の人柄まではわからない。

十人中九人までが善人でも、残りひとりの難物が隣に住んでいないとは限らないのだ。

「結局のところ、その土地に行ってみて『肌が合う』と思った場所を選ぶしかないんだろうなあ……」

「肌が合う……それを見極めること自体が難しい気がしますが」

「まあね。けっこう長い時間をかけてあちこち行ってみたけど、実際に『ここなら』って思えたのは一ヵ所だけだった」

「あったんですか⁉」

桃子が意外そうに言う。まさかそんな探し方で見つけられるとは思っていなかったのだろう。章も同感だっただけに、高橋が見つけた場所が気になった。

「差し支えなければ教えてください。高橋さんが気に入られたのはどこだったんですか？」

「ここだよ」

「え……」

「『灯台もと暗し』とはよく言ったものだよ。散々よそを回ったあとこの町に来てみた。そしたら駅に降りた瞬間、身体の緊張が解けた気がした。そりゃそうだよ。俺は自分の家の次にここで過ごした時間が長いんだからな」

一回一回は大したことはなくても、累積すればずいぶん長い時間になる。そもそも、同じ旅館に何度も泊まりに来るのは、『猫柳苑』だけではなく町そのものが安らげる場所だったからに違いない、と高橋は言う。

「『猫柳苑』は何度来てもがっかりさせられることがない。そしてそれは、町全体にも同じことが言える。俺はこの町が好きなんだよ」

「じゃあ、いずれはここに住むことを考えてらっしゃるんですか!?」

「うーん……」

そこで高橋は急に難しい顔になった。この話の流れだと当然『終の棲家』はこの町ということになりそうなのに、と思っていると、彼は困ったように続けた。

「ここに住んでしまうと、逃げ場がなくなりそうでなあ……」

「逃げ場……ですか?」

「自分でも不思議なんだけど、慣れ親しんだ自分の家にいても、急に『帰りたい』って思うことがある。次の瞬間、『どこに帰るんだよ!』って自分で自分に突っ込むんだけど、まったくもって納得がいかない感覚だよ」

「そうなんですか……」

高橋の言う感覚は章にも思い当たる節があった。

間違いなく自分の家にいる。それでも『帰りたい』という感情が込み上げてくる。実家に帰りたいんじゃないか、と言われるかもしれないが、実は親元で暮らしていたときにもこの感覚があった。なにか壁にぶち当たったわけでも、失敗をしたわけでもなく、ただただ『帰りたい』と思う。こんな感覚に陥《おちい》るのは自分だけ、どこかおかしいところがあるのだろうと思って誰にも言えずにきたが、高橋も同じだと聞いて心底ほっとする思いだった。

ところが高橋は、自分の言葉を章が否定的に捉《とら》えたと思ったのか、苦笑まじりに続けた。

「まあ理解できないのも無理はない。自分でも変だと思うぐらいだし。でも、これはもうずっと続いてること……」

「わかりますよ。俺も同じですから」

「え、大将も？」

「はい。俺なんて、本当は養子なんじゃないかとまで思いましたから」

もしかしたら自分は両親がどこかからもらってきた子で、無意識に本当の親のところに帰りたがっているのかもしれない、と疑った。もちろん、そんな事実はないし、アルバムには生まれたときからの写真がずらりと並んでいた。両親の名前が明記された母子手帳やら、木の箱に収められたへその緒まで見せられては、実の親であることを認めざるを得なかった。挙げ句の果てに、親子関係を疑っていたことが父にばれて、こっぴどく叱られてしまったのだ。

章の話を聞いたとたん、高橋が吹き出した。

「親子関係を疑うって相当だな！　俺でもそこまでじゃなかったのに！」

「今考えれば馬鹿だなって思いますけど、あのころはけっこう真面目に悩んでたんです。こんなこと友だちにも言えないし」

「ここの支配人とか女将とかに言えばよかったじゃないか。仲がよかったんだろ？」

「そんなことをしたら、あいつらにまで叱られます。俺って昔からあのふたりにやり込められてばっかりでしたから」

相談したところで『鏡を見てこい』と言われるのが落ちで、理解なんてしてもらえっこないと思っていた。そして、そんなことをするまでもなく、自分が父親と瓜《うり》ふたつなことはわかっていた。

「容姿どころか性格まで親父そっくり。疑うほうがおかしいんですよ」

「そうか。でもまあ、少なくとも同じように感じる人間がふたりはいるってことだな」

「安心していいのかどうかは謎《なぞ》ですけど、ひとりじゃないことは確かです」

「だよな。じゃあ、大将なら俺の気持ちがわかってくれるかもしれない。思えば、そういう『帰りたい病』に陥ったとき、俺はたいていここに来てたんだよ」

この町に来れば『帰りたい』という気持ちが薄れる。高橋は、なんとなくそれがわかっていたからこそ、何度もこの町、そして『猫柳苑』を訪れたのだろう。

もしもこの町に引っ越したあと『帰りたい病』に見舞われたら、いったいどこに行けばいいのか……という不安は、章にも十分理解できた。

「また新しく『帰る場所』を見つけるのは大変。だったらよそに住んで、なにかあったらこの町に『帰ってくる』ほうがいいってことですよね」

「そのとおり。『終の棲家』のほかに『帰る場所』が必要なんて、俺はどこまで面倒くさい男なんだ」

自虐たっぷりの言葉を吐いて、高橋はカウンターに突っ伏した……かと思ったら、すぐに身を起こして言う。

「でもそれはあくまで俺の心の中の問題だし、この町みたいな場所を見つけられただけでも幸せなことなんだよな。ただもうひとつ現実的な懸念があってね」

「というと？」

「この町に、俺が小遣い稼ぎできるような仕事があるかなってこと」

「仕事……」

彼の親しい同僚に言われるまでもなく、定年退職したあとまったく働かないとなると、一気に老け込みかねない。ただ食べて寝るだけの生活は退屈すぎるし、これまで仕事人間だっただけに、遊び方もろくに知らない。趣味を見つけるのもいいが、働くほうが性に合っている。年寄りにできるアルバイトでもあれば、と思っていたが、それがこの町では難しいのではないか、と彼は考えているらしい。

そして彼の指摘はあながち間違っていない。桃子が少し申し訳なさそうに答えた。

「仕事は……たぶん無理でしょうね。若い人でも仕事がなくて町の外に出ていってしまうぐらいです。私は運よく『猫柳苑』にお世話になれましたけど、そうでもなければこの町に戻ることはできなかったかもしれません」

桃子は父親を亡くしたあとひとりになった母親を心配してこの町に戻ってきた。母の年金はあったものの、それで親子ふたりが暮らすことはできない。金額はギリギリなんとかなるとしても、母が亡くなったら給付も止まる年金を頼りに生きるほど桃子は楽天家ではない。自分の食い扶持《ぶち》は自分で稼ぐ、あわよくば母の分まで……と考えて職探しを始めた。

ところがそれまで勤めていたような九時五時、特に事務仕事は見つからない。あるのは旅館や飲食店の仕事ばかり。それならいっそ父親が勤めていた旅館で雇ってもらえないか、と『猫柳苑』に頼ったという経緯がある。

働き盛りの桃子でもそんな具合だったから、六十を過ぎた高橋にはかなり厳しい。かつて年寄りのアルバイトとされていた旅館の布団の上げ下げですら十代、二十代の学生がやっている。ほかにろくなアルバイト先がない町だし、布団の上げ下げでもなんでもお金になればやると考えている。さらにこの町では、そういった学生アルバイトも桃子同様縁故で決まっていく。新しく引っ越してくる人間に入り込む余地はなかった。

「やっぱりか……まあ、そもそものんびり暮らせそうな町は人が少ない。当然、仕事もないってことなんだろうな」

「飲食店も旅館もかなり人手不足気味ではあるんですが、それはもっと雇えるだけの儲けがないってことでもあります。結果として、みんなヒイヒイ言いながら働いてます」

「ヒイヒイ……もしかしてここも？」

「うちはよそよりはずっとマシだと思ってます。支配人の計らいで桃ちゃんにも手伝ってもらえますし、安曇さんにも来てもらえてますから」

「なるほど……じゃあ人手不足を理由に『ヒソップ亭』に入り込むってのも無理か……」

「え、うちに!?」

桃子の目がまん丸になった。そして、しばらく考えていたあと大声を上げた。

「それ、グッドアイデアかも！」

「いやいや、それはちょっと……」

「どうしてですか、大将？　こう言っちゃなんですけど、高橋さんはあたしや安曇さんみたいに生計を立てなきゃならないわけじゃないでしょう？　隙間時間にちょっと手伝ってもらえればすごく助かるじゃないですか」

「だから、手伝うってなにを？」

「配達に決まってるじゃないですか」

「は……？」

「高橋さん、車かバイク……いっそ自転車でもいいですけど、乗れます？」

「車の免許はあるよ。ただ、何年も運転してないからちょっと無理かな。でも自転車なら今でもけっこう乗ってる。原付もそこそこ」

「じゃあ大丈夫です。今は安曇さんが行ってくれてますけど、配達を高橋さんに任せられれば安曇さんは料理に専念できます。料理っていうか、デザート作りですけど」

弁当を仕上げてから開店前の時間を、配達ではなくデザート作りに充てられれば、現在進行中の『デザート付きプラン』をもっと充実させられる。一日の受け入れ数も増やせるし、『ヒソップ亭』の品書きにもデザートが入れられるかもしれない、と桃子は力説した。

「デザート？　新しいプランを売り出すのかな？　なんか面白そうな話だから、よければ詳しく聞かせてよ」

高橋が身を乗り出した。長年流通業に携わってきただけあって、新企画に興味津々といった様子だ。あまり詳しく話すわけにはいかないが、概略ぐらいはかまわない。すでにその判断に、高橋という人物への信頼が入っていた。

「なるほど……デザートで甘党の客を引き寄せたいってことか。月並みだけど、即効性が高い手段かもな」

「やったー！　高橋さんって確かデパートで働いてらっしゃったんですよね？　ものを売るプロがそう言ってくださるなんて、すごく心強いです」

「ただし、最近の客は目も舌も肥えてる。特にデザートには厳しいから、中途半端なものを出すと逆効果の場合もあるよ」

「それは重々承知です。でも、安曇さんのデザートなら大丈夫。ちょっとしたホテルのパティシエにだって負けません。問題は量産できないってことですけど、高橋さんが手伝ってくださるならそれもなんとかなるんじゃないですか。ね、大将？」

　みんな丸く収まる話だ、と桃子はとても嬉しそうにしている。けれど、章にはそんなに簡単にいくとは思えない。そもそも、長年流通業界で働いてきて、マーケティングにも長《た》けた高橋が、そんなに簡単に移住を決めるとは思えなかった。

「高橋さん、引っ越してくるとしたらおうちがいりますよね？　とりあえずどんなお部屋があるか見てみるっていうのはどうですか？　支配人なら不動産屋さんにも知り合いがいると思いますよ」

　すぐにでも物件探しをすすめようとする桃子を、案の定高橋は片手をあげて制した。

「桃ちゃん、さすがにハイスピードすぎるよ。もうちょっと考えさせて」

「なにか問題があるんですか？」

桃子は、こんなにいい話なのにすぐに動かないなんておかしい、とでも言いたそうにしている。しかも不動産屋は駅前にある。物件の当たりを付けるぐらいなら、帰る途中にでもできるのに……と考えているに違いない。

高橋が少し悲しそうに言う。

「物件を借りるって案外難しいんだよ」

「そんなことないですよ。高橋さんはちゃんとしてらっしゃるし……」

「今はどうにか『ちゃんとしてる』かもしれない。でも退職したら、俺はただの無職の年寄りになる。たとえ無職じゃなかったとしても、年齢を考えたら部屋を借りるには厳しい」

「そう……なんですか？」

「日本って国は年寄りを大事にしろ大事にしろって言うわりには、住む場所にも困るってのが現状だ。特に家なしで退職したあとは目もあてられない。何年か前にも、家を持ったら気軽に引っ越せなくなるからってずっと社宅にいた同僚が、退職後に住む場所がないって大騒ぎしてた」

「その方もおひとりだったんですか？」

「ああ。俺と同じでバツイチで子持ち。ただし子どもはふたりいたそうだ。別れるときに奥さんにマンションを渡したんだってさ。ふたりも子どもがいるんだから当然、養育費代わりだって本人は言ってたし、俺も間違ってないとは思ったけどな……」

　離婚したあとその同僚は借り上げ社宅に入った。異動が多い職種だったため、会社が手続きをしてくれる社宅のほうがなにかと便利だったからだ。だが、そのまま二十年近く社宅で暮らした末に、退職後に住む部屋を探しに行ったらほとんど見つからなかった。

　物件はあるし、蓄えだってかなりあるのに年齢だけではじかれてしまったそうだ。

「話を聞いて本当に切なかったよ。自分の今後を示唆《しさ》されたみたいな気になった。だから『終の棲家』探しにしても、適当な町が見つかったところで俺が住める保証はないんだ」

「そんなの訊いてみなきゃわからないじゃないですか！　それに支配人の紹介なら……」

「高橋さんは、そういう『抜け道』は選びたくないと思うよ」

　桃子は、なんとか高橋を誘い入れたくて躍起になるあまり高橋の困り顔にも気付いていない様子だ。やむなく口を挟んだ章に、高橋は嬉しそうに答えた。

「さすが大将。俺のことをよくわかってくれてるね」

「そりゃあまあ、『猫柳苑』には及びませんが、高橋さんは『ヒソップ亭』開店以来のお馴染みです。いらっしゃるたびにいろいろお話を伺っていますから、高橋さんのモットーが『公明正大』だってことぐらいわかります」

「『公明正大』か……そのとおりだな。それに世話をするのは厭《いと》わないが、世話になるのは苦手なんだ」

「それってけっこう損なんじゃ……」

桃子は唇を少し尖らせながら言うが、彼女だってどちらかといえば高橋と同じようなタイプだ。勝哉夫婦にしても同様だし、安曇だって本来は世話を焼かれるより焼くほうだろう。章の周りには『世話焼き』が揃っている。そのみんなの世話になって、どうにか生きているのが自分だ、と思うと情けなさが募った。

章の心情を知ってか知らずか、高橋が答えた。

「損だと思ったころもあった。特に若いころは。でも気が付いたんだ」

「気付いたってなにに？」

「世話を焼く一方なのは、俺に徳がないからで、今は積ませてもらってる。ま、修行みたいなもんだ」

「えー……それだと世話を焼かれてる人はみんな徳があるってことになっちゃいませんか？」

「そのとおりだよ。これまで徳を積んできたから、みんなによくしてもらえる。いくら修行でも、本当に嫌いなやつのためには動きたくないのが人間ってもんだよ。でも本当は大将みたいに半々ってのが理想だけどな」

「大将？」

そこで桃子はまじまじと章を見た。『半々』が疑問だったのか、そもそも高橋の言っている意味がわからなかったのかは謎だが、とにかく『解《げ》せない』という顔だった。

章の表情を見て、高橋がくすりと笑った。

「自分では世話になる一方だと思ってるんだろ？」

「大将、そんなことを思ってたんですか!?　あり得ない！」

「思ってるんだよ、この人は。桃ちゃんと安曇さんがここにいるのは、間違いなく大将が『ヒソップ亭』を開いたから。『猫柳苑』の客がただで旨い朝飯を食えるのも、大将のおかげ」

「いやいやいやいや！」

「そんなに連呼しなくていいよ」

「俺がこの店を開けたのは支配人夫婦のおかげだし、なんとか店が回ってるのも桃ちゃんと安曇さんのおかげですし！」

「でも『ヒソップ亭』がなかったら、あたしも安曇さんも今の半分ぐらいしか稼げてないと思いますよ？」

「だろ？　店を開いて雇用を生み出した。仕出し弁当の話も聞いたけど、あれも今まで弁当を請け負ってた店の主が、大将の腕を見込んで頼みに来たらしいね。仕出し弁当は足腰が弱って遠出が難しくなった人たちの楽しみだったとも聞いてる。その楽しみを守ったのが大将なんだよ」

「大げさです！　それにあの仕出し弁当がなければ、うちの店もどうなったことか……」

「だから半々だって言ってるんだ」

「確かに持ちつ持たれつ。理想的ですね」

高橋と桃子にふたりがかりで結論づけられ、章も反論を諦めた。なにより、傍目《はため》からそう見えている以上、それが真実なのかもしれないと思えたからだ。

「ま、そんなわけで俺は今なお修行中。よたよたと積んでる徳を消費したくないんだ」

そう言うと高橋は豪快に笑った。

章がこれまで、あるいは前世で積んだ徳が今発動しているのであれば、高橋が誰かの世話になる機会が巡ってきたというのは、修行が終わりを迎えたということではないのか。今後は章同様、半々でいけるはずでは？　と思う。それでも本人が修行を続けたいというなら、止める理由はなかった。

桃子が心配そうに訊ねた。

「でも、それだと高橋さんはこの町には引っ越せない、というか……どこにも引っ越せないんじゃないですか？」

「賃貸が前提ならそうなるな……」

「賃貸が前提なら……あ、そうか、いっそ買ってしまえばいいってことですね！」

「ちょっと待ってください！　さすがにそれは冒険すぎます！」

「だよな。だから俺も『ちょっと待ってくれ』って言ってるんだ。買うとしたらどのあたりがいいとか、そもそも物件があるのかどうか、とか……」

「じゃなくて、うちの仕事がうまくいかなかったらどうするんですか！」

「そのときはそのときだ。別に『ヒソップ亭』でアルバイトしなくてもなんとでもなるし」

「うわー羨ましい！」

「そうか？」

ひとり身で大して金がかかる趣味もなくこの年まで来た結果に過ぎない。なんだかつまらない人生だったって突きつけられる気がする、と高橋は自嘲《じちょう》した。

「いやそれって……」

そう答えながら桃子が章を見た。

ふたりの間に流れた微妙な空気に気付いたのか、高橋が怪訝な顔になる。それでもあえて訊ねないところが彼の美点だが、知りたい気持ちは手に取るように伝わってくる。

普段は自分について語ることは少ない、というかほとんどないけれど、ふとこんなふうに興味を示されるのも悪くない、という気になった。相手が高橋だったからかもしれない。

「それ、俺も同じですよ」

「大将も独身だったのか。家族の話が一切出ないから、もしかしたらそうじゃないかとは思ってたけど、仕事と家庭を完全に切り離すタイプなのかもしれないし……」

「実は俺、自分語りは好きじゃないんです。あ、誰かの話を聞くのは好きですよ！」

自分以外の人間であれば、どれだけ語り続けても黙って聞く。表に出すことはないが、その人が辿《たど》ってきた人生に興味津々とさえ言える。

それでも自分については語らない。それは、語りたくなるような過去ではないからだ。

「そうだよな。大将は、客が延々と自慢話をしたところで温和《おとな》しく聞いてくれる。

で、桃ちゃんが適度に突っ込んでくれる。それがこの店の居心地のよさを作ってるんだろうな」

「突っ込むって……あたしは別にお笑い芸人じゃありませんって」

桃子の抗議に、高橋はやけに嬉しそうに返す。

「突っ込みって、案外難しいんだよ。客の話をちゃんと聞いてなきゃならないし、知識もかなり必要だ。その点、桃ちゃんは安心安定」

「そう……かしら」

「そうだよ。若者から年寄りまで、あらゆる客層の話題についていける。どこからボールが飛んできても平気、って感じがする」

「ネットで通り一遍の話題を拾ってるだけです。それに難しい話はわかりません」

「そんなの客だってろくにわかっちゃいないよ。それに難しい話が出てきたときは、黙って聞いてるだろ？」

聞いてもらえれば客は満足なんだから、それで十分だという高橋の言葉には納得しかなかった。

「俺も大将も独身だとしたら、けっこううまくやっていけるかもしれないな」

「独身どころか、バツイチも同じです」

「え!?」

そこで素っ頓狂な声を上げたのは、高橋ではなく桃子だった。

あまりの声の大きさに、耳に人差し指を突っ込んで高橋が言う。

「桃ちゃん、声がでかいよ……てか、桃ちゃんも知らなかったってこと?」

「知りませんって!　てっきりずっと独身だったとばかり……もしかして支配人たちもご存じないとか?」

「そんなわけないだろ」

勝哉も雛子も知っている。なんならふたりとも結婚式に参列してくれた。幼なじみというだけでなく、勝哉はずっと親友だし、男女間の友情が成り立つかどうかなんて難しい問題を持ち出さなければ、雛子だって同様だ。

章がこの町を出るまで、三人は姉弟みたいな関係だったのに、結婚式に招待しなかったらあとあとどんな目に遭わされるかわかったものじゃない。いや、どんな目に遭わされなくても、純粋に自分の結婚式にはあのふたりに来てほしかったのだ。

「ですよね……でも、おふたりからそんな話、一度も……」

「勝哉も雛子も、そんな個人的な事情を言いふらす連中じゃないよ。まあ、失敗に終わってなければ匂わすぐらいはしたかもしれないけど」

「失敗って……」

そんなにはっきり言わなくても、と桃子は言う。それは章だけではなく、同じく離婚した高橋への気遣いだったに違いない。

けれど高橋はともあれ、章の結婚は明らかに失敗だった。なぜなら、この人ならと選んで結婚した相手に思いっきり裏切られたからだ。そればかりか、彼女のせいで貯蓄の大半を失った。あんなことがなければ勝哉夫婦に頼らなくても、小さな居酒屋ぐらいは自力で開けていたはずだ。

「元妻に浮気されたんですよ。しかも俺の知らない間に、その相手に散々貢いで貯金を空っぽにされました」

「うわあ……」

ネット漫画でしか聞いたことがない、と桃子は啞然としている。だが、ネット漫画だって百パーセント嘘ではない。大いに誇張《こちょう》されているにしても、現実社会でまったく起こらない話は現実味がなさすぎて漫画の題材にも不適当だろう。

高橋が痛ましそうに呟く。

「ひどいな……それなら俺のほうがまだマシだ。少なくとも慰謝料を払ったり払わされたりって騒ぎにならなかっただけでも」

「円満離婚ってやつですか？」

「ああ。よくある『性格の不一致』で片付いた。どっちも浮気をしたわけじゃない。

ただ、俺があまりにも仕事に熱中しすぎて、夫婦でいる意味がないと思ったんだとさ。それでも慰謝料を請求しなかった元妻は、大した人格者なのかもしれない」

連れ合いが仕事人間でも平然としていられる性格ではなかった。結婚する前から流通業に就いていたのだから、土日祝日が仕事だということぐらいわかっていたし、もっとひとりを楽しめるはずだと思っていたのに、いざ結婚してみたらそうではなかった。子どもが生まれてからは、家族で過ごせないことに理不尽さがどんどん募り、夫婦でいる意味がないとまで感じるようになった。それなのに高橋の元妻は、すべてを性格の不一致とか相性の問題で、どちらかに責任があるわけではないと言ってくれたそうだ。

桃子の表情が感嘆の色に染まった。

「すごい方だったんですね……とてもじゃないけどあたしには無理だわ」

「それきっと、高橋さんも偉かったんじゃないですか？　家事とか育児とかしっかりやってたとか……」

「うーん……どうなんだろう。正直俺にもよくわからない。たぶん、勝手に過大評価してくれてたんじゃないかな」

「いやいやいやいやいやいや……」

桃子は、果てしなく『いや』を続ける。章は章で赤面しそうになる。高橋は多くを語らないが、章の結婚生活と比べたら雲泥の差に違いない。

「俺も俺の元妻も、高橋さんご夫婦に比べたらもう……」

桃子と高橋の目が真《ま》っ直《す》ぐにこちらに向けられていた。

このふたりのことだから、言わなくても責めたりしないのはわかっているが、高橋にここまで話させておいて自分だけ言わないというのは卑怯《ひきょう》な気がする。章は腹をくくって自分の情けない過去を語ることにした。

「俺は、かみさんに対する気遣いが全然足りてなかった。休みなんて、起きたらたいてい昼を過ぎてたし」

「でも、大将はずっと飲食業ですよね？　今の安曇さんみたいに、かなり夜遅くまで仕事をしてたんじゃないですか？」

「まあね……店を閉めてからも仕込みやらなんやらあったから、家に帰るのは早くて午前一時、どうかすると二時ってこともあった」

「それじゃあ仕方ないよ。俺はデパート勤めだったから、たとえ棚卸しがあったとしても日付が変わるなんてことはなかった」

「大将の奥さんも土日休みのお仕事だったんですか？」

「いや……俺のかみさんは働いてなかったんだ」

「専業主婦？　じゃあなにも問題ないじゃないですか。いくらでも大将の生活時間に合わせられるんだし」

「どうだろう。それはそれで難しいのかもなあ……」

高橋がやけに深々と頷いている。なぜだろうと思ったら、彼の知人にもそういう夫婦がいたらしい。

「旦那《だんな》がファミレス勤めでかみさんが専業主婦。旦那は社員だったから深夜まで働く日も多いし、早く上がれるシフトでもアルバイトやパートが休めば自分が補わざるを得なくなる。休みの日でもいきなり呼び出されたりね」

「それは大変だわ……」

「だろ？　はじめのうちはなんとか合わせるようにしてたんだけど、急に帰ってこられなくなったり呼び出されたりで、予定はぐちゃぐちゃ。休みだからってろくに遊びにも行けない。そのうちかみさんが体調を崩して、無理に合わせるのをやめた。そしたら今度は別な問題が持ち上がった」

「別ってどんな？」

「昼間が暇すぎて、あっちこっちに出かけるようになった、ですか？」

「大将、正解」

「え……でも家でじっと待っていられるよりも、出かけてくれてたほうが旦那さんだって気が楽じゃないですか？」

少なくとも塞《ふさ》ぎ込んで具合が悪くなるよりは、と桃子は言う。だが、章にはその先の高橋の話は聞かなくてもわかる。おそらく自分たちの場合と同じだろう。

案の定、高橋は渋い顔で言う。

「人にもよるけど、出かけるのって案外金がかかるんだよ」

「お金？　ああ、食事やお茶代ですか？」

「それもあるけど、友だちに会うとなると女性はいろいろ大変だろ？」

散歩とか公園でのんびりする程度なら気にしなくていいが、誰かに会うとなると服装にも気を遣う。いつも同じ服を着てはいられないし、化粧だってそれなりにしなければならない。食事ひとつ取っても、友だちと会うなら少し張り込んだランチを、となる。一事が万事、積み重ねでけっこうな支出になってしまう、と高橋は苦笑した。

「それってそんなに悪いこと!?」

桃子の口調から『丁寧さ』が消えた。女性なら出かけるときに服装や化粧を気にするのは当たり前のことだし、友だちと会うときぐらいちょっと豪華なランチだって食べたいと言いたいのだろう。

気持ちはわかるが、問題はその頻度だった。

「桃ちゃんが考えているより、ずっとその奥さんは出かけてたんじゃないかな……」

章の言葉に、高橋は大きく頷いた。

「そのとおり。専業主婦にだって息抜きは必要だ。旦那にしても、自分が働けるのはかみさんが家のことをしっかりやってくれてるからこそ、稼ぎの半分はかみさんのものだって言ってたぐらいだ。だから月に一度か二度ぐらいなら支障ないって。ただ、そのかみさんはそれでは収まらなかった」

週に一度では留まらず、二度三度と出かけていく。そのうち、夫が夜の勤務のときは晩ご飯も外で食べるようになった。それどころか、いわゆる夜の店にも出入りするようになってしまったそうだ。

「夜の店って、もしかして……ホストクラブとか？」

「らしい。お気に入りのホストに注目されたくてずいぶん金も使った。気がついたときには財布も貯金もすっからかん。借金まで作っていたそうだ」

「最悪……。ホストクラブが悪いなんて言わないけど、借金はやりすぎよ。どうせカードローンとかでしょ？　利息も大変じゃない」

経済破綻《はたん》一直線だ、と桃子は痛ましそうな顔で言う。そして、章の表情に気付いて目を見開いた。

「まさか、大将も？」

「ビンゴ。まったく同じ経過だよ。違う点と言ったら、最初の借金ですぐに俺が気付いて止められた、ってところぐらいだ」

「そういうのって身近では起こらないと思ってたけど、案外よくある話だったのね……」

「みたいだね」

よくある話であろうがなかろうが、当事者にとっては地獄でしかない。それが離婚の原因になればなおさら……いや、それでも離婚できただけ幸いと考えるべきなのかもしれない。

「結婚ってのは難しいよな。結婚するときは一生添い遂げるつもりなんだけど、実のところは……」

「今、離婚率ってかなり高いらしいですし」

「それでも一度でも結婚できたならOKじゃありません？」

それを聞いて、男ふたりがぎょっとしたように桃子を見た。その言葉で、彼女が一度も結婚していないとわかったからだ。

章は自分の過去を話したくないこともあって、桃子の過去についてもあまり触れてこなかった。今、彼女について章が知っているのは、すべて桃子が自ら教えてくれたことばかりだが、その中には結婚とか恋人については一切含まれていなかった。彼女の性格から考えて結婚願望そのものがないのだろうと思っていたけれど、今の言葉と表情を見る限り、結婚したい気持ちはあったようだ。

高橋が取り繕《つくろ》うように言った。

「ますます難しい。バツイチと未婚はどっちが上なんて決められないんだし」

「結婚したいのにできないよりも、バツイチのほうがいいに決まってます。少なくとも一度は選ばれた、その人の中で一番になれたってことですもん」

「一番だったのがそうじゃなくなるほうが辛いこともある。やっぱりどっちが上なんて決められないよ」

「……そうかもしれません。でも、あたしも一度ぐらいウエディングドレスが着たかったんですよー」

「ドレス？」

「あ、大将！　そんなの今からでも……とか思ってません？」

「そりゃ思うよ。結婚には年齢制限なんてないんだから、その気になればいつだって着られるさ」

「わかってなーい！　あたしは『似合ううちに』着たかったんです！」

「似合うって……デザインなんていくらでもあるよ。マーメイドラインのすらっとしたやつとか大人の魅力たっぷりじゃないか」

「私が着たかったのはプリンセスライン！　ものすごく乙女チックでフリフリのドレスなんです！」

「あ、そうなの？」

「そうなんです。さすがに四十路《よそじ》でフリフリは厳しいわ」

「そんなことないと思うよ。なにより自分の結婚式なんだから……」

「そうですよ。だからあたし自身が『似合わない』って思うようなドレスは着られません。まあ、それ以前に相手がいないからどうしようもありませんけど」

「それこそ……」

これからいくらでも、と続けようとした章は、そこで高橋の様子に気付いた。

彼は目を細めて微かに首を左右に振っている。明らかに『これ以上はまずい』という感じだ。確かに、友だちならまだしも、形式上は上司である章がこの話題について続けるとセクハラになりかねない。ここで打ち切ったほうがいいだろう。

「ところで大将、その元奥さんって、今はどうしてるの？」

「知りませんよ。男と逃げたっきり、どこでどうしてるやら」

「使い込まれた金は？」

「それっきり。返してもらえっこないってわかってましたし、そのために関わるのすら嫌でしたから。とにかく俺の結婚は大失敗。心はズタズタ、貯金はすっからかん。子どもがいなかったのは不幸中の幸いです」

「そうか……。いや、すまなかったな。嫌なことを思い出させるような話をして。俺は未《いま》だに息子や元の女房とそれなりにうまく付き合えてるつもりだ。こんな話を聞かされたあと、俺が周りをうろついてたら癪《しゃく》に障るよな」

「は？」

なんの話だ？　と考えて思い出した。そういえば、話の始まりは、「バツイチ同士ならうまくやっていけるのでは？」ということだった。

「一緒に働くとしたらって話ですよね？　そんなのバツイチであろうがなかろうが、関係ありません。俺自身は高橋さんとはうまくやっていけると思います。むしろ長年培ったマーケティングのノウハウで『ヒソップ亭』、いや『猫柳苑』もまとめて救ってほしいほどです」

「俺にそんな力はないよ。ただ、弁当の配達ぐらいなら役に立てるだろうし、ノウハウっていうなら面倒くさい客の相手とかクレーム処理のほうが……」

「それって、すごい戦力じゃないですか！」

桃子が歓声を上げた。

『ヒソップ亭』も『猫柳苑』も比較的馴染み客が多いし、従業員一同接客にはものすごく気を配っている。そのためクレームはあまりないのだが、逆にたまに大きなクレームをもらうことがある。大半は理不尽極まりない、いちゃもんとしか言いようがないものだが、それだけに対処が難しい。そんなクレームを付けてくる相手は常識が通じないし、もしかしたら脅して金を取ろうとしているのではないか、と思うときさえある。

そういった難しいクレームの対処方法、あるいは未然に防ぐ方法をレクチャーしてもらえればどれほど助かるだろう。

家に帰ったような安心感と居心地のよさが『猫柳苑』や『ヒソップ亭』の売りにしても、老舗デパートの接客から学ぶことはたくさんあるはずだ。長年勤めた高橋であれば、『猫柳苑』や『ヒソップ亭』の接客に取り入れるべきこともわかるに違いない。

従業員が無理なら相談にだけでも乗ってもらいたい、と思うほどだった。

桃子が身を乗り出すようにして訊ねた。

「もし、もしもですよ？　この町で適当な家が見つかって、暮らしが落ち着いて、時間に余裕ができたら、ちょっとだけここで働いてもらうことってできませんか？」

「おいおい、それを桃ちゃんが言い出すのかい？　大将ならともかく」

「大丈夫、俺も同じ気持ち……あ、でも……」

そこで章は我に返った。働いてもらうからにはただでとはいかないが、高橋に見合うような給料が払えるだろうか。余裕があるなら安曇のシフトをもっと増やすべきかもしれない。

そんな迷いから、口調が尻すぼみになった章を見て、高橋がなんだかとても嬉しそうに笑った。

「大将、今、バイト代のことを考えたんじゃない？」

「実は……」

「それでこそ大将だ。でも心配ないよ。たとえ俺がここにバイトに来るとしても、バイト代なんて気にしないから」

「そうは言っても……」

「高橋さん、大将の性格だと、ただ働きのほうが気を遣っちゃいますよー」

「そりゃそうか……じゃあまあ、ファミレスの高校生バイトぐらいで」

「そういうわけにはいきませんって……というか、高橋さん、この町に引っ越してくる前提なんですか⁉」

もしかしたら酒の上の与太話のひとつだろうか、と様子を窺うが、高橋は笑みを浮かべているものの冗談を言っている気配はない。どうやら彼は真面目にこの町への移住を考えているようだ。

「俺はいい加減な男だけど、嘘は嫌いなんだ。心にもないことは言わないし、この町に引っ越すことは真剣に考えてる。なんならネットで不動産情報をあたってみたりもしてる」

「いいのがありましたか？」

「この年で賃貸ってのは難しいだろうから、いっそマンションでも買ってしまおうかと思ってたんだけど、なかなか……」

「あー……」

無理もない。ここは町が古いだけあって、住民も代々ここに住んでいる人が多い。成長して出ていく若者はいても、入ってくる者は少ない。せいぜい安曇のように飲食業や観光業で働く者ぐらいだが、章が知る限り、そういった人たちは職場の寮か賃貸物件を使っている。古くて大きな空き家はあっても、ひとり暮らし向きのマンションはほとんどないはずだ。

「この町で、都会感覚でマンションでも買えばいいと思ってたら大間違いかも。ひとり暮らしとなると賃貸だってそんなに物件数は多くないはずよ」

「だからこそ、ホテルや旅館が従業員用に寮を持ってるんだと思います」

「やっぱりそうか……。あんまりないから、この際一軒家でもいいかとも思いかけたんだけど、さすがになあ……」

この町の不動産価格は、東京に比べればかなり安い。特に古い家は都会のマンションよりもずっと安いはずだ。値段だけのことなら買えなくもないけれど、管理ができそうにないと高橋は言う。

「散らかり放題でも平気って質ならよかったんだけど、整理整頓が大事って言われ続けて育ったし、職場はもちろん清潔がモットー。散らかっていると落ち着かない。ただでさえ気力、体力ともに失われていくんだから、家の維持に割く労力は最低限で済ませたいんだよ」

「となると……やっぱり難しいのかなあ……」

桃子がものすごく残念そうに呟いた。桃子は章以上にがっかりしているようだ。

章は桃子の父親と深く関わった経験はないけれど、話を聞く限り、高橋は桃子の父親に少し似ている気がする。年齢的にも親子でもおかしくないだけに、そばにいてほしい、困ったときには頼りたい、という気持ちになったのかもしれない。

「でもまあ、まだ始めたばかりだからもう少し探してみるよ」

「あたしも町の人たちに訊いてみます。よさそうなのがあったら連絡していいですか？」

「お、それは助かるよ。じゃあ、連絡先を交換しておこうか」

「いいんですか!?」

「おいおい、それって逆だろ？　女性の連絡先をゲットして喜ぶべきは中年親父の俺のほうだ」

「なに言ってるんですか。高橋さんは典型的なナイスミドルです」

桃子の言葉に高橋はより一層嬉しそうに笑った。

「桃ちゃんの言葉に恥じないよう頑張るよ。じゃあ……」

そう言いながら高橋は、脇に置いていたスマホに手を伸ばす。すぐに桃子もポケットからスマホを取り出し、あっという間に連絡先の交換が終わった。さらに桃子は、章に向き直って言う。

「大将もスマホを出してください」

「俺も？」

「三人でグループを組んだほうがよくないですか？　ね、高橋さん？」

「ああ、それがいいな」

「ですよね。物件探しは人数が多いほうがいいし」

「俺はあんまり……」

『ヒソップ亭』を開くことが決まったとき、住まいは勝哉夫婦が探してくれた。最初は、従業員用の寮に入ったらどうかと言われてそのつもりでいたのだが、内心では住まいと職場が近すぎるのは嫌だと思っていた。そんな気持ちを察した雛子が、今のアパートの話を持ってきてくれた。アパートの大家と知り合いだった雛子が、近々空きが出ると聞きつけてすぐさま知らせてくれたのだ。

まだ次の借り手の募集すら始まっていない状態だったから、広告費がいらなくなったと大家は大喜び、『猫柳苑』の娘さんの紹介なら間違いないとその日のうちに入居が決まったが、章自身はほとんどなにもしていない。そんな自分が、高橋の役に立てるとは思えなかった。

それでも、ふたりから情報共有は大事だと力説されて、グループに加わった。意外だったのは、高橋が心底ほっとしたような顔になったことだ。

「いや、助かった」

「え……高橋さん、もしかしてあたしと連絡取り合うのが嫌だったとか？」

「そうじゃないよ。ただ、大将にも入ってもらったほうがいいと思って」

「だからどうして？」

「一対一で連絡を取り合ってて、言葉の行き違いとか変な思い込みで揉《も》めるってよくある話だろ？　自分で言うのもなんだけど、俺は弁が立つし、桃ちゃんに嫌な思いをさせるかもしれない。『ちょっと待った』とか『それ言いすぎ』って言ってくれる人がいるに越したことはない」

「あーなるほど……でもそれって、あたしにも同じことが言えます。むきになってばーっと長文メッセージ打ったりして」

桃子はようやく納得した様子、章も高橋の気遣いに頭が下がる思いだった。

――やっぱりこの人に来てもらいたい……こうなったら俺も本気で家探しをしよう。まずは『魚信』にでも行ってみるかな。あの夫婦は勝哉夫婦に負けず劣《おと》らず顔が広いから、いい物件を知っているかもしれない……

そういえば近ごろ『魚信』の主としっかり話せていない。何日かおきに顔は合わすが、話は仕入れに関することに限られている。太刀魚の夜釣りに行ってからずいぶん日が経つし、そろそろ店に行ってみるのもいいだろう。

「じゃあ俺、明日にでも『魚信』に行って訊いてみるよ」

「それはいいわ！　旦那さんはともかく、女将さんは仕出し弁当の話を持ってきてくれたぐらいだから、空き家を抱えて困ってる人のひとりやふたり知ってるかもしれない」

「旦那さんはともかくって……」

これじゃあ師匠も形なしだ、と苦笑いしてしまうが、桃子の印象はあながち間違っていない。あの夫婦も勝哉たち同様、夫を立てているようで手綱《たづな》を握っているのも、情報通なのも妻のほうで間違いなかった。

「ってことで、大将。接客業から足を洗う寸前だったくせに、やっぱりまた接客業を続けたくなってる俺に、なにか力が付くものを食わせてくれ。つかの間の休息、ニンニクやらニラやらたっぷりの料理をな！」

『続けたくなってる』という言葉が嬉しかった。どうやら心のどこかで、桃子とふたりがかりで無理強いしたのではないかと思っていたらしい。だが、高橋の様子を見る限り、彼はこの定年後の身の振り方が決まりそうなことを喜んでくれているようだ。なんとか無事に家を見つけてこの町に来てほしい。昨今桃子と安曇の女性パワーに押され気味の自分にとって、高橋は心強い味方になってくれるだろう。

フライパンに薄切りにしたニンニクとオリーブオイルを入れる。入れてから火を付けるのは、ニンニクをゆっくり加熱するための秘訣だ。かつては温めていないフライパンで調理を始めるなんて論外と言われたが、今はこういうやり方が認められつつある。

章は料理で生計を立てている身だから、さすがにニンニクを焦がしたりしないが、客の中には料理人のやり方を見て真似《まね》をする人もいる。そんな人のために、あえて失敗しない方法で作ることも多い。

案の定、高橋がカウンター越しに手元を覗き込んできた。

「へえ、大将もそのやり方なんだ……」

「ええ。ニンニクの香りが移った油はすごく旨いですけど、火加減によっては台なしになってしまうので」

「そうだよなあ……俺も以前、スパゲティを作ろうとして、ニンニクを真っ黒焦げにしちまったよ。火を付ける前にフライパンに入れればいいって聞いたけど、なんか抵抗があってさ。邪道って気がして……」

「やだ、高橋さん。今は有名シェフでもこのやり方で教えてますよ。素人にはこっちのほうが絶対いいって」

「時代は変わるんだなあ……まあ、失敗しないならそのほうがいいか」

「間違いありません」

桃子と高橋が話している間に、フライパンからニンニクの香りが立ち上ってきた。香りがオリーブオイルにしっかり移ったのを確かめてニンニクを取り出し、丁寧に筋を除いた砂肝をフライパンに投入。火を強めて一気に炒め上げる。

ジャージャーという豪快な音に、高橋が目を細めた。

「うん、いい音だ！　大将、黒胡椒《くろこしょう》をたっぷり振ってくれよ。あと、ネギも！」

「了解です。あ、お酒もご用意しましょうか？」

ビール瓶は空っぽ、グラスもあと半分ほど残っているだけだ。すかさず桃子が飲み物の品書きを差し出す。だが高橋は、品書きは受け取らずに章に言った。

「大将が選んでくれ。ニンニクと黒胡椒のパンチに負けない酒……やっぱり日本酒がいいな」

「となると……」

そこで章は冷蔵庫にある酒を思い浮かべた。いろいろな日本酒が入っているし、黒胡椒たっぷりの『砂肝のガーリック炒め』にぴったりの銘柄《めいがら》もある。ただそれは、高橋に出していいかどうか少し迷うものだった。

考え込んでいる章を見て、高橋が怪訝な顔になった。

「大将がそんなに考え込むなんて珍しいな。もしかして俺が、黒胡椒をたっぷりとか言ったから？」

「そうじゃありません。これ以上はないってほどぴったりの酒があるんですが……」

「じゃあそれをくれよ。もしかしてものすごく値が張るとか？」

「高橋さん、大将はお客さんの懐《ふところ》具合なんて気にしませんって。むしろ真逆？」

「真逆ってどういうこと？」

「お手軽すぎて高橋さんに出していいかどうか、って感じじゃないですか？ね、大将？　と小首を傾げる桃子に、章は脱帽だった。

「実はそのとおり。でも、間違いなく旨い酒なんです」

「だったらそれをくれよ。旨くて値打ちなら言うことなしじゃないか」

「で、ですよね。じゃあ……」

正直、一か八《ばち》かだった。だが、章が出した酒を見た瞬間、高橋は両手をパンパンと打ち鳴らした。

「『ふなぐち菊水《きくすい》』じゃないか。確かに黒胡椒たっぷりの料理にぴったりだ！」

「そうなんです。でも、このままお客様に出すのは……って迷うことも多くて」

『ふなぐち菊水』はまろやかで深い旨みに定評があり、発売から五十年以上日本酒好きから愛されている酒だ。アルミ缶に入れられていることもあって、コンビニやスーパーでもよく見かけるが、それだけにいわゆる料理店でそのまま出すのがためらわれる。

それでも置いているのはやはりこの酒の旨さを知っているからこそだが、出せる相手が限られる扱いの難しい酒でもあった。

「アルミ缶だから？　軽くて品質も保ちやすくていいじゃないか。旨くて安いなら言うことなしだ。でも、容器が気になるなら瓶入りを仕入れればいい。確かあったはずだよ？」

「一升瓶《いっしょうびん》もあるにはあるんですが、冬季限定、しかも生原酒なんですよ。お恥ずかしい話、うちではちょっと扱いきれません」

来る客すべてが日本酒党だったとしても、全員が同じ銘柄を注文することなんてない。

ただでさえ日本酒は管理が難しい銘柄が多いが、生原酒はことさら味が変わりやすい。いくら適温の冷蔵庫で保存しているにしても、一升瓶を味が変わらないうちに売り切れるほど『ヒソップ亭』の客数は多くない。だからこそ、一升瓶ではなくアルミ缶入りを置いているのだ。

「なるほど、いろんな事情があるんだな。でもまあ、とにかく俺は気にしないから、そのいい感じに冷えた『ふなぐち菊水』をくれ」

カウンター越しに手を伸ばされ、そのまま渡す。すぐに桃子が冷酒グラスを持っていった。

「このキャップを捻《ひね》ったときの音がまたいいんだよなあ」

高橋はキリリ……という音に耳を澄ませ、にんまり笑った。

酒の容器の意味も、楽しみ方も知っている。こんな客ばかりだと楽なのに、とため息が漏れそうになった。

「うーん……やっぱりぴったりだ。しっかりしてるのに柔らかい。呑んだとたん、口の中に旨みがふわーっと広がる。でもってそこに……」

黒胡椒まみれに近い砂肝をぽいっと口に放り込んで、高橋はまたにんまり。今度は満面の笑みだった。

「この食感が堪《たま》らないんだよなあ……世の中の食材は山ほどあるけど、こんな食感は砂肝ぐらいだろう。低カロリーで高蛋白《こうたんぱく》、メタボ親父の力強い味方だ」

「噛《か》み応《ごた》え十分で満足度が上がりますから、ダイエットにもぴったり。おまけにお値打ち。あたしもよく食べます。とはいっても、筋もそのまんま、適当に刻んでガスコンロに付いているグリルで焼くだけですけど」

「それでも十分旨いもんな。でも、大将はさすがだ。筋も白っぽいところもきちんと掃除してある」

「当たり前じゃないですか！」

切って焼くだけでも十分旨いけれど、きちんと下拵《したごしら》えしたものは別格だ。客に出す以上、できる限りのことをするのは料理人として当然だった。

「下拵えも味加減も完璧、酒との相性もぴったり。これだから『ヒソップ亭』はやめられない。よくぞここに店を出してくれた、って感じだよ」

「褒めすぎですよ」

「今のうちに褒めさせてくれ。バイトを始めたらこうはいかない。こう見えて俺は、身びいきとか身内褒めは嫌いなんだよ」

「こう見えて、って、たぶん見たまんまですよー」

桃子が高橋を見て笑う。

高橋は少々不本意そうだが、桃子の感想に章も同感だ。他人には親切丁寧でも、身内にはけっして甘くない。言うべきことはしっかり言い、直すべきは直させる。そんな厳しさが高橋には感じられる。

そしてそれは、今後の『ヒソップ亭』にとって大きな力となる。彼の経験と知識が、よりよい方向に導いてくれるに違いない。

——なんとかして家を探そう。こだわりは強そうだけど、『終の棲家』に選ぶぐらいこの町を気に入ってくれているのなら、きっと折り合えるさ！

安曇に続いて力強い助っ人が入ってくれるかもしれない。そんな期待に、章の気分は高揚《こうよう》していた。

意外な助け船

駅近くにあるマンションの一室についての情報を持ってきてくれたのは、意外な人物だった。

高橋が帰ってから一ヵ月ほど経っていたが、その間『ヒソップ亭』と『猫柳苑』の関係者のみならず『魚信』の主夫婦もどこかに適当な物件がないかと探しまくった。それでも高橋が望むような物件は見つからず、やっぱり無理だったか……と諦めかけたある夜、宮村《みやむら》がひょっこり現れた。

宮村は長年老舗料亭『みやむら』を経営していたが、後継者がいないことを理由に閉店して隠居することを決めた。章の腕をかなり評価してくれたようで、隠居にあたってそれまでやっていた仕出し弁当の客を丸ごと章に譲ってくれたし、隠居後も一月《ひとつき》に一度か二度は『ヒソップ亭』を訪れてくれている。

来てくれるのは朝だったり、夜だったりするけれど、そのたびにかつての『みやむら』の話や、自分が修業していたころの逸話を聞かせてくれる。面白いだけではなく勉強にもなるため、高橋同様、章が心待ちにしている客のひとりだった。

「聞きましたよ、ご亭主。家をお探しだそうじゃないですか」

相変わらず好々爺《こうこうや》を絵に描いたような風貌《ふうぼう》で現れた宮村は、よっこらしょ、と椅子に腰掛けながら章に言う。しかも、なんだかとても嬉しそうに見えた。

「え、いったいどこから……？」

「狭い町のことです。どこからだって耳に入ってきますよ」

「そりゃそうか……実はそうなんです。でもなかなか見つからなくて……」

「一軒家をお探しなんですよね？」

「いや、この町でとなると結果的にそうなってしまうだけで、本当はマンションのほうがいいみたいなんですよ」

「みたい？」

それまでの嬉しそうな様子はどこへやら、宮村はとたんに怪訝な顔になる。

これはもしかしたら……と思って訊ねてみると、彼は家を探しているのは章が住むためだと考えていたらしい。章ではなく、退職後この町に引っ越してきたい人間のためだと聞いて、微妙に顔色を曇らせた。

「そうだったんですか……あたしはてっきりご亭主にいい話が持ち上がって、今より広い家が必要になったんだとばかり」

「は？」

いい話？　と首を傾げた章の隣で安曇がクスッと笑った。おしぼりを持っていった桃子が、神妙な顔で言う。いつもなら安曇以上に大笑いしそうな彼女がこんな様子になったのは、章の離婚話を聞いたからだろう。

「宮村さん、うちの大将のお相手を見つけるのは、この町でいい物件を見つけるより大変かもしれませんよ」

「そんなことはないでしょう。腕がいいから稼ぎはあるし、人柄もいい。付き合うには少々面白みに欠けるかもしれないですが、亭主にするにはもってこいじゃないですか」

「面白みに欠ける……」

がっくり首を垂れた章に、今度こそ桃子は声を上げて笑った。

「さすがは宮村さん。よくわかってらっしゃいますね。でも、今回は本当にそういうことじゃないんです。ただ、その方がこの町に引っ越してきてくれるのは、大将にとってもすごくいい話なんです」

「おや、女人かい？」

「にょにん……」

古めかしい表現に、吹き出しそうになった桃子を軽く目で窘め、章が答えた。

「違います。物件を探してるのは男性、しかも定年退職後にこの町に移ってくることを考えてる方です」

「それがどうしてご亭主にとっていい話になるんだい？」

「うちで働いてもらおうかと……。もちろん毎日じゃないですけど、長らく流通業に携わっていて、売り場も経験されたそうですし、販売戦略とかにも詳しいんです。だから働くっていうより、相談役みたいな感じですかね……」

「ほうほう……それはいいですね。そういえば近ごろ、ご亭主はちょっと女性に押され気味ですからねえ」

「……近ごろじゃないかも」

ぼそりと呟いた章に、宮村は呵々《かか》大笑。確かにもともとでした、と大喜びだった。

「なるほどねえ……それで家を。確かにそれだと一軒家よりもマンションのほうがいいですね」

「でしょう？　でもない袖は振れません。ここ一ヵ月ぐらいずっと物件情報を気にかけてましたが、賃貸はあっても分譲となるとなかなか……」

高橋の当初の希望は2LDKもしくは2DKのマンションだった。だが、マンションとなるとファミリー用の3LDK、もしくは投資用の1Kか1DKでそもそも二部屋の物件がとても少ない上に、分譲物件はほとんどなかった。やはり一軒家しかないか、と探し始めたが、それでも手頃な物件は未だに出てきていないのだ。

「買うとなると適当に妥協するわけにもいきませんし」

「それなら借りたらどうですか？　買うにしても、とりあえず借りて住んでみてからでいいんじゃないですかね」

「ご本人が、六十歳超えの無職では無理だろうって……」

「ああ、それで買うって話になったんですね。なるほどなるほど。でも、それって貸す人間さえ了解すればいいってことですよね？」

「まあそうなりますけど……実際は……」

高橋の人となりは申し分ないと思う。だが、あくまでもそれは章の意見だし、本人の言うとおり『六十歳超えの無職』よりも若くて定収入のある人間に家を貸したい大家のほうがずっと多いだろう。

ところが宮村は、また好々爺そのままに『ほっほっほっ』と笑った。

「一度、その方に会わせていただけませんか？」

「どうして……？」

「ご亭主がそこまで親身になられるのですから、お人柄に問題はないと思いますが、やはり一度お目にかかってからのほうがよろしいかと……」

「えっと宮村さん……」

いったいなんの話をしているのだろう、と思っていると、桃子が目を輝かせて訊ねた。

「もしかして宮村さん、家を貸してくださるんですか!?」

「駄目ですよ！　そんなことをしたら、宮村さんが住むところがなくなるじゃないですか！」

「なにもあたしが住んでる家を貸すなんて言ってませんよ。駅前にマンションがあるでしょう？」

「駅前……ああ、あのサンなんとかっていう？」

「『サンパレス』です。実はあそこに部屋を持っておりましてね。今まで貸してた人が転勤になったそうで、近々空くんですよ。そこを使ってもらったらどうかな、と」

「いいんですか!?」

「もともとはこちらのご亭主に使ってもらおうと思っていたんですけどね」

以前宮村は夫婦でそのマンションに暮らしていたのだが、宮村の母親が亡くなって父親がひとりになったのを機に実家に戻った。その際にマンションを処分することも考えたが、なんとなく売る気になれず、貸すことにした。築年数はかなりのものだが、立地がよくて鉄骨造りで手入れもしっかりしてあるので、これまで借り手が途切れることがなかったらしい。

「なんのかんのいっても駅前は便利ですから、借り手はいくらでもいます。あたしら夫婦があそこに戻ることはないと思いますし、退職する日が近いなら、その後の住まいも早く見つけなきゃならないはずです。とりあえず様子見で住んでもらったらどうでしょう？」

「すごくありがたい話です。でも、本当にいいんですか？」

「いいかどうかは、会ってみてから。でも、わざわざ来ていただくのは申し訳ないので、ついでのときに声をかけていただければ」

会ってみてやっぱり駄目だという可能性もあるのに、呼び出すのはしのびないから、と宮村は言う。物件探しで無駄足になることなどいくらでもあるだろうに、そこまで気を遣ってくれるのはさすがだった。

「あたし、ちょっと訊いてきます。高橋さん、近々こっちに来るって言ってたし！」

すぐさま桃子が事務室に走っていった。そういえば、SNSのメッセージでそんな話が出ていたものの、具体的な日付の記載がなかった。高橋はまだ仕事中のはずだし、『猫柳苑』の予約表に彼の名がないかを調べたほうが早いと思ったのだろう。

数分後戻ってきた桃子は、満面の笑みだった。

「来週の予約が入ってました！　しかも二泊！　物件探しを含んでのスケジュールでしょうし、会っていただく時間は十分あると思います」

「それはなにより。これぞ天の巡り合わせ、ご縁があるってことですね」

「高橋さんにお知らせしていいですか？」

「お願いできますか？」

「了解です！　今知らせちゃいますね！」

「よろしくお願いします」

桃子が送ったメッセージには五分ほどで返信があり、数回のやり取りを経《へ》て高橋と宮村は翌週の土曜日に会うことになった。

そして一週間後、『ヒソップ亭』で夕食をともにしたふたりはすっかり意気投合、宮村のマンションを高橋が借りることが決まった。

「ありがとうございます。僕も、とりあえず賃貸で様子を見たいと思っていたんですが、その賃貸が難しくて……本当に助かりました」

深々と頭を下げる高橋に、宮村はいやいやと手を振って答える。

「あたしのほうこそ、不動産屋に手数料を払わずに済んで助かりました。管理は任せざるを得ないにしても、入居者を募集するだけでもあれこれかかりますからね。しかも、紹介されてきた人物が確かかどうか見極める必要もあります」

「人物の見極めは今やってらっしゃるじゃありませんか。それに、僕の都合に合わせてご足労願いましたし」

「ほほほっ」

そこで宮村はやけに嬉しそうに笑った。

「見極めなんてとっくに終わってますよ。こちらのご亭主が一緒に仕事をしたいと考えた。それだけでも十分なのに、ご亭主ばかりか桃子さん、『猫柳苑』の女将さんご夫婦まで一生懸命に家を探されていたぐらいですから、間違いありません」

「もともと皆さんが親切なだけですよ」

「いやいや、それぞれお忙しいのに、なかなかここまで親身になれるもんじゃありません。そうさせるだけのお人柄が高橋さんにはある。出ていく人が多い町に引っ越してきてくれるというだけでも嬉しいですよ」

今後ともよろしく、と宮村は頭を下げた。

現在、宮村のマンションの居住者の退去は三月半ばあたりになるらしい。かなり長く住んでいたこともあってクリーニングやら設備の入れ替えが必要とのことで、高橋への引き渡しは四月に入ってからになるそうだが、三月末に退職する高橋にとってはこれまた好都合。年度末は異動が多くて物件が品薄になるため、早めに押さえることもある。まだ住んでもいないのに家賃を払う羽目にならずに大助かりだ、と高橋は相好を崩した。

帰り際に、飲食代をどちらが払うかでふたりが揉めだしたが、お代はけっこう、これはある意味『ヒソップ亭』の採用経費だ、と言いきったことで章の株もさらに上がり、誰もが満足する結果となった。

先に宮村が帰っていったあと、高橋が改めて頭を下げた。

「大将、本当になにからなにまでありがとう。おかげでいい余生を送れそうだ」

「高橋さん、余生は困りますよ。これから『ヒソップ亭』のために頑張ってもらわなきゃならないんですから！」

「おっとそうだったな。ごめんごめん。それにしても……」

そこで高橋はいったん言葉を切り、章の顔をじっと見たあと感心したように続けた。

「大したもんだね、大将は」

「え、俺ですか？　どうして？」

「あの宮村さんって方は、かなりの人物だろう？」

老舗料亭の主だったことから考えても、この町の重鎮のひとりだったのではないか、と高橋は推察する。おそらく店を閉めた今でも、かなりの発言力を持っているはずだと言うのだ。

そしてその推察は、正鵠《せいこく》を射ている。仕出し弁当の仕事を引き継がせてもらうまでは面識がなかった章にしても、宮村の噂《うわさ》だけは耳にしていた。

「この町の店の主たちは、みんなして宮村さんを頼りにしてます。困りごとがあったら相談に行くし、そもそも今回みたいに相談に行かなくてもあっちから来てくれたり」

「あっちから……それはすごいな。アンテナを張りまくってるってこと？」

「そうみたいです。どうやっているのか、俺にはわかりませんけど……」

「お散歩しまくってるんですよ、宮村さんは」

「散歩……？」

顔を見合わせた章と高橋に、桃子の得意げな説明が始まった。

「月曜日はここ、火曜日はここって曜日を決めて町の中を歩き回ってます。健康のためだっておっしゃってましたけど、途中にある店で食事をしたり、買い物をしたり……その都度、お店の人とも話をしてるみたいですよ」

「店先で困りごとの相談が始まるの？　それはちょっと……」

一瞬章は眉を顰めた。散歩中の宮村にも店の客にも迷惑ではないかと思ったのだが、どうやらそうではなくて、聞き込みをしているだけとのことだった。

「噂を集めてるって感じですね。お店の人にしても、お客さんにしても、よその話となると案外気楽にしちゃうから……」

自分の店の雲行きが怪しいなどと口にする店主はいないが、よその店の話ならする。特に品質やサービスの善し悪しについては、噂になりやすい。あの店は品物もサービスも悪くなったから行くのをやめた、などと客同士が話していることも多い。

宮村はそんな話を聞きつけては、その店に行ってみているそうだ。彼はこの町にある店の主をほとんど知っている。ふらりと現れて世間話をするふりで店の様子を窺い、どこに原因があるかを探る。その上で、できる限りの助言、助力をしているのだそうだ。

「聞いた話ですけど、急に値上げして、そのくせ品物は前より悪くなったってお店があったんです。宮村さんが調べてみたら、仕入れ先から軽んじられて取引条件が悪くなっちゃってて……。で、宮村さんが怒って直談判《じかだんぱん》」

「それって、取引先は取引先でなにか事情があったんじゃないの？」

「ちゃんとした事情ならそんなことしません。宮村さんが怒ったのは、思いっきり私情を挟んでたからです」

その仕入れ先の社長は、高校時代の部活で件《くだん》の店主の先輩だったそうだ。運動系の部活であとから入ってきた店主にレギュラーの座を奪われたことを今でも恨んでいて、代替わりして自分が社長になったとたんに嫌がらせを始めたらしい。

「呆れた……そりゃ怒るわ」

「でしょ？　で、その取引先の先代社長を呼び出して、おまえの息子はいったいなにをやってるんだ、って……」

宮村は声を荒らげたりしない人だが、ここぞというときに見せる鋭い眼光と、静かな口調が逆に恐ろしいと評判らしい。息子がそんなことをしているなんて知らなかった元社長は、宮村から話を聞いて息子を叱りつけ、取引条件を元に戻させたという。

「叱られた元の社長さんはちょっと気の毒でしたけど、町の人たちは長男ってだけで継がせたのも悪いって言ってました」

その会社には息子が三人もいて、次男と三男は人柄もいい。長男は学校の成績こそ一番よかったけれど、性根が曲がっている。長男があとを継いだら大変だ、と前々から言われていたそうだ。それでは『継がせたほうも悪い』と言われるのも無理はなかった。

「学校の成績が悪くても、商売の腕は確かって人はいくらでもいます。宮村さんに、そのあたりをちゃんと考え直せって説教されて、元の社長はぐうの音も出なかったそうです」

どうやらその長男はほかの取引先にも同様の嫌がらせをしていたらしく、評判はだだ下がり。このままでは会社の存続に関わるとのことで、元社長が仕込み直すことになったらしい。

「宮村さん、それで恨みを買ったりは……。今度は宮村さんが嫌がらせをされたりしないのかな？」

　性根の曲がった長男がなにをするかわからない。大丈夫なのかと心配する章を安心させるように桃子は言った。

「そんなことをしたら誰からも相手にされなくなります。それこそ町を出ていくしかなくなりますよ。宮村さんはそれぐらいこの町にとって大事な人です」

「できそうな人だとは思ったけど、そこまでだとは……」

　高橋は感心することしきり。そして、章を真っ直ぐに見て言った。

「いずれにしても、そんな人物に評価されてる大将はすごいってことだ」

「評価されてるんでしょうか……。単に不甲斐なくて放っておけないと思われてるだけかもしれません」

「そう思わせるのも一手だけど、大将の場合は違うよ。弁当を任されたのも、家を探してると聞いて飛んできてくれるのも、大将の人柄や腕を見込んでのこと。ちゃんと評価されてるし、俺はその恩恵にあずかったってわけだ」

　感謝感謝、と高橋は章に向かって両手を合わせた。

「これで高橋さんがこの町に引っ越してくることが決まりましたね。あ、お引っ越しの日とか決まったら教えてくださいね。あたし、手伝いに行きますから」

「そりゃありがたい。でも、たぶん大丈夫だ。大きな家具はそんなにないし、家電類はこの機会に買い換えたいから」

「全部ですか!? 景気がいい話ですけど、なんだかちょっと……」

もったいない、と言いかけて章は言葉を呑み込んだ。家具を買い換えるかどうかは高橋の勝手だし、今までのものを移動させるよりも、処分してこちらで買い直したほうが安く済む可能性もあると気付いたからだ。

高橋は、章が呑み込んだ言葉を見透かしたように笑った。

「言いたいことはわかるよ。でも、俺はもともとものを捨てるのが苦手でね。紙切れ一枚でも、もしかしたら必要になるかもしれないってしまい込む。結果として家の中がもので溢れる。しかもどうでもいいようなものばっかりね」

「うちの母と一緒。多少壊れてたって『まだ使える』って言い張って買い換えさせてくれないし、折り込み広告ですら裏が白いと取っておくのよね……」

桃子が諦めたような顔で呟く。高橋はさもありなんと頷いた。

「骨の髄まで『もったいない』が染みついてるんだよ。だから、引っ越しは最大の断捨離のチャンス。それでも、いるものを捨てて後悔するよりも、いらないものを取っておくほうがマシ、とか考えちまう。前途多難だ」

「いるものを捨てて後悔云々の言い方まで母と同じです。それってもしかして昭和世代の特徴なんですか?」

「かもな。でもさすがに二十年近く使った洗濯機とか冷蔵庫は買い換えようと思ってる」

「そのほうがいいですよ。特に冷蔵庫は急に壊れたらものすごく困ります。うちなんて、夏の真っ盛りに壊れちゃって途方に暮れましたからね。さすがにあれ以降、母も『そろそろ買い換えなきゃ』ってあたしが言うと反対しなくなりました」

「桃ちゃんみたいなしっかり者の娘さんがいてもそれなら、俺なんてパニックだ。そうなる前に対処することにするよ」

「是非。新しい家電は、電気代も使い勝手も全然違いますから。冷蔵庫はあまり変わらないかもしれないけど、洗濯機なんてスイッチ入れるだけで乾燥までバッチリ。それどころか、洗剤も柔軟剤も勝手に入れてくれるのがありますからね」

「そうらしいな。でも、そこまで至れり尽くせりだとぼけが進みそうだ。ある程度は自分でやらないと。便利な家電ってのは、年寄りには諸刃《もろは》の剣《つるぎ》だ。桃ちゃんも、なんでもかんでも引き受けずにお母さんの仕事をちゃんと残してやるんだよ。それがお母さんのためにもなる」

「了解です」

桃子はいつになく神妙な顔で頷く。桃子の母よりも十歳以上年下の高橋の懸念は、母親の懸念でもあるとわかっているからだろう。

「どっちにしても、俺が引っ越してくるのは四月に入ってからになる。大将、それで大丈夫かい？」

「もちろん。でも、それまでに一度ぐらいは来ていただけますよね？」

「来るに決まってる。たぶん俺、ここに引っ越してきても定期的に『猫柳苑』に泊まりに来るんじゃないかな」

この町に住んで『ヒソップ亭』で働くようになってなお『猫柳苑』に泊まりに来る。そこまで『猫柳苑』を気に入ってくれているのか、と嬉しい反面、ちょっと肝が冷えた。

以前高橋が言っていた彼にとっての『憩いの場』をなくすところだったかもしれない、と改めて思い至ったからだ。

「よかったです……」

「長年の馴染み客が来なくなったら、『猫柳苑』もあがったりだろうからね」

「そうじゃなくて、俺が無理やり働いてくれなんて言ったせいで、高橋さんがリフレッシュできなくなるところだったかもって……」

「ああ、そっちか。それは大丈夫だよ。『猫柳苑』はいい意味でのほったらかし、客任せの宿だから、ここで働いていようがいまいが関係ない。むしろ客が減って困るのは大将のほうじゃない？」

「大丈夫です。それは高橋さんが増やしてくれる売上で補えるはずですから！」

「おっとそうきたか。まあ、期待を裏切らないように頑張るよ。まずは、安曇さんが頑張ってるデザートプランの売り方からだな」

「うわ、嬉しい！　そこから始めてくださるんですね！」

桃子が歓声を上げた。彼女にとって安曇は妹みたいなものだ。新しい企画がうまくいくように日頃からありとあらゆる努力をしている。まさに二人三脚で頑張っているふたりにとって、高橋の助言ほどありがたいものはない。

彼が長年勤めていたデパートは、デザートも幅広く扱っている。販売データからどんな客がどんなデザートを好むかもある程度わかっているはずだ。『猫柳苑』が苦手としている若い女性に来てもらうには、どういったデザートを用意すればいいかも見当がつくだろう。

「今度は安曇さんが出勤しているときに来るようにするよ。うちのデパートで人気だったデザートの写真もあるから、それも持ってくる」

味は問題ないにしても飾り付け、いわゆる『見せ方』にはまだまだ改良の余地がある。丸ごと真似するわけにはいかないが、参考にすることはできるだろう、と高橋は言う。

商品の話になると一気に眼光が鋭くなる。そのあたりは宮村と似ている。だからこそ気が合うのだろうな……などと考えているうちに、高橋が席を立った。

「じゃあ俺はこれで。あ、そうだ。安曇さんのシフトって来月までぐらいしか決まってないよね？」

「はい。でも、高橋さんが来ていただける日に出勤になるように調整します。予定が決まったらお知らせいただけますか？」

「了解、助かるよ。それと大将、明日の朝は『特製朝御膳』を頼むよ」

「かしこまりました」

「楽しみにしてる。ここで働くようになっても『猫柳苑』で温泉三昧《ざんまい》はできるけど、さすがに今までみたいに大将の飯を呑気《のんき》に味わうわけにはいかなくなる」

「どうして？　今までどおりでいいじゃないですか」

桃子は不思議そうに訊くが、章には高橋の気持ちがよくわかる。

『ヒソップ亭』は『猫柳苑』のテナントなので、経営自体は別だ。『ヒソップ亭』で働きながら『猫柳苑』を利用することはできても、『ヒソップ亭』となると話は別、アドバイザー的役割が期待されているとわかっていればなおさら、料理やサービスの隅々《すみずみ》にまで目を配ることになる。責任感の強い高橋なら当然だろう。

「なにもかもうまくいくことなんてないよ。退職後の働き口も住まいも見つかった。しかも、それがお気に入りの町なんだから文句を言ったら罰が当たる」

そう言いながら高橋は店を出ていった。自分に言い聞かせるような口調が、章には寂しい。

あと何度彼に『特製朝御膳』を作れるだろう。思えば章自身、カウンター越しに高橋と素材や味付けについて語ることを大いに楽しんでいた。彼がここで働くことになったら、そんな時間はなくなってしまうのだ。

——高橋さんの言うとおり、なんでもかんでも手に入れることはできない。俺は『ヒソップ亭』の主なんだから、しっかり稼いで、みんなが食っていけるようにしないと！

自分の楽しみは後回し、と己に言い聞かせ、章は高橋を見送った。

桃子が早速スマホを取り出して言う。

「高橋さんの家が決まったこと、安曇さんにも知らせておきます。安曇さんもすごく気にしてたから。あ、そうだ大将、高橋さんに、デザート作りだけじゃなくて『ヒソップ亭』の業務連絡用のＳＮＳグループにも入ってもらいましょうよ！」

「それは四月以降にしよう」

「どうしてですか？　日取りを決めたりするのに便利なのに」

「その便利ってのが問題なんだよ。ただでさえあれこれ助言をもらってるのに、のべつまくなしに情報が流れてくるようになったら、高橋さんだって反応しなきゃならなくなる。今以上に相談しまくり、ただ働きさせまくりになっちまう」

高橋は人がいいし責任感も強い。なにより仕事大好き人間だ。そんな彼を都合よく利用するのは嫌なのだ。

章の言葉に、桃子も素直に頷いた。

「それもそうですね。『ヒソップ亭』のグループに入ってもらうのは、正式にうちのスタッフになってからにしましょう。それまでは今までどおり、あたしと安曇さんと高橋さんのグループで……あ、安曇さんから返信がきた……」

「なんて？」

「今、チョコレート系のデザートを作ってたみたいです。次に高橋さんが来てくれるときにはいくつか持っていきますって」

「それは楽しみだ。やっぱりスタートは年明けだな。支配人は、あわよくばクリスマスまでにと思ってたみたいだけど……」

「やっぱりやるからには、できる限り完璧を目指したいと思ってるんでしょうね。それに年が明けたらすぐバレンタインですし」

「バレンタインに引っかけたら、カップル客も呼べるかもな。じゃあ、それ安曇さんに連絡……」

「連絡しなくてもわかってますって。このところ持ってきてくれる新作は、半分ぐらいチョコレートたっぷりだし！」

桃子のテンションがますます上がる。

高橋は、以前も安曇のデザートを褒めてくれたし、彼女の自信を育てつつ質を高めるようないいアドバイスをくれるに違いない。あらゆることがゆっくりと、だが確かに進み始めていることが、章は嬉しくてならない。

その時点では、高橋をスタッフにすることが『ヒソップ亭』内にあんな悶着《もんちゃく》を起こすとは思ってもみなかった。


ポケットに入れていたスマホがチャラーンと鳴ったのは、章が『魚信』の主夫婦と話している最中だった。

普段、章はメッセージの着信音を聞き逃すことが多い。とりわけ誰かと話しているときは、八割方気付かないのに、そのときに限って気付いたのは虫の知らせだったのかもしれない。

定期的におこなっている仕入れの相談は終わっていたし、主夫婦はもともと気を遣うような相手ではない。ちょっと失礼、と断って取り出したスマホには、勝哉のアイコンが表示されていた。

『どこにいる？』

素《そ》っ気《け》ないメッセージに嫌な予感しかしない。そもそもチェックインタイムが始まっている時刻に、勝哉が連絡してくるのは珍しかった。

『魚信。仕入れの打ち合わせ中』

『もう済んだのか？』

『ほぼ。どうした？』

『ちょっとまずい雰囲気らしい。戻れるか？』

『了解』

なにがどうまずいんだ、と訊いている間に戻ったほうがいい。『らしい』という言葉を使っているからには、問題が起きているのは『猫柳苑』ではなく『ヒソップ亭』だろう。

そういえば今日は高橋が来る日だ。まさかとは思うが、到着前に事故にでもあったのではないか、と心配しながら大慌てで戻った。

フロントで客の応対をしていた雛子が、章を見るなりほっとした表情になった。雛子まで事情を知っているなんて、いったいなにが起こったのだと不安が募る。

さらに足を速めて『ヒソップ亭』に辿り着き、勢いよく引き戸を開けた。そこには泣き出さんばかりの安曇と困惑しきった桃子がいた。

桃子はさっきの雛子以上にほっとした様子で言う。

「お帰りなさい、大将」

「遅くなってごめん。どうしたの?」

「少し前に高橋さんが着いて……」

「ああ、無事に着いたんだね。よかった」

「よかった?」

「支配人が連絡してきたから、来る途中でなにかあったんじゃないかって」

「来る途中じゃなくて、来てからです」

桃子はきっぱり言いきる。だが、この場に高橋はいない。おそらくここに顔を出したあと、部屋に入ったのだろう。とはいえ、チェックイン開始時刻からまだ三十分ほどしか経っていない。もしかしたらもう少し早く到着したのかもしれないが、章が留守にしたのはせいぜい四十分ぐらいだし、やはり高橋はそれほど長くここにいなかったに違いない。

「来てから……いったいなにがあったの?」

「私が悪いんです……」

安曇がいきなり顔を両手で覆《おお》ってしゃがみ込んだ。慌てて桃子もしゃがみ、肩をさすりながら慰める。

「そりゃあ全然悪くないとは言えないけど、あれはないよ。いくらなんでもひどすぎるって！」

「でも高橋さんがおっしゃってることに間違いはありません」

「だからって、人を傷つけていいってことにはならないよ！」

このところすっかり丁寧になっていた桃子の口調が、安曇が来る前のようになっている。それは桃子の憤りの証だった。

「高橋さんがなにかひどいことを言ったの？　そんなことをする人には見えないけど」

「言ったっていうか……」

そこで桃子は、テーブルの上に置かれていた紙をまとめて章に渡した。どれもA4サイズでデザートがたくさん載っている。おそらくインターネット上にある画像をダウンロードして印刷したのだろう。

「これがなにか……あ……」

テーブルの上に、いくつかのデザートが置かれている。チョコレートを使ったケーキや安曇が得意とするババロア、プティフールと呼ばれる小さな焼き菓子もある。どれもとても美味しそうだが、そのうちのいくつかは、渡された紙の写真にそっくりだった。

「見た目なんてそっくりだっていいじゃない！　大事なのは味じゃん！　美味しけれ

ばお客さんは来てくれるんだもん！」

「でも、そっくりってレベルじゃないよ、これ。ほとんどパク……」

「オマージュ！」

桃子の声がさらに大きくなった。

ここで『オマージュ』という言葉が出る以上、安曇がこれらのデザートの存在を知っていたことは確かだ。実物を見たのか、インターネットで画像を拾ったのかはわからないが『参考にした』ことに間違いはないだろう。

「桃子さん……庇《かば》ってくださらなくていいです。確かに私、パクったんです」

「パクったなんて言わないで！　そんなこと言い出したらイチゴのショートケーキもベイクドチーズケーキもぜーんぶパクりになっちゃう！」

「それとこれとは……」

桃子は安曇の肩、そして背中をなで続けている。その行為は安曇を慰めるのみならず、桃子自身が落ち着きたくてやっているに違いない。

叱られた妹を慰める姉そのものの姿にため息を漏らしつつ、章は写真とデザートを見比べる。イチゴのショートケーキやベイクドチーズケーキとは段違いの豪華な飾り付けのデザートたち……細く巻かれたラングドシャや、音符を模《も》したチョコレートを使っているところだけではなく、配置まで同じになっている。おそらく高橋は、この写真と実物を並べて『パクり』を指摘したのだろう。

「高橋さんは、実際にはなんて言ったの?」

高橋のことだから、章のように不用意に『パクり』という表現を使ってはいないと思う。

それだけに、ここまで安曇を落ち込ませた言葉が気になった。

「オリジナリティの大切さがわからないなら、ファミレスチェーンのほうが向いている、だそうです。ただ飾り付けを真似ただけなのに!」

「マジか……」

正論ほど人を傷つけるものはない——高橋の言葉はその典型例だった。

飾り付けだけとはいえ、すでにあるデザートの飾り付けをそのまま真似する行為は、創意工夫から一番遠いところにある。習作がすべて悪いとは言わないが、それを新しく提供するデザートとして持ってきたのは感心しない。

オリジナリティを軽視している、それならいっそ一から百までマニュアルで決められているファミレスチェーンのほうが向いている、という高橋の指摘は間違っていない。だが、その言葉は一人前の料理人になりたくて頑張っている安曇には酷《こく》すぎる。

安曇の気持ちはもちろん、桃子が怒る気持ちも高橋の言いたいことも十分わかるだけに、章は途方に暮れてしまった。

「安曇さん、これまでの試作品もこういうのを参考にしてたの？」

これ以上傷つけまいと精一杯表現に気を配った質問に、安曇は小さく頷いた。

「してました……でも、今までは参考程度だったんです。言い訳にしか聞こえないでしょうけど、本当にここまでそっくりに作ったのは初めて……」

「そうか。じゃあどうして今回に限ってそんなことをしたの？」

「たぶん、高橋さんに認めてほしかったんだと思います……」

「え、もうとっくに認めてくれてるだろ？」

安曇が入ったときから、高橋は褒めてくれていた。接客も料理についての考え方も、安曇が作るデザートだってほとんど手放しに近い褒め方だったのに、そんなに無理をしてまで認められたいと思う気持ちがわからなかった。

安曇は赤らんだ目で答えた。

「あくまでもお客さんの立場としてで、同じ店で働くのとは話が違います。ずっと厳しい目、プロの目で見て評価されたかった。だから洗練されてて目を引くようなデザインにしたかったんです。ある意味、高橋さんを見くびってたんだと思います」

「見くびる？」

「デザートのお店は山ほどあるし、デザインも数えきれないほど。そっくりそのまま真似しても気付かれないだろうって……でも、高橋さんは私がどこのケーキの真似をしたかまでわかってて、ズバリそのものの写真を……」

安曇のケーキを見た高橋は、無言で鞄《かばん》からファイルを取り出し、これらの写真が印刷された紙をカウンターに広げた。そして、さっきのオリジナリティ云々の話をしたあと、『猫柳苑』のフロントに向かったそうだ。

「高橋さん、フロントでもなにか言ったのかな……」

「それはないと思いますけど、どうしてですか？」

自分ならともかく、あの高橋がわざわざ勝哉や雛子に告げ口のような真似をするわけがない、と桃子は言う。安曇への言動に不満は抱いていても、そのあたりの信頼は揺らいでいないことは安心材料ではあった。

「いや、支配人から連絡が来たからさ」

「それはたぶん女将さん経由でしょうね。女将さんもいたから」

まさに試食が始まろうとしたときに雛子が通りかかったため、そのまま桃子が呼び入れて一緒にデザートを試したのだという。そして桃子は、雛子を呼んだことまで悔いている。

美味しいに決まっているデザートを一緒に楽しむつもりだったのに、安曇が非難されるところを見る人間を増やしてしまった、と嘆く。

そこまで予測できるはずがないとは思うが、桃子にしてみれば痛恨のエラーなのだろう。

「そうだったんだ……で、女将はなにか言ってた？」

「一生懸命慰めてくださいました。でも、デザートの飾り付けには著作権が発生することがあるから気をつけなきゃ駄目だとも……」

桃子によると、安曇は雛子の言葉でさらに落ち込んだらしい。自分の行為が誰かの権利を妨げたと知って、責任感の強い安曇はいたたまれなくなったのだろう。

しゃがみ込んでいる安曇の肩をさすりながら桃子は言う。

「そんなのあたしだって知らなかった。安曇さんが知らなくても仕方ないし、これから気をつければいいじゃない。きっと大将だって知らなかったはず」

「いや……俺は知ってたよ」

「え、そうなの？」

「俺、学校の成績は散々だったけど、料理に関わることだけは頑張ったんだ。だから、盛り付けにも著作権があるってことは知ってた。とはいえ、正直言うと、今の今まで忘れてた。女将は料理人でもないのにちゃんと知ってたんだな……」

「やっぱり女将さんってすごいなあ……」

「女将は昔から優等生だったからなあ。中学のテストや宿題でどれぐらい世話になったことか。おかげで今でも頭が上がらない」

「もしかして支配人も？」

「もちろん。ただ俺ほどじゃないし、支配人修業中にかなりあれこれ勉強したらしい。結局、進歩がないのは俺だけだ」

こんなことじゃ駄目なんだけどな、と苦笑したところではっとした。

高橋の厳しい姿勢の意味がわかった気がしたのだ。

「高橋さんはそれが言いたかったんだな……きっと」

「それって？」

「権利関係って難しいだろ？　著作権とか特許とか意匠とか……。料理のことだけじゃなくて、そういうのもちゃんと勉強しとけってことじゃないのかな」

「安曇さんに？」

桃子は、それは大将の仕事でしょう、と言わんばかりだ。

もちろん、章自身も学ばなければならないことは多い。けれど、章だけが心得ておけばいいという問題ではない。桃子も安曇も社会人として知っておくべきことはたくさんあるし、大問題に繋がることが多い権利関係は優先順位が高そうだった。

桃子は依然として安曇の横にしゃがみ込んでいる。同じように章もしゃがみ、安曇の顔を覗き込んで言った。

「高橋さんは、ものすごく安曇さんに期待してるんだと思うよ」

「そうでしょうか……。たとえ今まではそうだったとしても、今回のことで呆れられたんじゃ……」

「いやいや、こう言っちゃなんだけど、あの人は典型的な昭和のオヤジだよ。しかも何十年と客の相手をしてきた。どうでもいい人相手なら愛想笑いで済ませるさ」

「……そうかも」

「だろ？　それなのに、あえて厳しい言葉を投げつけて出ていった。言葉の意味をしっかり考えろってことだと思う」

「言葉の意味……『ヒソップ亭』には相応しくないってことですよね？」

「たぶんね」

「大将⁉」

桃子が声を張り上げた。まさかここで章がこんな発言をするとは思っていなかったのだろう。今にもひっぱたかれそうな勢いに、慌てて言葉を足す。

「待って待って！　今のままじゃ駄目、ただそれだけのことだよ！　高橋さんはきっと、安曇さんの先の先まで考えたんだよ」

「私の先の先……」

「そう。安曇さんはまだまだ若い。これから自分の店を持つことだってあるかもしれない。今のうちからそのための準備とか心構えをしなきゃ、って言いたかったんじゃないかな。勉強なんて一日も早いうちに始めたほうがいいに決まってるから」

若者と年寄りでは吸収できる知識の量が全然違う。学生と同じとまでは言えないにしても、安曇の年なら昨夜覚えたことが、起きてみたらすっかり抜けていたなんてことはないはずだ。

「それにしても、どのデザートを真似したかまでわかるなんてすごすぎるな……」

高橋が安曇に伝えたかったことよりも、章は彼のデザート知識に感心してしまった。

桃子も頷いて言う。

「ちらっと見ただけですけど、めちゃくちゃ厚いファイルでした。で、そこからぱっとその資料を取り出したんです」

「その分厚いファイルのどこにどの資料が入ってるか把握してたってことだよね。まあ、重くて嵩張《かさば》るファイルってところがあの人らしいけど」

「突っ込むとこ、そこですか!?」

「だって、若い人ならスマホの中にデータファイルを作ってるだろ？　分類だってしやすそうだし」

「確かに。でも人に見せるなら紙のほうがわかりやすいんじゃないですか？」

「そこまで考えてたとしたら、ますますすごいな……ま、どっちにしても高橋さんは安曇さんに期待してることに間違いはないよ。もしかしたらその分厚いファイルだって、前から持ってたんじゃなくて今回のために作った可能性まである」

「え……」

「そうじゃなきゃ、そんなに隅々まで覚えてるわけがない……と思いたい」

高橋と章は干支《えと》一回り以上年が離れている。その高橋がそこまで記憶力に長けているはずがない。作ったばかり、見たばかりの資料だから覚えていたと信じたかった。

「それはかなり大将の願望が入ってますね。たぶん、高橋さんの記憶力は大将より……あ、やめときます」

「桃ちゃん、そこでやめても言ったのと同じだよ……」

「ですよねえ……」

ククククッと桃子が笑い、安曇も釣られて笑顔になる。

ひとしきり笑ったあと、少しすっきりした顔で安曇が言った。

「よくわかりました……私、頑張ります」

「うん。それと、期待してるのは俺も女将も支配人も同じ。だからこそ大慌てで連絡してきたんだよ」

「ご迷惑をおかけして本当にすみませんでした。せっかく『魚信』さんまで行ったのに、ご主人とゆっくり話せなかったんじゃありませんか？」

「それは大丈夫。打ち合わせはしっかりできたし、おかげでうまく切り上げられたから」

『魚信』の主の信一は、章の釣りの師匠だけあって釣りが上手だ。ただ上手なだけならいいのだが、自慢話もすごい。『ボウズ』が当たり前、釣れたとしても小物が数匹の章にとって、延々と自慢話を聞かされるのが辛い日もあるのだ。

「ってことで、たぶん高橋さんは晩飯を食いに来ると思うけど、安曇さんは大丈夫？今すぐ顔を合わせるのが辛い、少し時間をおいたほうがいいっていうなら……」

「大丈夫です。むしろ今日のうちにちゃんとお詫びして、頑張りますからいろいろ教えてくださいってお願いします」

「OK。ご指導ご鞭撻《べんたつ》のほどをーってやつだね」

「大将、そんな難しい言葉知ってたんだ！」

最後に桃子に突っ込まれて『とほほ』となる。ある意味、いつもの『ヒソップ亭』だった。


その夜、高橋がやってきたのは午後八時を少し回った時刻だった。章は慎重に様子を窺っていたが、彼はいつもとなんら変わりない。昼間の出来事などまるでなかったような様子に拍子抜けする一方で、さすがだと舌を巻く。彼にとって部下を叱ったり窘めたりするのは日常茶飯事、あとを引くことなんてないのかもしれない。

それでも高橋は、緊張しきった面持ちの安曇を見てふっと笑う。安曇は彼が口を開く前に、深々と頭を下げた。

「申し訳ありませんでした」

「それはなにについて謝ってるの？」

「人様が考えたデザインを安易に真似して自分の作品にしようとしたことと、盗用に関する意識と知識があまりにも浅かったことです」

安曇の言葉を聞いた高橋は満足そうに頷き、章に向かって言った。

「頭がよくて素直。厳しい言葉の意図もちゃんと理解する。安曇さんが優秀なのはもちろん、この人に来てもらおうと思った大将は、やっぱり見る目がある」

「高橋さん……」

「だってそうだろ？　いくらかなり年上とは言っても、俺はここでは新参、いやまだ入ってすらいないんだからそれ以下の存在だよ。片や安曇さんは、一時はパティシエを目指そうとまでした人だ。こんな男にああだこうだ言われたら、向かっ腹を立てるのが普通。それなのにこの人はちゃんと謝ることができる。稀有《けう》な人だよ」

「悪いのは私ですから！」

「たとえそれが事実でもなかなか納得なんてできないよ。否定されると反射的に腹を立てるのが人間ってもんだ。しかも安曇さんは心底反省してる。ほかの人、たとえば大将や『猫柳苑』の女将たちに言われて無理やり謝ってるわけじゃない。叱られた原因についてもわかってる」

「それは大将に教えてもらったんです。私ひとりでは気がつけませんでした」

「それでいいんだよ。上司とか先輩ってのはそのためにいるんだから」

ろくな助言もできないのに上司風ばかり吹かせるなんて論外だ、と高橋は言う。さらにため息まじりに呟く。

「俺が若いころなんてひどいもんだった。でもまあ、そんな先輩や上司に負けたくなくて必死に頑張ってたところもあるんだよなあ……あれは一種の反面教師かな」

「俺はどっちかっていうとそっちのタイプですよ。料理以外はさっぱりで、周りに迷惑かけてばっかり」

「それを自分で言えるところがいいんだよ。まあ、どっちにしても日々勉強ってのは確かだ。俺も含めてね」

「高橋さんはむしろ俺たちに教える立場でしょう。それを期待して来ていただくことにしたんですから」

「いやいや、まだまだだよ。特に若い子たちに対する態度とかさ」

そこで高橋は、安曇に頭を下げた。

「申し訳ない。あんなつっけんどんな言い方をする必要はなかった。今後は気をつけるよ」

「はーい、謝りっこはそこまで！　高橋さん、なにを召し上がります？　残り少ない『スタッフじゃない』期間なんですから、十分楽しんでくださいね！」

桃子が品書きを差し出しつつ明るい声で言う。おそらく、このままでは埒《らち》があかないと思ったのだろう。

高橋がにっこり笑って品書きを受け取った。

「じゃあそうさせてもらおうかな。まずは……」

「ビールですよね？」

「ああ。今日はジョッキにしようかな」

「あら珍しい」

「ちょっと背徳的な気分でね。すごく揚げ物が食べたいんだ。医者に叱られそうだけど、たまにはいいだろ」

「揚げ物なら断然ビールですよね！　じゃあジョッキの生をご用意します」

「よろしく、あと大将、揚げ物のおすすめはある？」

ビールに合う揚げ物の筆頭は『鶏《とり》の唐揚げ』だが、そんな答えで高橋が満足するとは思えない。なにかほかのものができないか、と冷蔵庫にある食材を頭に浮かべた章は、絶好の食材に思い当たった。

「ホタテフライなんてどうでしょう？」

「ホタテ！　これはまいったな……」

「あ、お嫌いでしたか？」

「とんでもない。大好物だよ。高タンパク、低脂質でタウリンも亜鉛もたっぷり。カロリーが気になる揚げ物の中にあってかなりの安全牌《ぱい》」

「とは言っても揚げ物は揚げ物ですけどね。おまけに今日はソースもけっこう高カロリーなんですよ」

「まさか、タルタルソースの用意があるとか？」

「そのまさかです。でも、さすがにハイカロリーすぎる、ってことであれば、シンプルに塩とかウスターソースで召し上がっていただくこともできます」

「絶対にタルタルソースで！」

その『絶対』に込められた力に桃子が吹き出した。

「気合い入ってますね、高橋さん。まあシーフードのフライにタルタルソースはつきものって感じはしますけど」

「だろ？　そりゃ塩だってウスターソースだって旨いのはわかってる。でもやっぱりタルタルソースには勝てないよ。それに、今の時季にホタテを出してくるってのが素晴らしい」

高橋はひとりで頷いている。

ホタテは養殖物がほとんどなので、一年を通じて安定供給される。それでも冬は身が大きくて甘みが増すから、そういう意味の『今の時季』なのだろう。

ところが『旬《しゅん》ですからね』と答えた章に、彼は意外そうに返す。

「旬は旬かもしれないけど、ホタテは今ちょっとダブつき気味じゃないか。それで販売協力してるのかなと……違うの？」

「ダブつき気味……やけにすすめると思ったらそのせいか」

しばらく前から『魚信』に仕入れの相談に行くたびにホタテが話題に上っていた。フライはもちろん、バターで焼いて醤油を垂らしても、シチューやグラタンに入れても、ご飯に炊き込んでも旨いと散々すすめられた。

ホタテは地元で取れるわけではないし、これまでそこまですすめられたことはなかったから面食らっていたが、ダブつき――いわゆる供給過剰のせいだとしたら、信一の態度は納得だった。

「魚屋のおすすめ？　じゃあ素晴らしいのは大将じゃなくて魚屋のほうか」

「ホタテをすすめるのがそんなに素晴らしいんですか？」

「大将……ニュースとか見てます？」

桃子が呆れたように言うが、章にはなんのことだかさっぱりわからない。

苦笑しつつ高橋が解説してくれた。

「輸入規制をかけた国があるせいで、海産物の輸出がかなり減ってる。中でも輸出量が多かったホタテはかなりのダメージを受けて、なんとか国内消費を増やそうと躍起になってるらしい。きっとその魚屋はそれを知っててホタテをたくさん売ろうとしてるんじゃないかな」

「そうだったんだ……もしかして安曇さんも知ってた？」

安曇がこっくり頷き、桃子の呆れ顔がますますひどくなる。

「知らないほうがおかしいですよ！　もっと勉強してください……ってまたこの話になっちゃった！」

ループだわ、と桃子ががっくり首を垂れた。

「まあみんなでいろんなことにアンテナを張っていこう。マーケティングの基本だからね。じゃあ大将、ホタテフライをよろしく」

「了解です」

それは任せてください、と章は冷蔵庫の扉を開けた。

高橋が、揚げ立てのフライに齧《かぶ》り付いた。サクッという音のあと、たっぷりのせたタルタルソースとホタテのコラボレーションに目尻を下げる。しばらく無言で楽しんでいたあと、堪りかねたように声を上げた。

「これはいいホタテだ！　いや、素晴らしい！」

高級食材を取りそろえていると評判のデパートでも、ここまでのホタテは置いていない、と高橋は絶賛した。

『魚信』が納めてくれるものに間違いなんてあるわけがない。それでも、そのホタテを料理したのは俺なんだけど……という思いがうっすら湧いて苦笑する。

――なに言ってんだか。ただ衣を付けて揚げただけの料理じゃないか。タルタルソースにしたって茹《ゆ》で卵やタマネギを刻んでマヨネーズで和えただけだし……

仕事に誇りを持つのも、時には自分で自分を褒めるのも大事なことだが、さすがにホタテフライでは威張れない。なんだかなあ……と思っていると、高橋と目が合った。

すべてを心得たような顔で高橋が笑う。

「わかってるって。このフライが旨いのはもちろん大将の腕のよさのおかげだよ。でも、どれだけ腕がよくても素材そのものが悪ければどうしようもない。こういうシンプルな料理はなおさら。こんなに旨いホタテを仕入れるルートを持っていることまで合わせて大したもんだよ」

「そんなに褒められるほどのことじゃありません。『魚信』さんがすごいのは確かですけど、俺は別に……」

この町で飲食店を商うにあたって、『魚信』と取引できるか否かは大きな問題だ。ほかにも鮮魚店はあるけれど、『魚信』ほど確かな商品を扱う店はない。さらに『魚信』はかなり融通の利く店で、小さな店であればあるほど助けられている。

たとえば急なキャンセルがあったとしても『魚信』なら電話一本で注文を取り消させてくれる。平謝りでかけた電話に『災難だったなあ』なんて笑いながら、注文書に棒線を引っ張ってなかったことにしてくれるのは信一だからこそだ。

さらに信一は、どれほど注文が多くても気に入らない相手とは取引しない。信用できない相手と言い換えてもいい。この町では『魚信』と取引ができるということ自体が、優良店の証でもある。

『ヒソップ亭』を開くに当たって、そんな話を雛子から聞かされていた章は戦々《せんせん》恐々《きようきよう》だった。

いくら『猫柳苑』の料理長を勤め上げた桃子の父親との付き合いが長かったとはいっても、それとこれとは話は別、章自身が認められなければ取引なんてできないとわかっていたからだ。

雛子と桃子に付き添われて『魚信』に行って信一に会い、『悪い男じゃなさそうだな』と言われたときの安堵感は忘れられない。間違いなく大きなハードルをひとつ越えた気分になった。

当時のことを思い出したのか、桃子が冷やかすように言った。

「そういえば、大将がめちゃくちゃガチガチになってたのを覚えてるわ。支配人に『銀行に借金を申し込みに行くわけじゃない、行くのは魚屋だろ！』って言われてたっけ」

「同じようなものだよ。もしかしたらそれ以上かもしれない。どうかしたら借金の申し込みより店の運命を左右しかねない。銀行はほかにもあるけど、『魚信』はひとつだからな」

「それがちゃんとわかってるのが偉いんだよ。で、その魚屋とちゃんと取引ができてる。いい食材が仕入れられない料理屋なんて、お先真っ暗だ」

「その意味では、大将はすごいですよ。取引を断られたことなんてないですから」

「客を選びそうなところにはもともと頼みに行ってないだけだよ。唯一の例外が『魚信』かな。あそこから仕入れられなきゃ終わりだ、って女将に断言されたし」

「終わりとまで言ったんですか、女将さん？」

「言ったよ。これまで桃ちゃんのお父さんが一生懸命、大事に大事に繋いできた縁があって、それでもなお取引してもらえないような男が店を開いてもうまくいくわけがない、ってさ」

「あの女将さん、そこまではっきり言う人なんだ。もっと穏やかというか、たおやかな人だとばかり……」

高橋が驚いたように言った。

確かに雛子は穏やかだしたおやかな一面もある。ただしそれはあくまでも相手が客の場合で、勝哉や章には相当辛辣《しんらつ》だ。ただ、辛辣だと思うのは彼女が正論を吐いているからこそだし、救われたことも多い。幼なじみから恋人、そして夫となった勝哉は、雛子に発破をかけられて清水《きよみず》の舞台から飛んだ挙げ句、大きな成果を得た経験が山ほどあるはずだ。

「人は見かけによらないものだな……」

「見たまんまじゃ面白くないでしょう？　まあ、大将はほとんど見たまんまの人ですけど」

「俺の見たまんまって……？」

「お人好しで騙されやすそう。でも料理については頑固一徹。生きていく上のこだわりを全部料理に突っ込みました！　って感じ」

「さすが桃ちゃん、的確すぎる」

高橋が軽く拍手をした。高橋も同じように考えているのか、と脱力しそうになったが、よく考えたら別に悪い評価ではない。まあいいか、と鶏の手羽先に塩胡椒を振る。

そこでまた、桃子が笑った。

「ほら、その顔。どうでもいいや、って思ってるでしょ？　で、頭はもう次のお料理でいっぱい」

「まあね。実際どうでもいいし。それより高橋さん、鶏の手羽先を揚げようと思うんですけど味付けはどうされます？」

「どうって……塩胡椒を振ってたよね？」

「軽く、です。このままグリルで焼く、もしくは素揚げにするならもう少し塩胡椒をきかせますし、粉を叩《はた》いてから揚げて甘ダレをかけることもできます。甘ダレじゃなくてピリ辛のタレでも……」

「選択肢が多すぎて迷うな。いつもなら少しでもカロリーを下げたくてそのまま焼いてくれって言うところだけど、今日は揚げ物まつりって決めたから……そうだな、甘ダレで！」

「わかりました。少々お待ちを」

言うなり小鍋に醬油、酒、さらに砂糖も足して火にかける。味醂《みりん》でも甘みは出せるのだが、揚げた手羽先にかけるタレには砂糖の甘みが欲しい。今日用意した手羽先は大ぶりで脂もたっぷりある。そこにさらに衣を付けて揚げた場合、味醂の上品な甘みでは負けてしまう気がしたのだ。

「砂糖たっぷり……ワイルドだなあ……」

どこかの芸人みたいな高橋の台詞《せりふ》に安曇がくすりと笑った。

彼女は揚げ油と油切り用のバットを用意している。ホタテフライを作っている章に、小声で手羽先を使うかどうか訊ね、冷蔵庫から出しておいてくれたのも彼女だ。魚介類と異なり、肉類は料理する前に室温に馴染ませたほうがいいとわかっているからこそ、だろう。

桃子が客の相手をして会話を盛り上げる一方、安曇は料理の手順を先読みして支度《したく》をしてくれる。料理を完璧に仕上げたい章にとって、理想的な環境だった。

「それぐらい入れないといい感じにならないんだろうな。下味の塩胡椒と片栗粉《かたくりこ》の衣に染みこんだ甘ダレがじわりと……桃ちゃん、ビールおかわり！」

「はーい、ただいまー！」

ちょっと待って、と章が言う前に安曇が口を開く。

「桃子さん、手羽先は二度揚げしますから、少し時間がかかります。まだジョッキに少し残ってますし、新しいビールは揚がってからのほうが……」

「あ、そっか。そうだよね。高橋さん、それでいいですか？」

「もちろん。大将、早く揚げてくれ！」

そこでちょうど揚げ油が適温になった。大ぶりな手羽先を三本、油に泳がせる。安曇の手元にはキャベツの千切りが入ったプラスティックケース、角皿を取り出して片隅に盛り付ける。鶏の唐揚げなら丸皿に素揚げにしたシシトウとレモンを添えて出すが、甘ダレと千切りキャベツの相性は語るまでもない。余ったタレで外食時に不足しがちな野菜を少しでも補ってほしかった。

「キャベツ、ちょっと多めにしてもらえる？」

「わかりました。ではたっぷり」

こんもり盛り上げられたキャベツを見て、高橋が目を細める。揚げ物まつりと言いつつも、健康を気にする気持ちは捨てられない。失って初めて健康の大切さがわかると言う人も多いけれど、なくさなくても気付ける人は気付ける。高橋は、節制と解放のほどよいバランスを保てる人に違いない。

「お待たせしました！」

揚げ立ての手羽先の衣に甘ダレが染みていく。

濃いクリーム色と茶色のまだら模様を見て、高橋がますます目尻を下げ、手をぬっと突き出す。どうやら桃子が運んでいくのが待ちきれなくてカウンター越しに受け取ろうとしているようだ。

桃子が運んだところでほんの数秒も変わらない。それでも、一秒でも早く食べたいと思う気持ちの表れが嬉しくて、盛り付けた皿を手渡す。

作った料理を残されるのが一番辛いという料理人は多い。だが章は、それと同じくらいすぐに食べてもらえないのが辛い。熱いものは熱いうちに、冷たいものは冷たいうちに、提供した瞬間が最高の味わいとなるように気を配る。すぐに箸を付けてもらえると、その努力が認められたような気がするのだ。

「桃ちゃん、高橋さんのビール急いで！」

「はーい、ただいま！」

元気な返事とともに桃子がジョッキを運んでいく。高橋がおしぼりで指先を拭き終わると同時に、ジョッキが置かれた。

「ナイスタイミング！　じゃ、手づかみで失礼するよ」

「熱いのでお気をつけて」

「わかってる……ってほんとに熱いな！」

怒ったような口調だが、目尻は上がる暇がない。さも熱そうに指先で端っこだけを摑んで持ち上げ、身の厚そうなところを狙って齧り付く。微かにカリッという音が聞こえた。

高橋は、もぐもぐやりつつも章のほうを見てにやりと笑う。両手が塞がっていなければ、親指を立ててグッドサインを送ってくれただろう。

桃子はただ黙って見守っている。あのおしゃべりの桃子がこんな様子なのは、とにかく食べることに集中させてくれ、という無言の圧力を感じたからに違いない。

しばらくして、高橋は三本の手羽先をきれいに平らげた。残された骨に身はほとんど残っていない。すかさず安曇が新しいおしぼりを差し出した。

「あー旨かった！　こんなに旨い手羽先は食べたことがないよ。さすが大将」

油と甘ダレで汚れた指を拭きながら高橋がくれた褒め言葉に、早速桃子が突っ込む。

「そんなはずはないでしょう？　だって高橋さんが今住んでらっしゃるのって、手羽先の聖地じゃないですか」

「聖地……確かにそうだけど、うちのほうの手羽先は一口サイズっていうか、ここまで身が厚くないんだ」

「食べやすくていいじゃないですか。なんか、独特な食べ方がありますよね。関節のところを外して丸ごと口に放り込んでしごく感じの……」

「よく知ってるね。あれはあれですごく旨いとは思うけど、肉の旨みは断然こっちのほうがある。俺は鶏肉の中では手羽先が一番好きだから、これぐらい大きいと堪能できて嬉しいんだ」

「なるほど。確かに肉汁たっぷりですもんね」

「だろ？　封じ込められた肉汁が、歯を当てた瞬間染み出してタレと出会う。肉汁の微かな塩味とタレの甘みのコラボがなんとも言えない。しかも衣はカリカリだから、タレが染みてこの食感がなくなる前に食っちまわなきゃ！　って躍起になる」

桃子が感心しきった様子で言う。

「高橋さん、食レポ上手すぎ……。もしかしたらずっと食品を担当してたんですか？」

「いや、食品売り場にいたことはないよ。ただ、若いうちからものを売るためのトークはたたき込まれた。そのおかげで、少しは表現力が上がったのかもしれない」

「なるほど……あ、でもそれって『ヒソップ亭』の宣伝にも活かせますよね？」

「どうやって？」

「SNSに紹介文を書いてもらうとか？　あ、息も絶え絶えのホームページにも！」

「息も絶え絶え……確かに、全然更新されてないもんな。あれっていつ作ったの？」

「『ヒソップ亭』を開いたときですよ。大将が支配人に言われてしぶしぶ」

それしか言わなかったのは桃子の優しさだろう。本当はあのホームページを作ったのは桃子で、章はほとんど関わっていない。

なにせ章は仕入れ先やどんな料理を出すかを考えるだけで精一杯で、店名すらろくに決められなかったほどだ。『ヒソップ亭』という名前は雛子が考えてくれたし、ホームページのデザインからなにを載せるかまで桃子に任せきり、章は出来上がったホームページを見せられて『じゃあそれで』と頷いただけなのだ。

そのあとホームページは放りっぱなしになった。章だって更新したほうがいい、しなければ意味がないことぐらいわかっていたが、とにかく時間がなかった。

一番知らせたい料理内容は日ごとに替わっていくし、酒の品揃えでさえ、週単位で入れ替わっていく。とてもじゃないがそれに合わせて更新なんてできない。そんな暇があったら新しい献立《こんだて》を考えるとか、料理の仕込みに使いたかった。

最初は健気《けなげ》に更新してくれていた桃子も、章のあまりの力の入らなさに匙《さじ》を投げ、今では更新されるのはせいぜい季節ごと。閲覧者数なんて気にするのもおこがましい、という状況に陥っていた。

「ホームページあるあるだな。でも今は、ありとあらゆる情報をインターネットで集めるご時世なんだから、それじゃあもったいない。ホームページの更新ぐらいどこででもできるんだから、俺でいいなら引き受けるよ」

「更新するだけならあたしでもできるんですけど、問題は……」

そこで桃子は章を見る。情報をくれなければ更新はできない、と言わんばかりだった。

　事情を察したのか、高橋も章を見る。ただし、その視線は理解たっぷりの優しいものだった。

「わかるよ、大将。日替わりのおすすめ料理にしたって、食材の仕入れも仕込みもいるんだから前日には決まってるはずだ。それを教えてくれるだけでいいのに、って言われるかもしれないけど、ついつい忘れちまう。そもそもそういうルーティンが身についてないんだから仕方ない」

「そう、そうなんですよ！　店に置くおすすめの品書きですら忘れてて、開店直前に慌てて書くぐらいなんです」

「大将、そんなに威張って言わないで！　こっちの身にもなってくださいよ」

「こっちの身って……別に支障ないだろ？」

「もう……」

「それは……違うかも」

　諦めた様子の桃子を見かねたのか、そこで珍しく安曇が口を挟んだ。

　首を傾げる章に、静かに説明をする。

「開店直前に品書きを見ただけでは、それがどんな料理かわからないこともあります。日替わりのおすすめとは言っても全部が全部新メニューじゃないし、長く勤めていれば見当がつくものもたくさんあるんでしょうけど、私みたいに入りたてだと料理名だけじゃわからないことのほうが多いんです」

「え、安曇さんはわかるでしょ。料理をする側の人なんだから」

桃子の言葉に、安曇はなんだか寂しそうに答えた。

「作ると言っても、私がやってるのは過程の一部だけです。仕込みはやらせてもらうこともありますけど、どんな料理なのかは大将が仕上げるまでわからないし、誰も注文しなければそれすらわからないんです」

「あり得ないよ！　安曇さんなら仕込みの段階で見当がつくって！」

安曇は、章の横でいろいろ手助けをしてくれる。それは作業工程を知っているからこそだし、手順を心得ていれば、それがどんな料理かなんて容易に想像できるはずだ。

ところが安曇は、やけに頑《かたく》なだった。

「全然違います。作業手順はわかっても、下拵えだけでは完成後の味まではわかりません。仕上げの途中で使う調味料や道具、加熱温度や加熱時間によってお料理の味は変わってきますから。現に、こんな感じだろうなーって想像してたのに、最後に意外な調味料を足して思いも寄らない料理になったこともありましたし」

「プロだなあ……」

高橋が本日最大の深さで頷いた。一方桃子が、考え考え言う。

「でも、それってたぶん、大将があまりにも適当に料理の名前を書いちゃうからじゃないかなあ……」

「適当って……別にどうでもいいだろ、旨ければ」

「そりゃそうですけど、たいていの料理は食材に調理法を足すだけでしょ？『鯖の塩焼き』とか『豚肉の味噌焼き』とか……」

「かと思ったら突然『グラーシュ』とか……。正直、なんだろうと思いましたよ。シチューって言ってくだされればわかりやすいんですけど」

女性ふたりに責めるような目で見られ、章はタジタジとなる。だが、そこで助け船を出してくれたのは高橋だった。

「『グラーシュ』は確かにシチューの一種なんだろうけど、シチューって書いちゃうのはちょっとなあ……微妙に濃度とか、使ってるスパイスとかが違う気がする。『グラーシュ』は『グラーシュ』であってほかの何物でもない。『ハンガリー風シチュー』って言われてても、って感じかな」

思わずカウンター越しに手を出して、握手を求めたくなった。

高橋が『グラーシュ』という料理を知っていたこと以上に、『ハンガリー風シチュー』と書きたくなかった章の気持ちまで察してくれたことが嬉しかった。

それでもまだ納得がいかない女性ふたりを見て、さらに高橋は続けた。

「ケバブって知ってるだろ？　あれをほかの料理名に置き換えるのって難しいと思わない？」

「確かに……ケバブはケバブですね……」

安曇が素直に頷いた。

『ケバブ』、中でも近年人気の『ドネルケバブ』といえば巨大な肉の固まり——正確には薄切りにした肉を何層にも重ねて固まりにしたものではあるが、とにかくぐるぐる回りながらグリルヒーターで焼かれていく肉の固まりを想像させるのは『ケバブ』以外の言葉では難しいだろう。

その土地の名物となっている料理の名前は、それだけでパワーがある。下手にほかの言葉に置き換えたら、味わいとか旨みが損なわれてしまう気がするのだ。

けれど、それじゃあ中身がわからないと言われたらそのとおりだし、客に説明しなければならない桃子や安曇は大変だろう。

「いっそ料理名の脇に但し書きを入れたら？」

だが、書いてあればいちいち説明せずに済む、という高橋の意見に、桃子はあっさり首を横に振った。

「それはそれで困るんです。どんなお料理かを訊ねるのって一番手軽なコミュニケーション方法ですし、その対応で接客レベルを確かめるお客さんもいらっしゃいます。なによりお客さんとやり取りするのは楽しいですし」

「楽しいって言えるところがさすがだよ。でも確かに、俺も気になることは注文を取りに来てくれる人に訊く。俺みたいに厚かましい男でも、初見でカウンター越しに料理人に話しかけるのは躊躇《ためら》う」

「え、高橋さんでもですか？」

桃子の目がまん丸になった。

高橋はいつも、とてもいいタイミングで章に話しかけてくる。長年接客業をしていただけあって、間合いの取り方が素晴らしいと思っているが、そんな高橋でも初見の店ではそんなふうなのか、と驚いたに違いない。

「いつも、すごく自然に大将と話をしてらっしゃるから、どこでもそうなんだと思ってました」

「それはここだからだよ。大将は時々手を止めて目を合わせてくれるから、すごく話しかけやすいんだ。まあそれも、俺が長年通ってきてるからかもしれないけど」

「あ、それは違いますよ。大将はこう見えて、意外にちゃんと目配りしてます」

「桃ちゃん、意外にってひどくない？」

思わず言い返した章に、桃子はあっさり答える。

「だってそうでしょ？　こんなにお料理のこと以外興味ありません、って感じなのに、お客さんのことはすごくちゃんと見てるんですもん」

「料理に興味があるからこそ、食ってくれる人の様子が気になるんだよ。食べるスピードを確かめて、次の料理を出すタイミングを決めたり、この料理が気に入ったなら次はあれをすすめてみようか、とか。一番気にするのは嫌いな食材」

あしらいに使った食材をそっと脇によける客がいる。単に嫌いなのか、アレルギーを持っているのかはわからないが、その人が口に入れたくない食材に間違いない。とにかく記憶して、次に来てくれたときは別の食材を使うようにする。

そういった一連の確認は、料理人にとって欠かせないことだった。

「そういえば、初めて来たときに残したものが、次には出てこなかったことがあったな」

「たまたまじゃなくて？」

「いや、あれはあえてだったと思う。だって、こう言っちゃなんだけど豚汁だよ？　しかもその中の刻み生姜」

「なにそれ……」

啞然とした桃子に、高橋はなんだか嬉しそうに説明した。

「実は俺、生姜の食感がちょっと苦手でね。でも生姜の風味とか味そのものは大好物っていう、かなりややこしい男なんだ。でも、出されたものは残したくないから、無理やり食べた。そしたら次に来たとき、豚汁の中に刻み生姜は入ってなかった」

「たまたま生姜を使わなかった……ってことはないですね、豚汁なら絶対生姜は入れます」

「だろ？　でも入ってなかった。それでいて風味はちゃんとあったんだから、俺に出すときに刻み生姜が入らないようにしてくれた。大将、違う？」

そこで高橋は章をじっと見た。

「まあ、そうですね。嫌いなものを無理やり食べさせたくはないですし」

『ヒソップ亭』では、汁物は大鍋で作っておいて、客に出すときにひとり分ずつ小鍋で温め直すことにしている。その際、刻み生姜が入らないように気をつけた。細かい生姜を一本一本取り除くのは大変だったけれど、苦手だとわかっていて出すなんて論外だった。

「よく気付いたな、って感心したよ」

「たまたま歯に当たった瞬間の表情を見てたんです」

「それがわかること自体が、さ」

「そりゃわかりますよ。完全に『む？』って顔でしたから。豚汁なんてどの食材もしっかり煮込んでやわらかくなってます。牛蒡《ごぼう》ですらそこまで歯に触ったりしないですから、気になったとしたら生姜だろうなって」

「そうか……生姜はどれだけ煮込んでも歯触りが消えきらないな。だからこそ気になるのかも」

「かもしれませんね。とにかくたまたま気付いたので、それ以降はできる限り生姜の本体は出さないようにしています」

「豚汁だけじゃなくてほかの料理も全部だもんな。おろし生姜だったり、絞り汁だけだったり。きっとほかの客にはそのまま出すんだろうな、と思うと申し訳ないけど、俺は感謝感激。一事が万事なんだなあ……」

これだから『ヒソップ亭』はやめられない、と高橋は嬉しそうに笑った。

やめてもらっては困るんですよ、と答えかけて章は言葉を止める。彼はもうすぐ『ヒソップ亭』の一員になる。すでに八割方スタッフだと言っていいほどだ。その高橋にやめてもらっては困るなんて、わざわざ言う意味はない。

代わりにより現実的な質問をした。

「それで高橋さん、お引っ越しの日程は決まりましたか？」

「ああ、その話をしなきゃならなかった。申し訳ないんだけど、引っ越しは四月中旬になっちゃったんだ」

誕生日の翌月に退職となるところもあるが、高橋が勤めている会社では退職日は誕生日を迎える年度末と決まっているらしい。

新卒から長年勤め続けた会社だけに、退職日はしっかり出勤して各所に挨拶《あいさつ》したい。残っている有給もそれまでに消化しきって三月三十一日だけは出勤する予定だ、と彼は言う。

「できれば、こっちも四月一日からってことにしたかったんだけど、さすがにちょっと難しくてね」

「かまいませんよ。うちは会社じゃありませんから、四月一日が年度始めって認識もあんまりありません。むしろ会社勤めの人が休みを取りづらくなる年度始めは、それほど忙しくもないんです」

「春休みなのに？」

「うちって、お子さんがいる家族連れが選ぶような店じゃありませんから」

『うち』の中には『ヒソップ亭』と『猫柳苑』の両方が含まれる。それをよしとするかどうかは難しいところだが、春休みだからてんてこ舞いとはならないことは確かだった。

「そうか……まあそうだな。子どもが駆け回るのは賑やかでいいが、俺みたいにそれじゃあ落ち着かないって客にはありがたいな」

「支配人もそんなようなことを言ってました。大人が肩ひじを張らずにくつろげる宿にしたいとかなんとか」

「そうか……でも、それはそれでちょっと悩ましいかも」

話し続けていたせいで喉が渇いたのか、高橋はビールを二口ほど呑んだあと、ジョッキを置いて言った。

「悩ましいってなにがですか？」

「いや、デザート企画って『甘党狙い』って謳《うた》ってそうだけど、実際は女性の利用が多いんじゃないかなって」

「そうとは限りませんけど……だとしたらなにか問題でも？」

「女三人寄ればかしましい、って言葉がある。若かろうがそうじゃなかろうが、女性はうるさ……いや華やかなものだ。もともとの客を逃がすことにならないかなと……」

「えー『華やかさ』ならいいじゃないですかー」

桃子が唇を尖らせながら続ける。

「駆け回る子どもはパスでも、楽しそうな女性なら眺めていたいって男性はけっこういるんじゃないですか？　まあそれ以前に『猫柳苑』はほかのお客さんと一緒になることが少ないんですけど」

現状夕食の提供はなく、再開したとしても十中八九部屋食になる。デザート付きプランにしても食べるのはそれぞれの部屋だろうし、風呂はもちろん別。唯一同席する可能性があるのは無料の朝食だが、賑やかなのが嫌なら『ヒソップ亭』を使えばいいと桃子は言う。

「それで『特製朝御膳』の売上が増えるなら願ったり叶《かな》ったりですよ」

「なるほど……でも、その『特製朝御膳』を目当てに女性方がここにもたくさん来たら？」

「まさか。そもそもうちのお客さんは七割以上男性ですよ？　朝ご飯に至っては九割以上。女性はあんまりいらっしゃらないでしょうし、若い方はなおさらサービスの朝食を選ばれるんじゃないかと……」

「根拠は？」

「だってうちの朝ご飯、高いし……」

思わず章は首を垂れた。

『特製朝御膳』が高いのはわかっている。『猫柳苑』の利用者の年齢層やサービスの朝食との差別化が目的で決めた価格設定だが、あからさまに言われるのは辛い。

それでもその値段ゆえに若い利用者が少ないのは確かだ。同じ料理人が作っている、しかも無料の朝食があるならそれでいいと考える若者のほうが多いに違いない。

ところが高橋はなおも問い返した。

「本当にそうかな？　桃ちゃん、『猫柳苑』の口コミを見たことある？」

「もちろん。『ヒソップ亭』の口コミを確認するときは、必ず一緒に見てます。でも『猫柳苑』のお客さんで『特製朝御膳』について書いている人はいませんよ？」

　それは章もよく知っている。

『猫柳苑』のサービスの朝食についての感想はそれなり、いやかなりの数が書き込まれている。むしろそれに触れない客のほうが珍しいぐらいだ。ただ『特製朝御膳』についての感想はすべて『ヒソップ亭』そのものの口コミ欄に書かれている。『ヒソップ亭』が独自に提供しているのだから当然と言えば当然だった。

「こう言っちゃなんですけど、『特製朝御膳』を目当てに『猫柳苑』に来てる人はほとんどいないと思います。前の晩に『ヒソップ亭』でご飯を食べた人が朝ご飯も頼んでくれるか、サービスの朝食を食べた人が次に来たときに頼んでくれるかですよ」

「とにかく『ヒソップ亭』のリピーターってこと？」

「だと思います。『特製朝御膳』があんまり伸びないのはそのせいじゃないかなあ……」

　桃子の嘆きには、けっして美味しくないからではない、という気持ちがたっぷり込められている。それが章にはかえって辛い。料理人ではなく、経営者として至らないことを指摘されたようなものだからだ。

章がこれまでしてきた自己研鑽《けんさん》は、すべて料理人としてのものだ。

自分は料理人なんだから、旨い料理を作ることに専念すればいいと思っていた。『ヒソップ亭』の存在が、『猫柳苑』の誘い水になる可能性だってゼロじゃないのに、来てくれた客さえ満足させればいいとばかりに、集客努力を怠ってきたのだ。

『ヒソップ亭』があるから『猫柳苑』に泊まる――それは『猫柳苑』自体を評価してくれてのことじゃない、と勝哉はへそを曲げるかもしれないが、予約が増えることに違いはない。

『ヒソップ亭』は仕出し弁当が好調なおかげもあって、今のところ経営に不安はない。だが『猫柳苑』の客が減れば先細りしかねない。

働いてくれている桃子や安曇、これから加わる高橋のため、そして『ヒソップ亭』を開くにあたってあれほど力を貸してくれた勝哉夫婦のためにも、客を増やす努力をすべきだ。

それなのに、安曇や桃子がいなければ、デザート付きプランを思いつくこともなく、本気で『猫柳苑』の客を増やす試みすらできなかった、と思うと章は後悔することしきりだった。

「俺がもっともっと頑張らないとなあ……」

思わず漏れた言葉に、高橋が優しい目になった。

「これからだよ。これまで大将は『猫柳苑』の支配人夫婦に頭が上がらなかったみたいだけど、『猫柳苑』が苦戦してる今こそ腕の見せどころ、救世主になるチャンスだよ」

「救世主は無理だと思いますけど、ちょっとでも力になりたい気持ちはあります」

「いかにも大将らしいな」

「でも実際になにをすればいいか……」

「まず、『猫柳苑』と『ヒソップ亭』の関係をもうちょっとアピールするところから始めたらどうかな」

「アピール？」

「『ヒソップ亭』は『猫柳苑』の中にあって、そこではすごい朝食が食べられるってことを『猫柳苑』のホームページにも明記してもらう。デザートを目当てに宿を選ぶような客はそれなりにグルメのはずだから、『特製朝御膳』も食ってみたいと思うかもしれない。逆に、『ヒソップ亭』のホームページにも『猫柳苑』の魅力をたっぷり書く。源泉掛け流しの素晴らしさとか、寝具の質のよさとか、さ」

「寝具？」

「まさか大将、気がついてないの？」

きょとんとした章に、桃子が呆れ返った。不幸中の幸いは、きょとんとしたのは章だけではなく、安曇も同様だったことだ。

「知らないよ。俺は客として『猫柳苑』に泊まったことはないから布団で寝たこともない」

「私もです。『猫柳苑』のお布団ってそんなにいいんですか？」

「国産最上級の布団だよ。ホテルならまだしも旅館でここまでいいのは珍しい」

高橋によると、昨今ホテルはベッドの質を売りにしているところが増えているそうだ。

誰もが聞いたことがあるようなメーカーの名を謳い、安眠を保証する。あの会社のベッドが入っているなら、と選ぶ客も多いらしい。だがそれはあくまでもホテル、ベッドを使っているところに限られ、畳に布団を敷く旅館で寝具に言及しているところは見たことがない。

それだけに、薄い敷き布団やかび臭い掛け布団にがっかりさせられることも少なくないと高橋は語った。

「こちとら年寄り、ちょっとなにかするとすぐに腰が痛くなる。ペラペラの敷き布団で寝た日には翌朝ひどいことになっちまうんだよ。その点『猫柳苑』はすごい。布団の厚みから違うんだ」

「そうそう。厚みがしっかりある上に、マットレスもすごくいいのを使ってるの。そのくせ、そんなに重くない。布団乾燥機だってしっかりかけてるし」

「あ、布団乾燥機を使ってるんだ……」

「駄目ですか？」

「全然駄目じゃない。むしろありがたい。布団はふかふかになるし、花粉もつかない。最近になって花粉症が出てきちゃって難儀してるんだ」

「わかります」

安曇がやけに深く頷いた。そういえば安曇も花粉症には苦労していて、ハイシーズンには薬が手放せないと嘆いていた。

「前は春先だけだったのに、近ごろでは秋も駄目になってきちゃって……」

「だよなあ……アレルギー検査とかしたら、あれもこれも反応が出そうだ。薬を飲んだらぼーっとしたり眠くなったりするし、かと言って飲まないわけにもいかない」

「そうなんですよ。私がなにより困るのは、鼻が詰まると嗅覚《きゅうかく》が鈍ることですけど」

「大問題だな。天日に干した布団の匂いは堪《こた》えられないけど、背に腹は代えられない……って花粉症の話じゃなかったな。とにかく『猫柳苑』の心遣いは寝具にまで届いてる。一事が万事だからこそ、俺は何度でもここに来る。すごく嫌なことがあっても、ここに来て風呂に入って飯を食ってぐっすり寝ると、また頑張って働こうって気になれた。だからこそ、ここのよさをもっともっとたくさんの人に知ってもらいたいんだ」

なるほど……と章はようやく合点《がてん》がいった。

いくらこの町を気に入って『終の棲家』に決めたとしても、再就職先として『ヒソップ亭』を選ぶメリットはそれほどない。高橋は『ヒソップ亭』と『猫柳苑』の両方に深い愛着を覚えていて、両方を盛り立てるために知識と経験を使おうとしてくれているのだろう。

「支配人が聞いたら泣いて喜びますよ。もちろん女将も」

「恥ずかしいから、わざわざ言わないでくれよ。せっかくホームページがあるんだから、そういった細かい気遣いをもっともっとアピールしたほうがいい」

「いっそ『猫柳苑』の宣伝も高橋さんにお願いしちゃうってわけには……」

まとめて面倒見てもらえれば連携も取りやすいのでは、と桃子は言う。

けれど、それは章の一存で決められることではないし、なんとなく高橋自身が乗り気でないように見える。言うのとやるのは違うのかもしれないと思っていると、高橋がペロリと舌を出して言った。

「実はさ……俺、一度それでヤバいことになりかけたんだ」

「ヤバいことって？」

「しょっちゅう『猫柳苑』の口コミ欄に高評価を書き込んでた」

「そんなの全然ヤバくないでしょ。嘘を書いたわけじゃないんだし」

桃子がきょとんとする一方で、安曇がぼそりと呟いた。

「あんまり続くとヤラセを疑われちゃいますよね……」

「そうなんだ」

今でこそ半年に一度になっているが、『猫柳苑』を知ってから二年ぐらいの間、高橋は月に一度のペースで通い続けた。そのたびに泉質やおもてなしのよさを絶賛していたが、あるとき気付いたら口コミ欄が自分の書き込みで埋まっていた。しかもどの書き込みにも悪い点は一切挙げられていない。

現状では誰からも指摘されていないが、このままではヤラセと思われて『猫柳苑』に迷惑をかけかねない、と考えた高橋は過去の自分の書き込みを消したそうだ。

「ちょうど金をもらって口コミを書き込むバイトが問題になってたころでさ。それまでは気にもしてなかったんだけど、冷静に見たらヤバすぎる。月一ペースで同じ旅館に行き続けるなんて、たとえ事実だったとしても疑われて当然だ」

いったん立った悪い噂はなかなか消えない。『人の噂も七十五日』という言葉があるが、あんなものはインターネット社会が到来する前の話だ、と高橋は吐き捨てるように言った。

「デジタルタトゥーってやつですよね。たとえいったんは忘れられたとしても、検索したら簡単に出てきちゃうからまた思い出す。いい噂も悪い噂も永遠について回る。私が前に勤めていた店でもそういうことがいっぱいありました」

それが原因で潰れた店もあった、と安曇は辛そうに言った。

「だろ？　だからこそ『李下《りか》に冠を正さず』、見つかって晒される前に消したんだ。悪いこともしてないのに見つかるもへったくれもないんだけどな」

「尾張《おわり》の勝虎《かつとら》……」

そこで桃子が謎の言葉を呟いた。わずかに残ったビールを呑み干そうとジョッキに口を付けていた高橋が、いきなりむせかえった。

啞然として見返した高橋を見て、桃子が確信を得たように言う。

「あれって高橋さんだったんですね」

「桃ちゃん……」

「あたし、ここで働くようになる前から『猫柳苑』の口コミをチェックしてたんです」

「なんで……？」

「最初は父に頼まれて。父が退職して夕食が提供できなくなったせいで、『猫柳苑』の評判が落ちていないかをすごく気にしてました。それで、そんなに気になるんだったら口コミを見ればいいよ、って言ったんですけど、父は老眼で細かい字は無理だからあたしに見てくれって」

かくして桃子は、父のために継続的に口コミをチェックするようになった。

口コミ自体は毎日何十件も増えるものでもないから、それほど大変な作業ではなかったのだが、やはり最初のころは素泊まりの宿になったことを嘆く書き込みばかりだった。

そのまま伝えたら気にするに決まっているから、なんとなく言葉を濁していたある日、素泊まりのよさを熱く語る書き込みを見つけたそうだ。

「もう嬉しくて嬉しくて、次に帰省したときに印刷して父に見せました。細かい字が読めないから、拡大コピーまでして」

「お父さんはなんて？」

「そりゃあもう大喜び。よかった、素泊まりにしても大丈夫だった、って……印刷した紙をリビングの壁に貼って、ずっと嬉しそうに眺めてました。その書き込みをした人のハンドルネームが『尾張の勝虎』。毎月毎月書き込みが増えていきました。『ヒソップ亭』のこともちゃんと褒めてくださってましたよね。それがある日、ごっそり消えたんです」

いったいどうしたのだろう、『猫柳苑』か『ヒソップ亭』で嫌な目にあったのだろうかと桃子は不安になったそうだ。

高橋が申し訳なさそうに言う。

「お父さん……気にされたんじゃ……あ、伝えなかったとか？」

「父は退職してから一年ぐらいで世を去りました。だから……」

「そうか……ごめん、辛いことを思い出させたね」

「全然。むしろ最初の書き込みを見たときの嬉しそうな父を思い出せました。それに、あたしも途中で、これってヤラセみたい、って思ったことがあります」

桃子は子どものころから『猫柳苑』に頻繁に出入りしていたから、支配人や女将、従業員たちまでよく知っている。そんなことをする人たちじゃないとわかっていたからよかったようなものの、見ず知らずの人なら疑いかねない。口コミを消したのは正解だった、と桃子は高橋の判断を褒めた。

さらに、そのやり方にまで言及する。

「全部は消しませんでしたよね。半年に一回ぐらい残して、間にほかのお客さんの書き込みがいい感じに入るように間引いてありました。あのときは不思議に思ったけど、全部消したらそれこそヤラセの証明になりかねませんでしたから」

「まあ、その辺は俺も素人じゃないし……」

「ですよね。最近は書き込んでくださってませんけど、昔の口コミは今でも……」

「やめてくれー！」

スマホを取り出した桃子を高橋が大慌てで止める。自分の書き込み、しかもかなり昔のものを目の前で読まれるなんて恥ずかしすぎる。高橋じゃなくても、勘弁してくれと叫びたくなっただろう。

「いいじゃないですか。この『尾張の勝虎』って名前もいい、って父は絶賛してました。こいつ絶対縦縞《たてじま》好きだって」

「うー……」

高橋はもはや呻《うな》ることしかできなくなっている。

虎と縦縞から連想されるのは、とあるプロ野球球団だ。おそらく高橋がこのハンドルネームを付けたのは、その球団のファンだったからだろう。

言葉を失っている高橋を慰めるように桃子が言った。

「父も熱狂的なファンでした。でもこの町は東京に近いせいか、ほかの球団のファンのほうが多いんですよね。だから余計に嬉しかったんだと思います」

「気持ちはわかる。俺もけっこう肩身が狭かった。東京生まれで中部に住んでるくせに、なんでそのチームなんだ、って言われるから、あんまり表に出さないようにしてた」

「でも隠しきれない気持ちがハンドルネームに、ってことですよね」

「そういうこと。でも、今はもうほかの人が高評価を書き込んでくれるから『尾張の勝虎』は引退だよ」

「ちょっと残念。高橋さんの書き込みって、すごく優しくて温かくて、よし明日も頑張ろう！　って思えたのに」

「もともと頑張ってるのに？」

「それでも、です。ここまで『猫柳苑』を評価してくれる人がいる。もっともっと頑張って、もっともっと『猫柳苑』を好きになってもらわなきゃ、って思えたんです。もちろん『ヒソップ亭』も！」

「賛成。そのためにできることはなんでも、って感じだな」

そこで高橋は、妙に意味ありげな笑みを浮かべた。気付いた桃子が、期待たっぷりに訊ねる。

「あ、もうなにか秘策がありそうな感じ？」

「秘策ってほどじゃない。ごくごくありふれた考えだけど、人手があるならランチを始めるってのはどうかな」

俺が手伝える日だけでも、と高橋は言う。『特製朝御膳』よりも安い値段で定食とかワンプレート料理を提供することで、『ヒソップ亭』の味を気軽に知ってもらえるのではないか、というのが高橋の考えだった。

「ランチ！　毎日じゃないならできそうですよね。たとえば観光客が増える週末だけとか?」

「そうそう。なんなら日曜日だけでもいい。地元で日曜休みの人が来てくれるかもしれない。土曜日は『猫柳苑』に泊まってるお客さんが多いから、サービスの朝食もたくさん作るだろ? いっそまとめて作ってランチにも使うって手もある」

「サービスの朝食って、足りなかったら大変だからってたくさん作った挙げ句、余らせたりしてますもんね」

「そうか、ならますますランチは有効だ。それに飲食店でも日曜日はランチを休むところが多いから客も集まるかもしれない」

「なるほど……そういう考え方もありますね」

「考え方もやり方もいろいろあるさ」

その後も高橋は、これからの『ヒソップ亭』と『猫柳苑』について語り続けた。

そして翌朝、『特製朝御膳』をペロリと平らげたあと、これから年度末までは、引き継ぎやら引っ越しの支度やらでなにかと忙しくなるから当分顔を見せられないかもしれない、と詫びつつ帰っていった。

去り際まで桃子と、ランチを出すなら簡単なものでもいいからデザートも付けたほうがいい、ただデザート付きのプランで出すものとの差別化は大事などと話し合う高橋の姿を見ながら、章は反省することしきりだった。

――高橋さんのおかげで一気に道が開けた気がする、でも、人任せばっかりじゃ駄目だ。俺自身がもっといろいろ頑張らないと！

ここまで『猫柳苑』や『ヒソップ亭』のことを考えてくれる客を、スタッフとして迎えられる。高橋の助けを借りれば、世話になりっぱなしだった勝哉夫婦に恩返しできるかもしれない。そんな嬉しい予感に章は胸を熱くしていた。

選ぶ自由

年が明け、二月が近づいたある朝、章は『猫柳苑』に到着した。

冬とは思えない暖かさの中、急ぎ足で歩いてきたせいか額にうっすらと汗を掻いている。急ぎ足だったのは、いつもより遅くなっているからではなく、運動を兼ねているからだ。『ナイスミドル』を絵に描いたような高橋を見ていると、自分もあんなふうになりたい、そのためには日頃の鍛錬が必要、と思うようになった。ジムに通う時間はないけれど、通勤時間を運動にあてることぐらいはできる。ただのウォーキングに過ぎなくても、毎日やるとやらないとでは大違いだろうと信じてのことだった。

身近にいいお手本がいてくれることの大事さを痛感しつつ、『猫柳苑』の玄関に入る。

自動ドアが開くか開かないかのうちに、雛子が駆け寄ってきた。あまりの勢いに唖然とする章の腕を、ぐいっと引っ張る。

「なんだよ、朝っぱらから！」

「いいから」

章を引っ張ったまま雛子は事務室に入っていく。そこにいたのは、満面の笑みの勝哉だった。雛子に負けず劣らずの勢いで近づいてきた勝哉は、章の肩を両手でバン！と叩いた。

「ありがとう！」

「え……なに？」

「二月の予約が八割埋まった」

「週末か？　それなら今まででも……」

「平日も含めてだよ！　この一週間で急激に予約が増えた。絶対、デザート付きプランのおかげだよ」

『猫柳苑』と『ヒソップ亭』のコラボ企画である『デザート付きプラン』の告知をしたのは、一月半ばのことだった。

二月は目前というのに『猫柳苑』の平日予約は空室ばかり、勝哉が一日も早く『デザート付きプラン』を発売したいことはわかっていた。バレンタインデーに合わせて売り出したい、カップル客を呼び込みたいという意図も十分理解していたが、安曇が自信を持って提供できるデザートが完成するのを待った結果、告知が一月半ば過ぎになってしまった。

バレンタインまでは一ヵ月もない。バレンタインのイベントとして旅行を考えているカップルの大半は、すでに予約は済ませているはずだ。今からバレンタイン前後だけの特別企画として売り出すのは難しいし、もったいないという高橋の意見で、二月の平日をすべて対象としたプランに変更、状況次第で可能なようなら三月以降も続行、ということになったのである。

「売り出してすぐのときは、大して予約が増えなかったから、てっきり駄目だと思ってたんだけど、今になって予約が急増。三月も続くのか、って問い合わせが何件も入ってる。学生が春休みに使いたがってるみたいだ」

「学生……確かに、学生の財布には優しいプランだな」

『猫柳苑』は気楽に何度でも来てもらうことを狙った宿だ。素泊まりにこだわる理由もそこにある。もともと低料金だから、そこにデザート分の料金を足したところでたかがしれている。予算が潤沢ではない学生には、嬉しい料金設定に違いない。

「学生は部屋食にはこだわらない。駅前のカラオケ屋で呑んで食って歌って、戻ってきて温泉に入る。そこに凝ったデザートが付くなら言うことなし、ってことらしい」

「へえ……でも、それってどこ情報？」

勝哉のただの思い込み、もしくは希望的観測ではないかと疑う章に答えたのは、雛子だった。

「私のSNS」

「え……」

章は雛子の顔を凝視してしまった。

これまで雛子は、自分のサイトで『ヒソップ亭』の宣伝になるような記事は書いても、『猫柳苑』については一切触れてこなかった。

『ヤラセ』を疑われるのが嫌だから、というのがその理由だったはずだが、考えを変えたのだろうか……

ところが雛子は、そうではないと言う。

「私が記事にしたわけじゃなくて、読者さんから問い合わせがあったのよ。『以前、紹介されていたヒソップ亭さんがデザートも手がけるみたいですけど、ご存じですか？』って……」

インフルエンサーにとって読者の書き込みほど大事なものはない。しかも内容は、デザートに関わることでもある。さすがにスルーするわけにもいかず、慌てて行ってみた体で記事を書いたそうだ。

「デザートを作ってるのは『ヒソップ亭』だから、って必死に自分に言い聞かせたけど、ギリギリのラインよね。あと、ごめん。ちょっとまずいことまで書いちゃったかも……」

「というと？」

「このプランが評判になって、デザートそのものも好評だったら、『ヒソップ亭』のティータイム営業が始まるかもしれない、大いに期待しましょう、って……」

「そんなのまだなにも……」

「わかってる、だから謝ってるじゃない！　でも……」

そこで雛子は言葉を切って俯《うつむ》く。代わりに話し始めたのは勝哉だ。

「勘弁してくれ。これは『猫柳苑』にとって起死回生のプランだ。失敗させるわけにはいかない。それに、あんなに丹精込めたんだから安曇さんのデザートをひとりでも多くの人に食べてもらいたい一心だったんだろう」

「そうなの……ティータイムならみんなが気軽に立ち寄れる。ティータイム営業を始めるために、たくさんの人が来てくれることが必要って……。日持ちするデザートをうまく使えば、余ってもそんなに困らないし、喜んで食べてもらえれば安曇さんの励みにもなる。でも、そこに『猫柳苑』のお客さんが増えてほしいって気持ちは確かにあった」

「そうか……」

捉え方によっては『ヤラセ』と言われかねない。雛子だってそれぐらいのことはわかっている。それでも書かずにいられなかった。ある意味腹をくくったのだろう。

『猫柳苑』、そして『ヒソップ亭』のために……

「もしかしたら、これで私が『猫柳苑』の関係者だってバレるかもしれない。でも、いいの。もしもバレて叩かれて、ここでインフルエンサー生命が終わっても悔いはないわ」

「そんなこと言うなよ。あのデザートの写真は、びっくりするほどうまく撮れてたし、記事そのものもすごく読み応えがあった。アクセス数もこれまでにない数だったじゃないか。インフルエンサーとしての雛子はかなりのものだよ」

「ありがと。そう言ってもらえるとほっとする。でも、『猫柳苑』の女将としても、もっともっと頑張りたいわ」

そして雛子は晴れやかに笑った。

ともあれ、雛子の記事はたくさんの人の興味を引き、二月の『デザート付きプラン』は完売した。残り二割の空室は、デザートが付いていないプランだったから、『デザート付きプラン』は大成功と言える。

ただ、今はまだプランは実際には始まっていない。二月になって実際の利用者の声を聞かなければ、成功かどうかは決められなかった。

「予約は埋まった。あとは、どういう評価になるかだ。楽しみだな、章」

「俺はただただ恐いよ。『猫柳苑』と共倒れになったらどうしよう、ってさ」

「おまえ、間違ってもそんなこと安曇さんに言うなよ！」

「わかってるよ。それにデザートそのものは会心《かいしん》の出来だよ。それでも、客にだっていろいろいる。うまくいくかどうかは……」

「楽しみ半分、不安半分。まだどっちに転ぶかはわからないんだから、今は予約が埋まったことを喜ぶべきだ」

「この脳天気野郎め！」

「それが俺だ」

こういう性格だからこそ、多少の苦難には負けずにいられる。悪いほうへ悪いほうへと考えていたら、このご時世で客商売なんてやっていけない、と勝哉は呵々大笑だった。


そんなこんなで始めたデザート付きプランは、実際の利用が始まったあとも人気は衰えず、今では予約開始とともに売り切れるほどになっている。

気になる口コミはというと、頻繁に安曇のデザートが写真入りで紹介され、コメントでも絶賛されている。しかも、ドリンクとの相性もぴったりだったし、このデザートが食べられるなら何度だって訪れたい、来るたびに違うデザートなら嬉しいけれど、まったく同じものでもかまわない、それぐらい美味しかった、とのこと……

コメントを読んだ安曇は感動のあまり泣き出しそうになったし、『運んでくれた女性従業員さんにデザートについて訊ねてみたが、どの質問にもしっかり答えてくれたし、なにより明るくて気さくでとてもよかった』と書かれた桃子は鼻の穴を大きくふくらませていた。

これは雛子から聞いた話だが、翌朝サービスの朝食を食べた客たちは、そこにも小さなデザートが並んでいることに狂喜した。さらに、それらのデザートを作ったのが『ヒソップ亭』の従業員だと知らされ、次は『ヒソップ亭』で夕食を取る、あるいは『特製朝御膳』を試してみるのもいいな、などと言って帰っていったそうだ。

「もういっそ、夕食を付けてくれればいいのに！　って何人ものお客さんから言われたわ。もっぱら女性だったけど」

その女性たちの大半は、チェックイン時にコンビニの袋を持っていた。おそらく夕食を確保してきたのだろうと雛子は推測する。

「お風呂上がりに一杯やりたくても、わざわざ着替えて外に出るのは面倒だったんでしょうね。男の人と違って女性はいろいろ大変だから」

「だったらうちに来てくれればいいのに」

『ヒソップ亭』なら浴衣にスリッパでかまわないのだから、という章に、雛子は思案顔で答えた。

「まあそれはそうなのかもしれないけど、『ヒソップ亭』がどんな店かもわからないし、ほかのお客さんに絡まれる心配だってゼロじゃない。源泉掛け流しのお風呂と素敵なデザートが楽しめるんだから、夕食はコンビニでいいや、とか考えたんじゃないかしら」

「せっかく温泉に来てるのに、夕ご飯にこだわりはないの？」

「そういう価値観の人はもともと『猫柳苑』は選ばないのよ。値段を考えたらこんなものでしょ、とか」

雛子の表情とため息の深さが辛かった。

以前から雛子は『猫柳苑』の夕食を復活させたがっている。だが、それを阻《はば》み続けているのが夫の勝哉だ。もともと仲がいい夫婦だし、勝哉の言い分は理に適《かな》っている。夕食提供を復活させた場合の章の負担も気にかかる。時折、勝哉のご機嫌伺い的に夕食提供の話を持ち出しても、そのたびに拒否されるが、それでも諦めきれない。夕食付き、いわゆる上げ膳据え膳のころの『猫柳苑』を知っているだけに、『温泉旅館のあるべき姿』に固執しているのかもしれない。

前と違って、今は『ヒソップ亭』のスタッフも増えた。素泊まりをなくすわけじゃなくて、選択の幅を広げる。デザート付きプランみたいに、数を絞ればなんとかなるような気がする。

勝哉はいつも章の働き方を気にするが、自分のほうが勝哉より忙しいなんて微塵《みじん》も思わない。むしろ妻の実家かつ、少しずつ経営が悪化している老舗旅館を引き受けた勝哉のほうが、精神的負担は大きい。章に言わせれば、勝哉こそ骨休めしてほしい、すべき人間だ。とはいえ、章について同じことを勝哉も考えている。雛子まで含めて、働きすぎ三人衆だった。

——温泉で一番癒やされたいのは、ここで働きっぱなしの俺たちなのかもな……

そのときふと、勝哉と並んで湯に浸かっている光景が頭に浮かんだ。そういえば、昔『猫柳苑』の風呂に勝哉とふたりで入ったことがあった。

確か高校一年か二年の期末テストが終わった日のことだ。打ち上げを兼ねてどこかに遊びに行こうとしていたのに、にわか雨に降られた。バケツをひっくり返したような雨で、ふたりとも傘の用意はなくずぶ濡れになってしまった。ちょうど『猫柳苑』の前でのことで、玄関前に傘立てを出しに来た雛子の母が、ふたりを見つけて風呂をすすめてくれた。まだチェックインタイムになっていないから今のうちなら大丈夫、と浴衣とタオルを貸してくれて、その間に濡れた服を乾燥機にかけてくれたのだ。

冬なのにこんなにわか雨は反則だ、と嘆きつつもふたりで湯に浸かった。ただでさえ熱い湯なのに身体が冷えきっていたから痛みを覚えるほどだったが、我慢して浸かっているうちに身体の芯《しん》から温まってきて、『ふへー』なんて声が漏れた。

浴衣で出てきたふたりを見つけた雛子は目を見張っていたけれど、打ち上げをし損ねたことに同情したのか、コーヒー牛乳を持ってきてくれた。あの果てしない甘さの中にほんのり漂っていた苦みは今でも忘れられない。人生で一番旨いと思ったコーヒー牛乳だった。

——懐かしいな……あのときみたいに、ふたりでゆっくり湯に浸かれば腹を割って話せるかもしれない。この先のこととかいろいろ……

けれど、それを実現するには、あまりにもふたりとも忙しすぎる。諦めるしかないと思っていたその日の夜、『ヒソップ亭』を閉めて帰ろうとしたところに勝哉が通りかかった。

「お、今終わったところか？」

「ああ。おまえは？」

「さっき、雛子と交代してきた。あ、そうだ、おまえ風呂に入っていかないか？」

「いや、客が入ってるだろう？　そんなところに従業員が入り込むのは……」

「じゃなくてさ」

勝哉曰く、いつもはチェックインタイムが始まるやいなや、遅くとも午後五時ごろまでには予約で埋まってしまう貸し切り風呂が、今日は珍しく空いている。日付が変わりそうなこの時刻から入りたがる客はいないだろうし、三ヵ所ある貸し切り風呂のうち二ヵ所が空いているから、片方を使っても支障はないだろう。たまには温泉にゆっくり浸かってはどうか、と雛子にすすめられたらしい。

「貸し切り風呂か……それならまあ。でも、おまえ、ひとりでのんびりするつもりだったんじゃないのか？」

「俺はもともと烏《からす》の行水だから、ひとりだとのんびりにならないんだよ。おまえと話しながらならちょっとは長居できるかなと」

「なんだよ、それ。でもまあいいか」

温泉旅館で働いてはいても、自分が温泉に入る機会はほとんどない。雨に降られて風呂に入らせてもらったことを思い出していたときに誘われたのも、なにかの縁だろう、と考えた章は勝哉と一緒に風呂に入ることにした。

身体と頭を洗い終えたふたりは、揃って浴槽に身を沈める。

うー……と声にならない声を上げたあと、勝哉が思いついたように訊ねてきた。

「新しいスパが建つって話、聞いたか？」

「ああ、なんか相当大規模らしいな。スライダー付きのプールにサウナ、浴槽が三つも四つもあるとか」

「どこが建てるか知ってる？」

章が知る限り、そのスパは隣町にあるかなり大規模な観光ホテルの隣に建つらしい。会社の慰安旅行や修学旅行などの団体客で大賑わいのホテルで、結婚式場も併設されているので披露宴はもちろん、各種宴会も受け入れていたはずだ。

「例のでっかい観光ホテルだろ？　隣の土地を買ったとか。それがなにか？」

「あれ、破れかぶれとか一か八かとか言われてるらしい」

「まあ……そうだろうな」

昭和から平成、令和へと時代が移り変わる中で、団体旅行は衰退の一途《いっと》、結婚式をおこなわないカップルも増えたし、会社主催の宴会は激減……

破れかぶれは少々言いすぎだとは思うが、廃業の危機感を抱いた経営者が打った起死回生の一手であることは間違いないだろう。

「対策を打てるだけの資金があるうちになんとかしようってことだろ？　スパだけの利用客も入れるんだろうし、うまくいくといいな」

「資金があるうち……か」

章の言葉に、勝哉はなにかを考え込む。しばらく黙っていたあと、ぽつりと呟いた。

「なにごとも資金――体力があるうち、っていうのは本当なんだろうな。うちもそろそろなにか考えなきゃ駄目かも……」

「なにかって？」

「設備投資」

「それなりにやってるだろ？　壊れてるような設備はひとつもないし」

「そういう現状維持じゃなくて、新しいものを作るって話だよ。新規客を呼び込めるような目玉を作ったほうがいいかなって」

「いつ来ても変わらない安心感ってのも大事だと思うけど」

「それはそれで真理なんだろうな。だからこそ判断に悩む」

「だからって隣町のホテルみたいに庭にプールを作るわけにもいかないだろ？」

「うーん……」

　そしてまた勝哉は黙り込む。しばらくそうしていたあと、堪りかねたように立ち上がった。

「もう駄目だ！　うちの温泉は熱すぎる！」

「源泉掛け流しでこの温度なんだから、ありがたいじゃないか。温《ぬる》くて加熱しなきゃならなかったら、燃料代が大変だ」

「そりゃそうだけど、うちの常連さんたちは年配の人も多いのに、こんな湯にずっと入ってて大丈夫なのか？」

「普段は健康に気を遣って温めにしてるけど、実は熱い湯が好きって人は多いよ。温泉の温度まで含めて『たまの贅沢』なんじゃねえの？」

「ちょっと見回りを増やしたほうがいいかもな。とにかく、俺はもう出るぞ」

「俺も上がる」

身体はしっかり温まり、疲れも抜けた気がする。長湯をすると湯あたりが心配だし、明日の仕事を考えたら、そろそろ帰ったほうがよさそうだ。

風呂から出た勝哉は廊下にある自販機に目をとめた。

「雨に降られて雛子のおふくろさんが風呂に入れてくれたことがあったよな。風呂上がりにコーヒー牛乳まで飲ませてもらったっけ」

そして勝哉はコーヒー牛乳を二本購入し、片方を章に渡した。

「ほいよ。今日は女将じゃなくて『猫柳苑』の支配人の奢《おご》りだ」

「サンキュ」

久しぶりにのんびり湯に浸かり、心身ともにリフレッシュできた。しかも、勝哉も雨に降られて風呂に入れてもらったときのことを覚えていた。

過去と現在を共有できる幼なじみが身近にいてくれるありがたさに、さらに心を温められた思いがした。


「大将、なんだか最近、支配人の様子がおかしくないですか？」

勝哉と一緒に風呂に入ってから半月ぐらい経ったある日、桃子が心配そうに訊ねてきた。

「おかしいってどんなふうに？」

「ずっと外にいる気がするんですよね。これまでは暇さえあれば館内設備を点検して回っていたのに……」

「春になって暖かい日が続いてるからじゃないの？」

「春は毎年来るのに、今年に限って？　それに、支配人って花粉症持ちですよ？」

　こんな時季に外になんていたいわけがない、と桃子は断言する。しかも勝哉が頻繁にうろついているのは庭の中でもかなり奥のほうの樹木ばかりのエリアだという。

「もしかして、あのあたりが花粉の発生源ってことで伐採しちゃおうって魂胆でしょうか？」

「魂胆って……」

　花粉症の客だっている。ハイシーズンはマスクを手放せない客にも、庭の散策を楽しんでもらいたいと考えたのかもしれない。だとしたら『魂胆』という表現はひどい。なにより、植えられているのはアレルギー源の王様とされる杉や檜《ひのき》ではなく、椿《つばき》とか金木犀《きんもくせい》といった花がきれいな樹木だ。あれらを伐採してしまったら、庭の景観が台なしになって散策したがる客そのものがいなくなってしまう。

「さすがにそれはないよ。先代が丹精込めて作り上げた庭らしいし」

「ですよね。じゃあ、なにか悩みでもあるのかしら……変なことを考えていなきゃいいけど……」

桃子が心配そうに言う。

その意図に気付いた章は堪えきれずに吹き出した。

「変なことって、まさか支配人が木に縄を引っかけてどうのこうの、とか考えてるの？　あいつはそういうタイプじゃないよ」

「わからないじゃないですか。人って変わるんですから。なんだかすごく難しい顔をしてるし、『猫柳苑』の経営がうまくいってないのかも……」

「順風満帆ってわけじゃないけど、世を儚《はかな》むほどでもないと思うよ。すごい借金があって返せなくなりそうなんて話も聞いたことがないし」

『猫柳苑』は昔から堅実な経営をしていたから、設備投資をするにしても膨大な借金を抱えるなんてことはない。少しずつ積み上げた資産からの出費がほとんどで、ちょっと客足が落ちたら、たちまち借金が返せなくなって差し押さえ、なんてこともない。

たとえそんな事態に陥ったとしても、勝哉は雛子と力を合わせてなんとかしようと頑張る。自分だけ逃げ出すようなことはしない男だと章にはわかっていた。

「だったらいいですけど……。それはさておき、あのあたりってすごく雰囲気がいいから小さい東屋《あずまや》とかあったらいいと思いません？」

「東屋……なんのために？」

「お庭の散策の途中で休憩できるじゃないですか。あ、いっそカフェにしちゃうとか？」

それならますますデザート目当ての客を集められる、と桃子は大喜びする。

安曇と桃子が中心になって始めたデザート付きプランはすっかり定着し、『猫柳苑』の目玉になっている。口コミ欄にも、もっと設定日を増やしてほしい、平日だけではなく週末にも使えるようにならないか、との書き込みが増え続けている。

雛子は、平日の客の女性が占める割合が急増したのを見て、これまで来てくれていた年齢層の高い男性常連客が居心地の悪い思いをするのではないか、と心配までしていた。

けれど蓋を開けてみれば、そんな気配はまったくなく、年長の馴染み客たちは『若い子がいると華やかでいいねえ』なんて目を細めた。

雛子は、男っていくつになっても……と呆れたように言っていたが、内心かなりほっとしていたはずだ。親の代からの常連客の足が、自分たちが作ったプランが原因で遠のいてしまったとしたら、さぞやいたたまれなかったことだろう。

「カフェか……できればいいなあ……」

ただでさえ忙しい勝哉に、さらなる負担を強いたくない。それが『ヒソップ亭』のティータイム営業のためとなったらなおさらだ。

曖昧《あいまい》に言葉を濁してその話は終わりにしたが、勝哉がなんの考えもなしに庭をうろついているとは思えない。まさか本当に深刻な悩みがあるのでは……と気になった章は、大急ぎで仕込みを終わらせて事務室に向かった。

「どうした、そんなに泡食って？」

勝哉はパソコンのモニター画面から目を上げ、怪訝そうに訊ねた。

「あのさ……なんか、困りごととかあるのか？」

「は？」

「いや……桃ちゃんから、このところずっとおまえが庭をうろついてるって聞いて、ちょっと心配になって……」

「首でも吊るんじゃないかって？　確かに、枝振りのいい木がたくさんあるよな」

「勝哉！」

「すまん。あんまり真面目な顔で言うからからかいたくなっただけだ。大丈夫、今のところ、世を儚みたくなるほどの悩みはないよ」

「ならいいけど……。じゃあ、なんで庭を？」

「うん。ちょっと建て増ししようかなと」

「建て増し……まさか隣町の観光ホテルみたいにスパを作る気じゃ……」

「さすがにそこまでの金はない。でも、土地には余裕があるし、ほかになにか客を呼ぶ手段はないかなって」

「もしかして東屋とか……」

「お？」

勝哉の顔が驚きの表情に変わった。桃子との話に出てきたから口にしただけだが、どうやら図星らしい。

「おまえにしては察しがいいな。まあ、東屋じゃなくてカフェだが。庭にカフェがあったら、本格的にティータイム営業ができるだろ。安曇さんのデザートの味は保証付きだから、大人気になるに決まってる」

昨今、グルメ情報は至るところで溢れ返っている。新聞、雑誌、テレビにインターネット……グルメ情報を目にしない日はないほどだし、新しい店でもあっという間に口コミが書き込まれる。

新しいカフェはそれだけでかなりの宣伝効果を生む。高評価の口コミが増えれば、それを目当てに訪れる客が激増するに違いない。『ヒソップ亭』は大儲けできるし、『猫柳苑』のプランに組みこめば、こっちの客も増える。部屋だけではなく、庭の散策がてらカフェでデザートを食べることもできるとなれば、利用客も喜ぶはずだ、と勝哉は鼻の穴をふくらませた。

「いや、それはそうかもしれないけど、金はどうするんだ！　スパを作る金はないって言ったばかりじゃないか……」

ところが勝哉はなに食わぬ顔で言う。

「スパとカフェじゃかかる金額が桁違いだ。半分ぐらいは余剰資金から出せるし、あとは借金する」

「そんなこと雛子、いや女将が許さないだろ！」

仕事の話をするときは勝哉、雛子ではなく支配人、女将と呼ぶ。それをうっかり忘れるほど章は慌ててしまった。

デザート付きプランの客から場所の選択肢を増やしてほしいなんて要望は上がっていないはずだ。『ヒソップ亭』のティータイム営業のために勝哉夫婦が借金を背負うことになるなんて、とんでもない話だった。

それでも勝哉の表情は崩れない。

「そうでもなかったよ。むしろ多少の借金は必要だ、さもないと金を借りる信用すらないのかと思われる、とかなんとか……むしろあいつのほうが乗り気。とはいえ、まだなにも決めてない。どこに作るかすら、な」

作るとしたら建物の中か庭か、広さはどうする、素材は、デザインは……と考えなければならないことは山ほどあるし、ある程度のプランを固めてからじゃないと、見積もりすら取れない。見積もりがなければ融資の相談もできない、と勝哉は言う。

「建てることを前提にした場合、章はどのあたりがいいと思う？　やっぱり庭に入ってすぐぐらいがいいかな」

「うーん……やっぱり、金木犀とか椿とか花が咲く木がいっぱいあるあたりがいいかな」

「それって駐車場からけっこう遠くなるぞ？」

「庭には遊歩道みたいなのがあるから、外から来る客には散策がてらそこを歩いてもらえばいい。それにあのあたりなら、建物の中から行きやすい」

『猫柳苑』の建物には、玄関とは別に、利用客が庭に出るための扉が設けてある。その扉から出れば、花が咲く木が植えられているエリアまではすぐだから、利用者だけではなくスタッフにとっても便利なのだ。

「客も大事だが、サービスを提供するほうのことも考えなきゃならんってことだな」

「将来的にはカフェの専任スタッフを雇えるようになればいいけど、当面はカフェと食事処の両方で働くことになる。行き来しやすいほうがありがたい」

「なるほど。じゃあ、そっちの方向でプランを練ってみる」

「無理だけはするなよ」

「了解。あと……」

そこで勝哉はにやりと笑った。

「なんだよ？」

「別棟でカフェを作ったら、テナント料を爆上げするから覚悟しとけ」

「え……」

あっけにとられる章に大笑いし、勝哉はパソコンのキーを叩き始める。連続して音が聞こえてくるから、業者宛てのメールでも打っているのだろう。

今のテナント料は、幼なじみ価格としか思えないほど格安だ。『ヒソップ亭』の経営が安定しつつある今、一般的な賃料を払えと言われるのは当然かもしれない。値上げとカフェの増設が一気に来るのは心配だが、テナント料が増えれば、『猫柳苑』だって助かるはずだ。

――勝哉と雛子がそこまで腹をくってくれるなら、俺だってやるさ！

そんな強い思いとともに、章は事務室をあとにした。

『魚信』の主夫婦は、相変わらずの様子だった。

「だーかーらー！　この町にはねえんだから仕方ないだろ！」

「この町が無理なら、隣町とか！」

「隣町にもねえよ！　あんまりおまえがうるさいから調べてみたけど、電車でも車でも一時間以内で行けるところにそんな洒落たものはねえんだよ。だから、友だちでも誘って行ってこいよ」

「何時間も店をほったらかして行けないよ」

「休みの日に行けばいいだろ」

「休みは休みで、やらなきゃならないことがたくさんあるんだよ」

「たまにはいいじゃないか」

「そうはいかないよ。あーあ、もっと近場にあれ……あ……」

そこで美代子が言葉を切った。どうやら突っ立っている章に気がついたようだ。

信一が慌てて店頭に出てきた。

「すまねえ、大将。仕入れの相談をする日だったな」

「いえいえ。でも、珍しいですね、こういう感じ」

信一と美代子は、かなり頻繁に言い合いをする。けれど、信一の我儘《わがまま》を美代子がいなす、もしくは諦めて受け入れるのがもっぱらで、美代子のほうがなにかをねだっているのを見た記憶がなかった。

「女将さんはどこに行きたがってるんですか？」

「行きたがるっていうより、したがる、もしくは食いたがってるって感じだな」

「食べ物の話ですか？　それなら俺が……」

章は料理人だ。美代子が料理上手で、とびきり新鮮な魚介類をふんだんに使った料理を作れるといっても、さすがにプロの料理人に勝るとは思えない。美代子が食べたいかつ自分では作れない料理でも、章なら作れるはずだ。

ところが美代子は、ひどく申し訳なさそうに答える。

「ごめんね、大将。気持ちはありがたいんだけど、今回はちょっと違うのよ」

「違うってなにが？」

「こいつさ、奥様雑誌かなにかで読んだ『ニン活』とやらをやってみたいんだとさ」

「ニ、ニン活⁉」

立派な息子がふたりいてさらに子どもが欲しいのか。欲しいのはいいけれど、下の子を産んでからもうずいぶんになるはずだ。これからとなると相当大変……と心配になったところで、美代子の大声が飛んできた。

「『ニン活』じゃなくて『ヌン活』！　そんなとこを間違えないでよ！」

「『ぬんかつ』……あっ、アフタヌーン・ティーですか⁉」

「ああ、それそれ。一字違いで大違いだったな」

ガハハ、と笑う信一に、美代子はいつもどおりに呆れ顔になる。

それにしても、アフタヌーン・ティーなんて言葉を『魚信』で聞くとは思わなかった。

　確かに流行っているらしいけれど、と思っていると、美代子がため息をついた。

「この間、雑誌で見たのよ。三段積みのガラスのお皿に、かわいらしいデザートがたくさん載ってて。紅茶のポットやカップもすごく洒落てて……。ちょっとさ、憧《あこが》れちゃったの。一度ぐらいああいうのを食べてみたいなあって……」

「ホテルのラウンジとかでやってるやつですよね。すごく高級な雰囲気で。あの雰囲気込みとなると、このあたりじゃちょっと……」

「雰囲気はどうでもいいの。そもそも都心まで出て、となるとねえ……着ていく服すらないわ」

　どこに行くにもまず『服がない』というのは、女性ならではなのだろうか。そういえば別れた妻も、そんなことを言っては服を買っていたな……と思っていると、また夫婦の会話が始まった。

「服ぐらい買えよ。それぐらいの金はあるだろ」

「もったいないよ。それに高い服を無理やり着ていったところで場違いなのはわかってるし。なにより、私はアフタヌーン・ティーのあのタワーを食べてみたいだけで、雰囲気は別に……」

「身も蓋もねえな。俺にはよくわからんが、ああいうのは雰囲気込みで味わうものなんじゃねえのか？」

そこで信一は、章を振り返って訊ねる。章もそのとおりだと思うが、中には純粋にデザートとお茶だけを楽しみたい人もいるのかもしれない。

「気取らないアフタヌーン・ティーか……うちならできるかも……」

ぼそりと呟いた言葉に、美代子がぱっとこちらを向いた。

「うちって『ヒソップ亭』ってこと？」

「『ヒソップ亭』と『猫柳苑』のコラボかな。今、デザート付きプランがすごく人気だから、あれをもうちょっとグレードアップすれば、なんとかなるんじゃないかって。あ、でも、実際にできるかどうかは相談しなきゃならないけど」

『猫柳苑』の庭にカフェができれば、ティータイム営業を始められる。カフェメニューのひとつとしてアフタヌーン・ティーを考えられるし、『猫柳苑』の宿泊プランに盛り込むこともできる。ただ、これは企業秘密だから現段階で口外するわけにはいかない。ぼんやりとした表現に止《とど》めるしかなかった。

美代子は一瞬嬉しそうにしたものの、すぐにため息をついた。

「安曇さんが作るのよね？　素敵！　あ、でも、泊まりじゃやっぱり無理だわ」

「いいじゃねえか、一日ぐらい。しかも『猫柳苑』なんて目と鼻の先なんだから、たとえ家でなにかあってもすぐに戻ってこられるし」

「そういうことじゃないのよ……」

どうやら美代子は、家を空けたくないらしい。信一や息子たちが強要するわけではなく、あくまでも彼女自身の考えなのだろう。もしかしたら、旅館よりも家のほうがのんびりできるタイプなのかもしれない。

そこで章はひらめいた。帰りたいなら帰ればいいではないか、と……

「日帰りならどうです？　たとえば昼過ぎに来て、アフタヌーン・ティーと温泉を楽しんで、夜には家に帰る。これなら美代子さんの希望にぴったりでしょ？」

「温泉とアフタヌーン・ティーのセット!?　めちゃくちゃ素敵だわ！　しかも日帰りなら荷物もいらないし」

「あ、それが理由ですか……」

泊まりたくないのはあれこれ支度をするのが大変だからだったのか。ある意味女性ならではの考えに章は妙に納得した。

「本当に『猫柳苑』にそんなプランができたらすごく嬉しいわ。いい宿なのはわかってても、自分の住んでる町にある旅館やホテルにはなかなか泊まりには行かないものだし」

「だよなあ……温泉がたくさんある町でも、家まで湯が引かれてるわけじゃない。公衆浴場はそこそこあるにしても、風呂は風呂。ちょいと洒落た付加価値ってやつが欲しいときもあるさ。特に奥さん連中はな」

客は町の外からとは限らない。地元の利用者を増やす手段を考えることも必要だ、と信一は説く。もっぱら町の住民相手の商売をしているからこその視点かもしれない。

「そういう意味では、日帰りプランっていうのはありですかね」

「ありあり、大ありよ！　安曇さんたちが大変になるのはわかってるから無理強いはできないけど、月に一度とか二ヵ月に一度でいいから、町の人が楽しめるような日を作ってくれたらありがたいわ」

「相談してみます！　じゃ……」

「ちょっと待てって」

帰りかけた章を、信一が呼び止めて言う。

「おまえ、なにしに来たんだよ」

「あ……」

「新しいアイデアはつい夢中になりがちだが、もともとあるものも大事にしなきゃ駄目だぞ」

まずは仕入れの相談を済ませてからだ、と言われた章はぐうの音も出ず、すぐさま店に戻って打ち合わせを始めた。

章は帰るなり『猫柳苑』の事務室に直行し、信一や美代子と話したことを勝哉に伝えた。

せっかくカフェを作るのだから、アフタヌーン・ティーを検討してはどうか。このあたりでアフタヌーン・ティーを出す店はないから、人気が出るのではないか、という章の意見に、勝哉も賛成してくれた。町の外から来ようと中から来ようと客は客だという章の考えは、勝哉にとっても納得できるものだったようだ。

それでも勝哉は、少し心配そうな顔で訊ねる。

「でも、アフタヌーン・ティーとなると作らなければならない品数が多いから手間も時間もかなりかかる。そのあたりは大丈夫か？」

勝哉は、客を増やそうと頑張るのはいいが、くれぐれもスタッフに無理をさせないように、と釘を刺すことを忘れなかった。

「わかってる。みんなにはしっかり相談する。高橋さんっていう心強いアドバイザーも入ってくれるしな」

「そのとおりかもしれない。でもなあ……俺に言わせれば、そもそもアドバイザーより先に安曇さんを正規に……あ、すまん」

章の表情に気付いたのか、勝哉はすぐに頭を下げた。章はため息まじりに返す。

「そう思うのが普通かもな。でも、高橋さんに入ってもらうのは、安曇さんを正規雇用にするためでもあるんだ。流通のプロのアドバイスをしっかり聞いて経営を安定させる。ティータイム営業のメニューにアフタヌーン・ティーを入れられたら人気になるし、『猫柳苑』のプランにアフタヌーン・ティーを盛り込めれば、そっちの客も増えるかもしれない。全部がうまくいったら、今度こそ安曇さんを正規雇用にできる。それが一番、うちのスタッフの負担を減らす方法だと俺は思う。駄目かな？」

「『急がば回れ』もしくは『石橋を叩いて渡る』かな。おまえらしいよ。考えてみれば、勢い任せに正規雇用にして、採算が取れなくてすぐに辞めてもらう、なんてことになるほうがよっぽど大変だもんな。ぶっちゃけ社員とパートやアルバイトではかかる経費も段違いだし」

「……まあな」

「わかった。じゃあ、俺のほうで利益計算をしっかりやってみるよ。おまえ、損得勘定はかなり苦手だから」

客がつめかけたのはいいが、蓋を開けてみたら大赤字では目も当てられない。『猫柳苑』と『ヒソップ亭』の両方が儲かるように、しっかり考えて値段を決める。そして、この予算で客を引きつけられるデザートが作れるかどうかを検討したほうがいい、というのが勝哉の意見だった。

「わかった。うちの『パティシエ』に相談してみる」

「まずはその『パティシエ』ってやつを安曇さんが望んでるのかどうかも、確認しろよ」

「え……？」

「安曇さんがパティシエ志望だったことは聞いてる。でも、それを断念したのは理由があってのことだ。『ヒソップ亭』に来てくれたのは、パティシエじゃなくて料理人を目指したかったからかもしれない。彼女のデザートに魅力があるからといって、本人が望まないことを強要するなよ」

「わかった。いろいろありがとう」

「こっちこそ」

ちょうどそこで机の上の固定電話が鳴った。勝哉は即座に受話器を取って話し始める。どうやら取引先らしい。話は済んだからこれ以上留まる理由はない、と章は『ヒソップ亭』に戻ることにした。

勝哉とのやり取りを思い起こしながら廊下を歩く。

仕事だからある程度は仕方がないが、無理が高じて身体を壊したら大変だ。安曇、桃子、高橋……誰もが得がたい、『ヒソップ亭』にはもったいないほどの人材である。嫌気が差して辞められたら途方に暮れる。そうならないよう十分気を配らなければ、と自分を戒《いまし》めながら歩いていると、後ろから明るい声が聞こえてきた。

「大将！　おはようございます！」

「安曇さん、おはよう……ってもう午後だよ」

「すみません。でも、こんにちはーって出勤してくるのもなんか変な気がして」

「確かにね。でも、いつもより早くない？」

フロントの壁に掛かっている時計を確かめると、時刻は午後一時を少し過ぎたばかり。安曇の出勤時刻には一時間以上早かった。

「お菓子を焼いてきたので、皆さんに食べていただきたくて」

「お菓子？　デザート付きプラン用の新作？」

「別にデザート付きプラン用ってことでもなくて。ただ、けっこう上手に焼けたので」

安曇が、こんなふうに自信たっぷりに持ってくることは珍しい。なにを作ったのだろう、と思っていると、安曇が手提げ袋から取り出したのはスコーンが入ったプラスティックケースだった。

「マジか……」

このタイミングでスコーンを作ってくるとは予想外だ。まさかアフタヌーン・ティープランの話を聞いていたわけでもあるまいに、と驚く章に、安曇は戸惑うように言った。

「スコーン、お嫌いですか？」

「いや全然。でもどうしてスコーン？」

「なんか急に食べたくなったんですよね。でも、スコーンってケーキとかプリンやババロア以上に、ちょっとだけ作るのが難しいんです」

とりあえずレシピの半量で作ってみたが、それでも二十個以上できてしまった。到底ひとりでは食べきれないから持ってきたとのことだった。

「半量で二十個……安曇さん、それってプロ用のレシピじゃないの？」

「実は。でもやっぱりプロ用のレシピは美味しいんですよ。材料を揃えるのも大変ですし、手もかかるんですけど、それだけのことはあります。家庭でも作れるように簡略化したレシピとは比べものになりません」

「なるほどね。でもタイミングがよすぎてびっくりした」

「タイミング？」

「うん。まあ、中で話そう」

そこでちょうど『ヒソップ亭』に到着、中に入った章は、安曇にアフタヌーン・ティーの提供を検討しているという話を伝えた。

「とはいっても、一番大変なのは作る人、つまり安曇さんってことになる。だから、安曇さんにちょっとでも不安があるようなら、この話はなし。支配人からも、安曇さんの意向を最優先にするように言われた」

「私の意向……？」

「このところずっと、安曇さんはデザートばっかり作ってるよね」

「夜はほかのお料理も作らせていただいてます」

「それでも、デザートの下準備があったらそっちをやってもらってるし」

「まずいですか？　もっと大将のお手伝いをしたほうが……」

「必要なことはやってもらってる。そうじゃなくて、安曇さんは本当はデザートばっかりではなくほかの料理も作りたいんじゃないかってこと」

以前鶏料理店に勤めていたときに、安曇は鶏料理ばかり作っていては幅が広がらない、と嘆いていた。魚を中心とした和食を学びたいから『ヒソップ亭』に来たのに、その実デザートばかり作らされていることに不満はないのか……

そんな章の問いかけに、安曇は目を丸くした。

「デザート作りはすごく楽しいです。体力や腕力がなくてパティシエを断念したのに、ここでデザートを作らせてもらえることが本当に嬉しい。もちろん、ほかの料理も作れるようになりたいですけど、今はデザートに夢中って言っていいぐらいです」

「よかった……」

心底ほっとして漏らした呟きに、安曇がにっこり笑った。

「大将って、考えすぎるっていうか、周りに気を遣いすぎてるところがありますよね。こちらにしてみればありがたいことですけど、大将ご自身が疲れ果てちゃうんじゃないかって心配です。雇い主なんですからもうちょっと好き勝手しちゃっていいんじゃないですか？」

「そ、そうかな……」

「あくまでも私の意見です……って、こんなこと言ったらまた考え込んじゃうのかもしれませんけど」

そう言いながら安曇はカウンターの中に入り、薬缶《やかん》に水を汲《く》んで火にかける。ついでにオーブントースターのスイッチをぐいっと捻った。

「もしかして温め直してくれるの？」

「もちろん。焼き立てには敵いませんけど、温めたほうが断然美味しくなりますから」

「そっか……あ、ジャムまで……」

手提げ袋から出てきた小さなガラス瓶には暗紅色《あんこうしょく》のジャムが入っている。季節的に考えてイチゴジャム、ラベルは貼られていないから手作りに違いない。

「イチゴがすごく安かったんです。本当はクロテッドクリームも用意したかったんですけど、さすがに無理でした」

スコーンが食べたいと思ったのは、ダブルワーク先である居酒屋でのことだった。勤務が終わってから材料を買いに行ったものの、よほど品揃えにこだわりのある店でないとクロテッドクリームなんて置いていない。行きつけの二十四時間営業スーパーにはもちろんなかったので、せめてこれぐらいは……とジャムを作ることにしたそうだ。

「大変だっただろうに……」

「ジャムはけっこう簡単ですよ。保存を考えなくていいなら特に」

「そうなの？」

「はい。お砂糖をバサバサかけてレンジに突っ込むだけ。スコーンの生地を寝かしている間にできちゃいました」

そこで薬缶がピーッと甲高《かんだか》い音を立てた。カウンターの後ろの棚に手を伸ばしながら安曇が訊ねる。

「お客さん用の葉っぱですけど、中途半端に残ってるんで使っちゃっていいですか？」

「もちろん」

ではでは……とティーポットに入っていた湯を捨てたあと紅茶の葉を入れ、さらに沸き立ての湯を注ぐ。ガラス製のポットなので、湯の中で茶葉が踊る様がよく見える。

芸術的だな……と思いながら見ているところに、やってきたのは桃子だった。

「わあ、いい香り……あっ！　スコーンだ！」

すごい勢いで引き戸を閉め、桃子は店内を見回す。もちろん、そこにいるのは章と安曇、そして桃子だけだった。

「今日はデザート付きプランの日じゃないし、お客さんらしき人は誰もいない。まだ店を開けてないんだから当然よね。ってことは、それはあたしたち用？」

「はい。そろそろ桃子さんも戻ってこられるころだなーって思ってましたが、ちょうどよかったです」

「すごい安曇さん、タイミングばっちり」

「おふたりとも、紅茶はどうされますか？　ストレート、それともミルク……」

「ミルクティー！」

桃子が即答した。

「俺は……」

ストレートで、と続けかけたところで、また桃子が口を開く。

「大将もミルクティーで！　スコーンなんだからミルクティーに決まってるわ！」

「誰が決めたんだよ……」

「イギリス人。スコーンにはミルクティー。本場の人がそう言うんだから間違いありません」

桃子は自信たっぷりに言いきる。これはどうあってもミルクティーしか許されない。言うだけ無駄と諦めて、章は安曇がティーカップにミルクを注ぐのを見守った。

桃子と並んでカウンター席で待っていると、間もなく大事そうにお盆を持った安曇がやってきた。

恭《うやうや》しい礼とともにティーカップとスコーンがのった小皿を置く。

「お待たせいたしました。セイロンのミルクティーとスコーンです。ジャムとバターはお好みで。クロテッドクリームが用意できなくて申し訳ありません」

クロテッドクリームの話は章はすでに聞いているので、最後の言葉は桃子に向けてだろう。スコーンにはミルクティーだと言い張るぐらい『情報通』の桃子のことだから、クロテッドクリームについても知っていると思ったに違いない。

ところが桃子は、クロテッドクリームではなくバターのほうが気になったらしい。

「へえ……バターなんだ……」

「どうしたの？」

「いえ、クロテッドクリームが手に入れづらいのは知ってるんだけど、代わりにサワークリームかホイップクリームが添えられることが多い気がして。バターって初めてかも」

そもそもスコーンはバターの固まりみたいなものだから、そこにさらにバターを塗るという発想がなかった、と桃子は目を見張る。

ところが安曇は、なに食わぬ顔で答えた。

「カロリー爆弾ですよね。でも、バターの塩気ってわりとスコーンに合うんですよ」

「あ、そうか……トーストにバターを塗る感覚か！」

「そうです。ジャムと一緒に付けると、ジャムの甘みとバターの塩気が引き立て合ってとってもいい感じに……」

「やってみる！」

言うなり桃子は添えられていたナイフを手に取る。真横からナイフを入れてふたつに分けたスコーンを、さらに小さくちぎってバターとジャムをたっぷり塗りつけた。

「いっただきまーす！」

元気な声とともにスコーンが桃子の口の中に消える。軽く目を瞑《つぶ》って味わったあと、ぱっと目を開いて安曇を見た。

「ブラボー！」

「ブ……」

どこの劇場だ、と吹き出しそうになった章を一瞥し、桃子はまた安曇に向き直る。

「完璧よ。あたしはクロテッドクリームでスコーンを食べたことがなくて、いつか食べたいなーって思ってたんだけど、もういいわ。バターとジャムは最高。サワークリームよりもホイップクリームよりも好きだと思う」

「それ、たぶんジャムのせいもあるよね」

章は桃子のように両方ではなく、まずバターだけ、続いてジャムだけでも食べてみた。

その結果わかったのは、控えめな甘さとイチゴの酸味がたっぷりのジャムの見事さだった。

「甘みと酸味のバランスが最高。そこにバターの軽い塩気が入ったら完璧」

「もしかしてこれ、ジャムトーストでも最高なんじゃ……」

「かもしれない。トーストじゃなくてバゲットに塗っても……あ……ごめん」

そこで謝った章に、安曇も桃子もきょとんとしている。謝る意味がわからなかったのだろう。

「いや、主役のスコーンがそっちのけみたいになっちゃってるからさ。スコーンは絶品、その上でジャムもすごいって言いたいだけなんだ」

「なんだ……。そんなことわかってるわよね、安曇さん」

「もちろんです。それにジャムが市販のものならまだしも、どっちも作ったのは私ですから。なんかもう、そういうとこですよ、って言いたくなります」

なんのこと？　と首を傾げた桃子に、安曇は先ほどの『大将は周りに気を遣いすぎる』という話を伝える。桃子は案外、否定するのではないかと思っていたが、真顔で頷いたのには驚いた。

「そうだよねー。めちゃくちゃ鈍感なところがあるし、自分のことには本当に無頓着《むとんちゃく》なんだけど、周りには気を遣いまくる。自分さえ我慢すれば、って考えがあるんだと思うけど、いつか無理がたたって大変なことになっちゃいそうで恐いのよ」

「やっぱり桃子さんもそう思われます？」

「思う、思う。だからこそ、女将さんも大将が無茶しないように目を光らせてるのよ。あ、大将だけじゃなくて支配人にも。だから女将さんはすごく大変」

「大将たちって幼なじみだって聞きましたけど、もしかしたら昔からずっとなんですか？」

「ずっとでしょうよ。子どものころの『男子って、ほんとに馬鹿よねー』が、大人になっても続いてる感じ？」

ひどい言われようだが、否定のしようがない。まさに雛子様々の人生だった。

「スコーンはめちゃくちゃ旨いし、ミルクティーがぴったりなのもわかった。でも、アフタヌーン・ティーってスコーンだけじゃ駄目なんだろ？　あとはなにをのせればいいのかな……」

「アフタヌーン・ティー……もしかしてこのスコーンってもともとそのためのものだった？」

「そうじゃないんだけど、結果としてそうなったんだよ」

そこで章は桃子に、『魚信』でアフタヌーン・ティーについて話して帰ってきたら、安曇がスコーンを抱えて出勤してきたことを伝えた。

「不思議なこともあるものね。こういうのを以心伝心って言うのかな……。でも、安曇さんがスコーンを作ろうと考えついたのは昨夜のことだからただの偶然か……」

「どうだろ。あるとしたら、安曇さんのスコーン熱が美代子さんのところまで飛んでって『アフタヌーン・ティー食べたい！』ってなったのかも」

「私にはそんな特異能力はありませんよ」

「なくていいわ。安曇さんの能力はデザートを作ることに特化しててほしい！」

「うん。あ、もちろん料理もな！」

大笑いしたところで、三人はアフタヌーン・ティーの内容について検討を始めた。

ところが、安曇が絶対に必要だと言い張ったのは、ケーキでも冷たいデザートでもフルーツでもなく、サンドイッチだった。

「サンドイッチ？　卵とかハムの？」

「大将はご存じないかもしれませんが、アフタヌーン・ティーにはキュウリのサンドイッチがつきものなんです」

「そうなの？」

章は反射的に桃子の顔を見た。もしかしたらアフタヌーン・ティーにはキュウリのサンドイッチというのは常識で、知らないのは自分だけかと心配になったのだ。

それだけに、桃子の意外そうな表情に安心した。

「へえ……そうなんだ。全然知らなかったわ」

「知らない人のほうが多いと思いますよ。日本のレストランやカフェで、あのタワーにキュウリのサンドイッチをのせてるところはあまりないかも……」

「ってことは、うちでキュウリのサンドイッチを出せば、本格的なアフタヌーン・ティーってことになるのね？」

「そのとおりです。どうせならできる限り本場に近い形のアフタヌーン・ティーを出したいです」

「でも、スコーンにはクロテッドクリームじゃなくてバターなのよね？」

「え……」

言葉に詰まった安曇に、桃子は笑いながら謝った。

「ごめん、ごめん。あんまり安曇さんが真面目な顔してるから、ちょっと突っ込んでみたくなっただけ。日本ではバターのほうがずっと手に入れやすいし」

「なによりクロテッドクリームは買うと高いし、かといって手作りは大変です」

「じゃあバターでいいな。でも、キュウリだけのサンドイッチなんて旨いのかな？」

「美味しいとか美味しくないとかの問題じゃなくて、伝統ですから」

「アフタヌーン・ティーってもっと高級なイメージなんだけどなあ……貴族のご婦人方が優雅に召し上がってるような」

よりにもよってキュウリとは……と桃子は首を傾げつつ、スマホを取り出す。

だが、検索を始める前に安曇の説明が始まった。

「貴族だからこそキュウリなんですよ。アフタヌーン・ティーが始まったビクトリア朝時代、キュウリはとても稀少《きしょう》だったそうです。当然高価ですし、富の象徴というか、最上級のおもてなしでキュウリのサンドイッチを振る舞っていたんです」

「なるほど……でもあたしならいくら高級でもキュウリだけより、ローストビーフがたっぷり入ったサンドイッチがいいけどなあ……」

「俺も。そう思う人が多いからこそ、日本のアフタヌーン・ティーにはキュウリのサンドイッチがのらないことが多いのかもな」

「……でしょうね」

安曇の表情が一気に曇った。おそらく、キュウリのサンドイッチをのせることを反対されると思ったのだろう。

「やっぱり駄目ですかね……正統派は……」

「駄目なわけないじゃないか。むしろそれを前面に押し出して売る。キュウリのサンドイッチこそが真骨頂だ、ってさ。もちろん、キュウリのサンドイッチそのものが美味しいのが前提だけど」

素材がシンプルになればなるほど、食材ひとつひとつの完成度が求められる。パンとキュウリだけで客を満足させるためのハードルはかなり高そうだった。

「いったん作ってみてからですかね」

「そうだな。ただし、パンまで自分で焼こうなんて言わないでくれよ」

「それはさすがに……でも、キュウリなら……」

「え、安曇さん、キュウリを自分で育てるつもり!?」

驚愕《きょうがく》の眼差しで見た桃子に、安曇はなに食わぬ顔で答えた。

「穫《と》れたてのキュウリってすごいんですよ。みずみずしさが段違いだし、調味料なんて付けずに食べてもすごく美味しい。それにキュウリを育てるのってそんなに難しくありません」

「もしかして、キュウリを育てたことがあるのか？」

章の問いに、安曇はこっくり頷いた。

「とはいっても私じゃなくて、もっぱら母ですけど」

安曇の母は家庭菜園が趣味で、最初はプランターで二十日大根《はつかだいこん》や大葉を育てていたそうだが、次第にプチトマトやピーマン、ナスといった苗を植えだした。その中にキュウリの苗もあったそうだ。

「一番大型のプランターに支柱を立てて、何本も植えてました。これで本当に育つのかと思っていたら、案外うまくできたんですよ。夏になると、朝ご飯に穫ったばかりのキュウリを齧《かじ》らせてもらえました。今でもあの味は忘れられません」

スーパーで『朝穫り』と銘打たれた野菜が並んでいることがあるが、あれでも収穫してから店に届くまで何時間かはかかっている。穫って数分で口に入るものとは全然違うと安曇は強調する。

このままでは本当にキュウリを育て始めかねない、と章は大焦りだった。

「旨いのはわかる。当然だ。でもさすがにそこまで手間暇をかけるわけにはいかない。うちは八百屋でもサンドイッチ屋でもないんだし」

「でもキュウリを育てるのはけっこう簡単……」

「こだわりたい気持ちはすごくわかるけど、ほかにもやらなきゃならないことはたくさんある。キュウリもパンも気が済むまでいい店を探してくれていいけど、自分で作ろうとするのはやめてくれ」

「そうよ、安曇さんのことだから寝る間も惜しんで励んだ挙げ句、身体を壊しちゃうわ」

そんなことになったら元も子もない、と桃子も章に加勢する。

ふたりがかりの説得に、ようやく安曇も頷いた。

「そうですね……そこまでしても『なんだ、キュウリのサンドイッチか』なんて言われたら立ち直れなくなりそうです。それぐらいならほかのデザートに力を入れるべきでしょうね」

「そのとおり、ってことで、アフタヌーン・ティー企画発動。次は、ランチ営業だな」

やるぞ、とばかりに章は拳《こぶし》を握る。それを見た桃子が不安たっぷりに訊ねた。

「前に高橋さんがおっしゃってましたけど、本気でランチをやるんですか？」

「『猫柳苑』は連泊するお客さんもそれなりにいる。外に出かけずに昼飯が食えたらありがたがる人もいるだろう」

「ランチはどこで出すんですか？」

「当然、ここだよ」

「やっぱりカフェと同時に開ける気ですか？」

「同時じゃないだろ。たとえばランチは十一時ぐらいから一時、ティータイムは二時から五時とか……」

「五時には『ヒソップ亭』を開けなきゃならないんですよ？」

「じゃあ、カフェは四時か四時半……」

「どっちもカフェじゃ駄目なんですか？　お昼前に開けて、ランチが終わったらティータイム。アフタヌーン・ティーもカフェで、って流れのほうが自然です」

「いや……でも……」

「ランチをやるとしたら仕込みだって必要でしょう？　いくらスタッフが増えても、仕事が倍になったら同じことです」

「じゃあ、アフタヌーン・ティーもここで出すとか？　宿泊プランに盛り込むなら部屋でもいい。デザート付きプランと同じだろ？」

「安曇さん、どう思う？」

いきなり話を振られたにもかかわらず、安曇は即答した。

「無理です。デザート付きプランはデザート一皿と飲み物だけ。もともと宿泊プランで個室ですし、お部屋でのんびりしていただきたいから『あり』ですけど、アフタヌーン・ティーはさすがに違います。アフタヌーン・ティーはトータルで楽しむもの。いくらお茶やお菓子が素晴らしくても『英国貴族ごっこ』ができなければ意味がありません」

「え、英国貴族ごっこ……？」

「雰囲気まで含めてアフタヌーン・ティー。日本でアフタヌーン・ティーを出しているのはもっぱら高級ホテルですけど、あの途方もない価格設定ですら貴族の生活を味わうためならって思えるほどです」

お洒落をして高級ホテルに行って、英国貴族になったつもりでティーカップ片手に、タワーに盛り付けられたお菓子やサンドイッチを嗜《たしな》む。

五千円、六千円、どうかしたら一万円近い値段も、あの雰囲気のためなら当然。五百円とか千円だったら興ざめしかねない、とまで安曇は言う。

桃子も黙って頷くところを見ると、異論はないのだろう。デザートそのものさえ美味しさ以外は大した問題じゃないと軽く考えていた章は、桃子と安曇のこだわりに改めて困惑してしまった。

「でもさ……『魚信』の女将さんはアフタヌーン・ティーを試してみたいとは言ってたけど、雰囲気までは……」

「だからー！　その認識が甘いんですって。いくら美代子さんが雰囲気はどうでもいいって言ったって、みんながみんなそうとは限りません。雰囲気まで含めてアフタヌーン・ティーです。純和風の『ヒソップ亭』はもちろん、座卓でアフタヌーン・ティーなんてあり得ません」

「『猫柳苑』の座卓はけっこういいものだけど、それでも駄目かな？」

「知ってますって。欅《けやき》の一枚板を使った木目が芸術的な座卓です。それでも駄目なものは駄目。アフタヌーン・ティーはテーブルと椅子が大前提なんですって！」

桃子の声がどんどん大きくなる。

章がタジタジとなったところで引き戸が開き、雛子が顔を出した。

「外まで声が響き渡ってるわ。いったいなんの騒ぎ？」

「女将さーん、大将がすっとこどっこいなんです！」

「それはいつものことね」

「え……」

あっさり返されて桃子は絶句。反射的に章の顔を見た安曇が吹き出した。

身も蓋もない言葉に続き、雛子はカウンターの上に目を走らせる。

「お茶の途中だったのね。あ、アフタヌーン・ティーって聞こえたけど、もしかして新企画？」

「温泉とアフタヌーン・ティーのセットプランを作ったらどうかって考えてたんだけど、頓挫《とんざ》しそうなんだ」

「どうして？　温泉とアフタヌーン・ティーなんて人気が出そうじゃない」

「出す場所が問題なんだ。桃ちゃんが、座卓と座椅子でアフタヌーン・ティーはあり得ない、『ヒソップ亭』も駄目って……」

「えーっと、お庭に建てるカフェが前提だと思ってたんだけど、違うの？」

「大将はランチ営業もしたいそうです。しかも『ヒソップ亭』で。でも、それだと人手が足りません。ランチもカフェでやったらどうかって言ったら、アフタヌーン・ティーを『ヒソップ亭』でやるか、お部屋で出せばいいって……。もう意味がわかりません」

てっきり呆れ顔をされるかと思ったが、雛子は軽く頷いて答えた。

「そりゃそうよ。章くんは『ヒソップ亭』の大将だもの」

「どういう意味ですか？」

「『ヒソップ亭』はお食事処。カフェの価値とか作る意味はわかってても食事だけは『ヒソップ亭』で、って思うに決まってるわ」

「どうしてカフェじゃ駄目なんですか？　ランチはランチでしょう？」

「桃ちゃんや安曇さんは、アフタヌーン・ティーでも出せそうな『英国調』のカフェを目指したいんでしょ？」

「できれば……。そんなにガチガチの『英国調』は無理にしても、洋風にしたほうがいいかと……」

「だとしたら、ランチも基本的にはお洒落なワンプレートとかよね」

「そうなりますね」

「私、思うんだけど、大将はそういうお洒落なランチじゃなくて、ボリュームたっぷりの定食や丼物《どんぶりもの》を出したいんじゃないかしら。朝っぱらから食べ応え抜群の『特製朝御膳』を提供する『食事処ヒソップ亭』に相応しいお昼ご飯を」

章がうまく言葉にできなかった思いを、雛子はあっさりまとめる。これが長年の付き合いというやつか……と章は半ば感動してしまった。

なおも、雛子は考え考え訊ねる。

「それと、カフェのほうなんだけど、いったい何時に開けるつもりでいるの？」

「えーっと……二時？」

「それは駄目だわ。お話にならない」

「なんで？」

「『ヒソップ亭』にしてもカフェにしても、午後二時スタートじゃ無理。だって、夜の営業もあるから遅くとも四時半には終わらせなきゃならないでしょ？　それじゃあ、アフタヌーン・ティーの優雅な雰囲気とはほど遠くなっちゃう」

「駄目なの？　俺は二時間あれば二回転ぐらいはできると……」

三段重ねのデザートタワーが付くにしても、所詮《しょせん》はお茶だ。一時間あれば十分食べ終われるのではないか、と章は考えていた。だが、女性陣は本格的なアフタヌーン・ティーは最低でも二時間、できれば三時間ぐらいは必要だ、営業時間が二時間半しかなければ客は落ち着かないし、従業員だって気が気じゃないと主張した。

さらに、雛子はテーブルの上のスコーンを見ながら続ける。

「それより、問題は仕込みよ。アフタヌーン・ティーは品数が多いから時間がかかる。ましてや安曇さんは、東京での仕事もあるから、毎日来てくれるわけでもない。ほとんどお手上げよ」

そして雛子は引導を渡すように言った。

「圧倒的に人手不足。アフタヌーン・ティーをやるつもりなら、ランチは諦めたほうがいいわ。さもないとどっちも失敗しちゃう」

人手が足りない。それは『ヒソップ亭』の永遠の課題に思えてくる。

桃子の言うとおり、いくらスタッフを増やしても、そのたびに仕事を増やしていては状況が改善されるわけがない。抜本的な対策、そして章自身が腹をくる必要があった。

「人手か……」

いきなり真剣そのものの眼差しになった章に、桃子が少し怯《おび》えたような表情になった。

「大将、あんまり思い詰めちゃ駄目です。ひとつひとつです。まずランチ。アフタヌーン・ティーはそれからにしましょう」

「いや、俺はやっぱりアフタヌーン・ティーをやりたい」

「それは『魚信』の女将さんを喜ばせたいからですか？　でも女将さんだって、大将に無理はしてほしくないと……」

「それだけじゃないよ。俺は、ゆくゆくはアフタヌーン・ティーを『猫柳苑』のプランにも盛り込みたい。このプランで『猫柳苑』の客を増やしたいんだ。そうじゃないと、金をかけてカフェを建てる意味がない」

そこで章は安曇に目を移した。

「安曇さん、今の居酒屋って辞めようと思ったらすぐに辞められる？」

「え……？」

「俺はカフェを成功させたい。でも、カフェってあんまり俺の出る幕がない気がする。だからこそ、俺は俺でランチをやりたい。もちろん、雛子が言った『食事処』としての『ヒソップ亭』を貫きたいってこともあるけどね」

「そうなんですか……。ちょっとわかる気もします」

「ありがとう。とはいっても、デザートは安曇さん任せにせざるを得ない。アフタヌーン・ティーを出すとしたら、週に何日とかの勤務じゃ無理だし、片道一時間以上かけて通勤も負担が大きすぎる。できれば高橋さん同様、この町に引っ越してきてほしいと思ってるんだ」

「えーっ！」

そこで桃子が悲鳴に近い声を上げた。さらに章に詰め寄って訊く。

「大将、それって安曇さんを正規雇用にするってことですよね!? さもなきゃ、居酒屋を辞められるかなんて訊きませんよね？」

「まあね」

「うわー、やったね、安曇さん!!」

もしかしたら思うように客が集まらなくて困ったことになるかもしれない。それでも、安曇を正規雇用にしてカフェをしっかり軌道に乗せる。それが『ヒソップ亭』、そして『猫柳苑』にとっても一番いいことのような気がした。

ところが、喜色満面の桃子に反して、安曇はひどく不安そうにする。

「でも……それって、しばらく様子を見てからのほうがいいんじゃないですか？」

「安曇さんの正規雇用の話はずっと出てたよね。でもいつもあれがうまくいったら、なんて前提条件ばっかりつけてた。でもそれじゃ駄目なんだ。結果が出てからとか言ってたら、いつまで経っても進めない。それに……」

そこで章は雛子の顔を見て、ちょっと笑って付け加えた。

「俺は『猫柳苑』の夕食提供を復活させたいと思ってる。で、あの石頭の支配人を納得させるためには、『ヒソップ亭』が安泰ってところを見せつけなきゃならない。女将もそうだろ？」

雛子が苦笑まじりに答えた。

「そうね、私も夕食復活派。でも、大将にもほかのみんなにも無理をしてほしくない気持ちもあるの。桃ちゃんのお父さんが引退して夕食をやめて以来、支配人は復活に頑として首を縦に振らなかったんだから、そう簡単にはいかないって思ってる」

「そのとおり。だからこそ、さっさと体制をつくってしゃかりきに頑張ろう。で、話を戻すけど、安曇さんは東京を離れることに抵抗はない？」

「ありません。この町に引っ越せるならそれが一番です」

「念のために訊いておくけど、正規雇用になることは……」

「今更ですか？　大歓迎です！」

「了解。じゃあ、その方向で話を進める」

「よかったね、安曇さん！　じゃあ、早速お部屋を探さなきゃ！　高橋さんですら何ヵ月もかかったぐらいなんですから」

「高橋さんの引っ越しは、もともと年度末に退職してからって話だったじゃないか」

「だとしても、物件探しは早いほうがいいですよ。今の時期って、学生さんの入学準備や会社の異動で、めぼしい物件が底をつきがちです。それに運送屋さんだって、近ごろすごい人手不足だって聞きますから、引っ越しの予約も取りにくくなってるかもしれません。早く動いたほうがいいに決まってます」

「そう言われればそうかも……よし！」

そこで章は両手で自分の頬をパン、と叩いて気合いを入れた。

「決めた。安曇さんは来月から正規雇用にするよ」

「本当ですか⁉」

「大将、かっこいい！」

安曇と桃子の声が店内に響き渡る。

「そのほうが部屋だって探しやすいだろ？　仕出し弁当はどんどん客が増えていってるし、一度頼んでくれたお客さんはかなりの確率でリピーターになってる。『猫柳苑』とのコラボプランも順調、いずれはカフェだって始まる。どうせ見切り発車なんだから、先延ばしする必要なんてない」

「ですよね！　安曇さんが来てくれる前に比べたら、『ヒソップ亭』はかなり景気がよくなってるんじゃないですか？」

「そのとおり。少しぐらい人件費が増えても大丈夫ぐらいには儲かってる」

「ね、安曇さん。大丈夫だよ」

桃子に言われ、安曇はこれまで見たことがないほど明るい笑顔になった。

「一致団結、これで『ヒソップ亭』は大丈夫。あとはカフェが建つのを待つだけね」

よかった、よかったと微笑んだ雛子は、そのまま事務室に戻っていこうとした。

それを呼び止めたのは桃子だった。

「女将さん、ちょっと待ってください。カフェの内装とかインテリアって確定しましたか？」

「ほぼ固まったはずよ。それがなにか？」

「カフェの計画が始まったころに女将さんはあたしたちに、こんな感じのインテリアはどう？　って訊いてくださいましたよね。あれって、どれぐらい通りました？」

「えーっと……」

雛子がもろに困った顔になった。珍しく答えに詰まっているのを見て、章は助け船を出すことにした。

「大丈夫だよ、桃ちゃん。支配人と女将はずーっと相談してたし、事務室にカタログの山ができてた。あれだけいろいろ見てるんだから、それなりのものを選んだはずだ」

「それなりじゃ駄目なんです。アフタヌーン・ティーに相応しい雰囲気が作れないと！　余計な心配かもしれませんけど、女将さんが『これがいい』って言っても、支配人が駄目って言ってる気がして……」

「そりゃ支配人も、全部ＯＫとは言えないだろ。予算だってあるし……」

建物だけでも半分は借金なのに、内装やインテリアにまで無尽蔵にお金をつぎ込むわけにはいかない。凝り性の雛子の言い分を片っ端から聞くわけにはいかないことぐらい、桃子にだってわかるはずだ。

「予算がないのはわかってます。でも、せっかく作ってもお客様に満足していただけないようなカフェじゃ意味がありません」

「それは心配ないだろ。安曇さんのデザートは今だって大人気だし」

「だーかーらー！　それは『デザート付きプラン』だからですって！　温泉旅館でめちゃくちゃ美味しいデザートが食べられるってだけで、お客さんは満足してくれます。でも、独立したカフェで、外からもお客さんが来るとなったら、そうはいきません」

温泉に泊まるという前提をなくし、カフェだけで判断する場合、ただ美味しいだけでは済まされない。客の心を摑み、また来たいと思わせるためには第一印象が大事だし、カフェ全体の雰囲気、インテリア、食器のひとつひとつに気を配る必要がある。

アフタヌーン・ティーを出すならなおさらだと桃子は力説した。

「そのとおりなんだけどね……」

どれだけ客数が増えても、一回来てくれるだけでは意味がない。リピーターの数こそが、宿や店の価値を決める。困ったときに支えてくれる馴染み客をたくさん作ることが大事だ、というのは商売の基本だし、常々勝哉夫婦が言っていることでもある。ただ、わかっていても実現は難しいというのもまた真実だった。

雛子が辛そうに言う。

「でも、建築資材の品薄傾向が続いてて、値段もどんどん上がってるの。勝哉も早く決めて資材を確保しなきゃもっと値上がりしちゃうって焦ってるぐらいだし、建築費が増えたしわ寄せがインテリアに、って感じなの」

「お金がないならないなりにこだわることってできませんか？　建築資材は急がなきゃならないかもしれませんけど、インテリアはそうでもないですよね？　セールを待つとか、中古で掘り出し物のインテリアを探すとか……」

「そうね……インテリア次第でどんな雰囲気でも出せそうなシンプルな内装だし、インテリアは建物が完成するまでに揃えばいい。建てるのに三ヵ月ぐらいかかるんだから、探す時間はあるのかも……」

「支配人がなにもかも最初に決めてしまいたがってるだけだろ。あいつ、せっかちだから」

「たぶんね。でも計画を立てたときはアフタヌーン・ティーの話なんて出ていなかった。アフタヌーン・ティーを『猫柳苑』の新しい目玉にするなら、もうちょっと凝らなきゃ、って言ってみる」

「俺からも言うよ。なんなら、インテリア分ぐらいうちで出すし」

章の言葉に、雛子が目を見張る。雛子だけではなく桃子、安曇まで……

そこまで驚かなくても、と章は情けなくなってしまった。

「そんなに金がないように見えるのかよ……」

「見えるじゃなくて、実際にないでしょ。カフェの建築費で虎の子を吐き出したはずよ」

「大将も出したんですか!?」

桃子の声が裏返った。

勝哉は『ヒソップ亭』は『猫柳苑』のテナントで、庭に建てるカフェもその一部だから、テナント料は値上げするかもしれないが、建築費までは出さなくてもいいと言ってくれた。だが、カフェを建てることで集客を狙うのは『ヒソップ亭』も同じ、少しだけでも……と粘って出させてもらった。全部なくならないまでも、虎の子が激減したことは間違いなかった。

「それって権利関係が複雑になったりしないんですか？」

「あら、桃ちゃん、詳しいのね。支配人も面倒くさいって嘆いてたわ。そこまでして出さなくてもよかったのに、この人も聞かなくて」

「大将も、支配人に負けず劣らず石頭……」

「ほっといてくれ。でも『ヒソップ亭』を開いて十年近く、潰しもせずにやってきた。俺だって借金ぐらいできる……はず」

尻すぼみになった章の言葉に、雛子は大笑いだった。

「その『……はず』っていうのがねえ……。でもまあ、大丈夫。なんとかなるし、するわ。特にインテリアについてはなにがなんでも、アフタヌーン・ティーに相応しいものを揃える！」

「あたしも頑張ります。安曇さんもだよね？」

「もちろん。あ、そうだ……」

そこで、安曇はポケットからスマホを取り出して操作し始めた。

誰かにメッセージを送っているな、と思ったら、桃子のスマホが着信音を立てた。どうやら、高橋も入っている連絡用のSNSのグループにメッセージを送ったらしい。

「高橋さんならいいアイデアを出してくれるんじゃないかと思って」

「いや、いくら高橋さんでもカフェのインテリアまでは……」

「どうでしょう？　大型スーパーやデパートの催事場って、イベントごとにパーティーションや装飾をいじって、全然違う雰囲気にするじゃないですか。この間、ちらっと聞いたんですけど、高橋さんも何度か関わったことがあるって」

「それって地方物産展とか、お中元お歳暮とかの話だろ？　いわゆる物販ってやつ」

「物産展のイートインを手がけたこともあるそうですよ。ただし、中心になったのは部下の方々だったみたいですけど」

「イートインか……考え方としては似てるかな」

「でしょう？　案外、いいアイデアを出してもらえるんじゃないかと」

諦めるのはそれからでも遅くない、と安曇は意気込む。確かにそのとおりだった。

「わかった。じゃあ、その件は高橋さんの返事待ちにしよう。俺はそれとは別に、ランチについて考える」

あくまでもカフェはランチのあと、午後からの営業にしたいという章に、雛子が笑いながら答えた。

「それでいいと思うわ。あ……なんなら十一時からお昼過ぎまではドリンクメニューだけにしたらどう？」

「いや、それは人手が足りないって」

「ドリンクだけなら、私でもできそうじゃない？　コーヒーと紅茶にはちょっと自信があるわ」

「勘弁してくれよ。女将にそんなことさせたら、支配人に大目玉食っちまう」

「えー、モーニングコーヒーを女将がサービスする旅館ってけっこうあるわよ？」

「いいから、とりあえず今はカフェを建てることに集中してくれ！」

とんでもねえよ……と呟いた章に、桃子と安曇はまたしても大笑いだった。

ひとしきり笑ったあと、安曇が言う。

「じゃあ高橋さんから返事が来るまで、私もランチメニューを考えます。あ、焼き鳥丼とかどうでしょう？　私、焼き鳥にはちょっと自信があります」

チェーンとはいえ、何年も鶏料理店で焼き鳥ばっかり焼いてましたから、と安曇は胸を叩く。ランチに焼き鳥丼というのはかなりいいアイデアだと章も思った。

「いいね、焼き鳥丼！　老若男女、焼き鳥を嫌いな人は珍しい」

「なんなら親子丼も。卵、とろとろにできますよ」

「うわー！　安曇さん、それ今夜の賄いに作って！」

「俺も食ってみたい！」

「大将、比内鶏《ひないどり》の端っこが冷凍してありますよね？　あれ使っちゃっていいですか？」

「もちろん」

「じゃあ今のうちに解凍して、今夜の賄いに使います」

「やったー！」

三人のやり取りに、雛子が羨ましそうに言う。

「いいなあ、比内鶏のとろとろ親子丼。それにしても安曇さん、頑張るわねえ」

「ここでずっと働かせていただきたいですから」

社会人になってからいくつも職場を変わったけれど、『ヒソップ亭』ほど働きやすいところはない。この環境を失わないため、少しでもここで過ごす時間を増やすためならどこまでだって頑張れる、と安曇は笑う。

主冥利《みょうり》に尽きる、とはこのことだった。

「ありがとう、安曇さん。安曇さんだけじゃなく、桃ちゃんや高橋さんにとっても働きやすい職場になるように俺ももっともっと頑張る」

「頼りにしてますよ、大将！」

桃子がバン！　と章の背を叩く。その力の強さに、自分への期待を感じた。

「じゃ、私は戻るわね」

「お疲れさん。いろいろありがとう」

とりあえず、あとで勝哉にインテリアの話をしに行かなければ、と思いながら、章は雛子を見送った。

次に高橋が『ヒソップ亭』にやってきたのは四月の第三木曜日のことだった。

桃子たちは引き続きSNSのグループを使って連絡を取っていたが、期待していたカフェのインテリア問題への回答は得られなかった。

なにも言ってこないのは良策がないから、あるいはそれどころではないからだろう。

なにせ高橋は退職の際の引き継ぎや送別会で大忙しだったたし、意外にすんなり部屋を見つけた安曇も引っ越しでてんてこ舞いだ。

ふたりがこの町に落ち着けば、本格的にインテリアを探し始められる。工事はようやく始まったばかりだから、焦る必要はないと自分に言い聞かせていたのである。

ところが、昼になるかならないかという時刻に現れた高橋は、『ヒソップ亭』に入ってくるなり、カフェの図面を見せてほしいと言いだした。

すぐさま勝哉のところに行って借りてきた図面を渡したところ、高橋は電卓を片手に手帳と図面の細かい数字を照らし合わし始めた。頷いたり首を傾げたり、電卓を叩いたり……を繰り返したあと、高橋はようやく電卓と手帳を鞄にしまった。

「どうしたんですか、高橋さん？」

ただ呆然《ぼうぜん》と見ていた桃子が、恐る恐るといったふうに訊ねると、高橋は満面の笑みで答えた。

「解決策が見つかったよ」

「解決策って……？」

「カフェのインテリアだよ。アフタヌーン・ティーを出すのに相応しい雰囲気にしたいって言ってただろ？」

「ええ、まあ……」

「いわゆる『英国調』のインテリアは値が張る。でも、金はない。ない袖は振れないよなーって思ってたら、すごくいい話が飛び込んできた」

「というと？」

「前の家の近所のカフェが、店を閉めた」

「ちっともいい話じゃないじゃないですか！」

まったく知らない店であっても閉店情報を聞くのは辛い。うちもそうなるかも……と思うだけで背中が冷たくなってしまう、と桃子は嘆く。けれど、高橋はなに食わぬ顔で答えた。

「潰れる店は潰れる。そうならないために全力で頑張る。ただそれだけだよ」

そのとおりですけど、と言いつつも桃子は浮かない顔になる。

ただ章は、桃子の憂《うれ》い顔よりも高橋がなぜそれを『いい話』と判断したかが気になって訊ねた。

「それで、どこが……」

「うん。閉めた店は大人向けの、かなり落ち着いた店だったんだ。椅子、テーブル、クロスやカーテンまでアンティーク……」

「アンティーク!?」

安曇の声が一際高くなった。彼女がこんな声を出すことは珍しい。それほど『アンティーク』という言葉が魅力的だったのだろう。安曇は高橋に詰め寄って訊ねる。

「本物ですか!?」

「いや。アンティークじゃなくてアンティーク『調』。でもちょっと見は十分アンティーク。素人なら見分けはつかないレベル」

その喫茶店の店主は日本人の父とイギリス人の母の間に生まれた。生まれてから一度もイギリスで暮らしたことはなかったが、母親の影響で紅茶が大好きになり、大人になって紅茶の店を開いた。ところが、最初こそ人気になったものの飲み物は紅茶だけ、ジュースもコーヒーも出さないという頑なな営業姿勢が受け入れられず、徐々に客が減り、とうとう閉店に追い込まれてしまったそうだ。

「店を閉めたら使い道も置き場所もない。本物なら売れるけど、アンティーク『調』ではほとんど値が付かない。逆に処分代をとられるぐらいだから、取りに来てくれるならただでいいって話だった」

ちなみにこんな感じだ、と高橋はスマホを取り出して写真を見せてくれた。濃い茶色、テーブルも椅子も緩やかな曲線が美しい。これならアフタヌーン・ティーにぴったりだった。

「いくつあるんですか？」

「もともとは二脚用と四脚用を合わせて十六セットあったそうだけど、今残ってるのは二脚用と四脚用が六セットずつ。まあここは六セットぐらいあれば……」

「全部いただくわけにいきませんか!?」

「ちょっと安曇さん、そんなに入らないわよ！」

「カフェじゃなくて、『猫柳苑』のロビーに置くんです。このテーブルなら、ホテルのラウンジみたいにできます」

「朝ご飯だってロビーで食べるのに？」

「アンティーク調のテーブルで朝ご飯なんて優雅で素敵じゃないですか。それに、こんな素敵なテーブルや椅子、しかも十分使えるものを捨てるのはもったいなさすぎ、エコじゃないです」

「確かに。じゃあ、全部引き取るってことにしよう……って、さすがに勝手にってわけにはいかないな」

「俺、支配人に相談してきます」

「俺も行くよ。テーブルの写真とかも見せなきゃならないだろうし」

「私もご一緒していいですか？　アフタヌーン・ティーのデザートの組み合わせや盛り付け方について、女将さんのご意見がいただきたいので……」

「ああ、それも大事だね。いずれ宿泊プランに組み込むならなおさら」

「じゃあ、あたしも行く！　あたしだけ蚊帳の外なんて嫌だもん！」

そして四人は揃って『ヒソップ亭』を出る。

デザート付きプラン、カフェの開設とランチ営業の開始、さらにはアフタヌーン・ティー付きの宿泊プラン……どんどん企画が広がっていく。

まず一年、しゃかりきに頑張ろう。人気があるプランはふくらませ、不人気なら原因を探して改善、それでも駄目ならさっさとやめる。ただその繰り返しだ。

高橋はアドバイザーだけではなく、給仕だってやると言ってくれている。もしかしたら高橋の執事的な雰囲気はアフタヌーン・ティーを出すカフェにぴったりかもしれない。

彼を入れればスタッフは四人だ。安曇はデザートだけではなく、料理の腕もどんどん上げ、章の負担は減少の一途だ。

『ヒソップ亭』は、カフェのみならずランチまで営業の幅を広げられるほどの体制ができつつある。難問に思えたアフタヌーン・ティーに相応しいインテリアすら探し出せた。

　さらに、『ヒソップ亭』の頑張りで今以上に『猫柳苑』に客を呼び込むことができたら、勝哉だって章の意見を聞き入れざるを得なくなる。現状を示すことで、勝哉の考えを変えさせることができるかもしれない。

　夕食を復活させたところで、客自身が不要だと思えば夕食は付けなければいい。従業員がたくさんいれば、部屋食と『ヒソップ亭』での食事を両立できる。山田のように『ヒソップ亭』での会話もご馳走のうちだと考える客だって満足させられる。デザートを味わいたい客、料理込みで堪能したい客、ひたすら部屋にこもって温泉三昧したい客……従業員との関わり方すら客自身が選べばいい。

　プランがひとつしかなければ、それを好む客しか来ない。逆に言えば、選択肢が増えれば増えるほど、誘い込める客の数も増える。変わらないことに安心する客もいれば、変化を楽しみたい客だっている。選択肢は選択肢、選ばない自由だってある。大事なのは、客に選ぶ権利を与えることだろう。

　ある意味、迷路に入り込んでいたのかもしれない。出口に辿り着けずに、ずっとぐるぐる回っていたけれど、やっと正しい道を見つけた。

　新たなプランへの意気込み、そして夕食復活への道がようやく見えた喜びとともに、章は『猫柳苑』の事務室に向かった。

本書は文庫書下ろし作品です。

|著者| 秋川滝美　2012年4月よりオンラインにて作品公開開始。同年10月、『いい加減な夜食』（アルファポリス）で出版デビュー。著書に『居酒屋ぼったくり』『きよのお江戸料理日記』『深夜カフェ・ポラリス』（以上、アルファポリス）、『放課後の厨房男子《チユーボー》』『田沼スポーツ包丁部！』（ともに幻冬舎）、『向日葵《ひまわり》のある台所』『おうちごはん修業中！』『ひとり旅日和』（以上、KADOKAWA）、『ソロキャン！』（朝日新聞出版）、『幸腹《こうふく》な百貨店』『マチのお気楽料理教室』（ともに講談社）などがある。

湯《ゆ》けむり食事処《しよくじどころ》　ヒソップ亭《てい》3

秋川滝美《あきかわたきみ》

講談社文庫

定価はカバーに
表示してあります

2024年5月15日第1刷発行

発行者――森田浩章
発行所――株式会社　講談社
東京都文京区音羽2-12-21　〒112-8001
電話　出版（03）5395-3510
　　　販売（03）5395-5817
　　　業務（03）5395-3615

KODANSHA

デザイン―菊地信義
本文データ制作―講談社デジタル製作
印刷―――株式会社KPSプロダクツ
製本―――株式会社国宝社

Printed in Japan

ISBN978-4-06-535706-4

講談社文庫刊行の辞

二十一世紀の到来を目睫に望みながら、われわれはいま、人類史上かつて例を見ない巨大な転換期をむかえようとしている。

世界も、日本も、激動の予兆に対する期待とおののきを内に蔵して、未知の時代に歩み入ろうとしている。このときにあたり、創業の人野間清治の「ナショナル・エデュケイター」への志を現代に甦らせようと意図して、われわれはここに古今の文芸作品はいうまでもなく、ひろく人文・社会・自然の諸科学から東西の名著を網羅する、新しい綜合文庫の発刊を決意した。

激動の転換期はまた断絶の時代である。われわれは戦後二十五年間の出版文化のありかたへの深い反省をこめて、この断絶の時代にあえて人間的な持続を求めようとする。いたずらに浮薄な商業主義のあだ花を追い求めることなく、長期にわたって良書に生命をあたえようとつとめるところにしか、今後の出版文化の真の繁栄はあり得ないと信じるからである。

同時にわれわれはこの綜合文庫の刊行を通じて、人文・社会・自然の諸科学が、結局人間の学にほかならないことを立証しようと願っている。かつて知識とは、「汝自身を知る」ことにつきていた。現代社会の瑣末な情報の氾濫のなかから、力強い知識の源泉を掘り起し、技術文明のただなかに、生きた人間の姿を復活させること。それこそわれわれの切なる希求である。

われわれは権威に盲従せず、俗流に媚びることなく、渾然一体となって日本の「草の根」をかたちづくる若く新しい世代の人々に、心をこめてこの新しい綜合文庫をおくり届けたい。それは知識の泉であるとともに感受性のふるさとであり、もっとも有機的に組織され、社会に開かれた万人のための大学をめざしている。大方の支援と協力を衷心より切望してやまない。

一九七一年七月

野間省一